한 사람을 더하면

한 사람을 더하면

은모든 장편소설

문학동네

차례

무도회

마침내 이심이 무도회에 참석하기로 마음먹었을 때, 같은 팀 동료들은 입을 모아 기대해도 좋을 거라고 말했다. 옷은 어떻게 입고 가는 게 일반적이냐는 질문은 웃음을 샀다.

"그런 고민은 잘 보여야 되는 사람들이나 하는 거지. 이선생은 무슨 기준으로 골라볼까, 그 고민이나 하세요."

팀장은 가정의학과 전공의라는 직업이 적힌 이름표를 달고 무도회장에 들어서자마자 왕관을 쓴 기분을 느낄 거라며 이심의 어깨를 두드리고 갔다. 한동안 무도회에 탐닉하던 박선생은 일부러 가장 낡은 청바지와 셔츠를 골라서 입고 갔다고 말했다. 그럼에도 마치 절세 미남처럼 주목받는 느낌이 짜릿했지만 가족 구성은 보류한 상태였다. 아직은 원가족과 사는 게 편하다는 이유에서였다. 김선생은 자신도 무도회를 경험해보고 싶다며 볼멘소리를 했다. 의대 재학중에 결혼을 감행하다니 도대체 무슨 정신이었는지 모르겠다는 말도 덧붙였다.

현재의 생활에 대한 만족도는 제각각이었으나 어찌됐든 왕진 2팀을 이루는 다섯 명 중 셋은 전통적인 가족이라는 테두리 안에서 살고 있는 것이었다. 유일하게 집합가족에 편입한 최선생은 이심과 같은 동네에 살며 비교적 가까이 지내고 있음에도 불구하고 가족에 관한 화제가 나오면 묘하게 말을 아꼈다. 오직 딸 선민을 언급할 때만 얼굴에 화색이 돌았다. 무도회 전날 밤에 전화를 걸어왔을 때도 최선생은 "우리 선민이랑 얘기하다가 갑자기 생각났는데 말이야" 하며 입을 열었다.

"이선생은 애 생각이 아예 없었던가?"

"그럴걸요."

애매한 대답을 내뱉으면서 이심은 집합가족 편입을 고려하는 동안 아이 문제를 제대로 고민해본 적 없다는 사실을 깨달았다. 직접 낳아 키울 마음이 없다는 점은 명확했다. 그렇다고 해도 가족의 일원으로 함께 사는 일 정도는 가능할지도 몰랐다.

"애들 볼 일이 잘 없어서 그런지 감이 안 오네요."

"난 추천. 우리 선민이처럼 희망을 주는 애를 만날 수도 있는 거거든." 최선생의 어투에 뿌듯함이 묻어났다. "그럼, 끌리겠다 싶은 타입은 있어?"

"글쎄요, 결국은 같이 오순도순 세금 나눠 낼 사람들을 구하는 건데요, 뭐."

"가기 전부터 왜 이래, 재미없게."

"가끔 체온을 좀 올려줄 사람이 있으면 좋기야 하겠네요."

"그럼. 체온이야말로 또, 면역력의 지표 아니겠니?" 최선생은 유쾌하게 웃더니 일단 무도회장에 입장하면 '원하는 것'을 말해보라고 강조하는 다자 연애 그룹이 제일 눈에 띄기는 할 거라고 귀띔해주고 전화를 끊었다.

무도회장까지 가는 길을 한번 더 확인한 후에 이심은 난방 온도를 1도 올리는 것과 일찍 잠자리에 드는 것 사이에서 잠시 고민하다가 후자를 택했다. 지금보다는 따듯하고 쾌적하게 살 수 있는 환경. 내일은 그 점을 첫번째로 고려해야겠다고 생각하며 침대 위에 눕자마자 습관처럼 '화살표 게임'을 실행시켰다. 평소와 다른 점이 있다면 게임을 시작하기 전에 오늘의 데이터 사용량을 체크하지 않은 것이었다. 곧 독신세 부담으로부터 벗어나게 되리라는 기대감 때문이었다. 아주 작게나마 이렇게 여유를 부릴 수 있다니 얼마나 달콤한 일인가 음미하며 평소보다 오래 게임을 한 탓이었을까, 첫 무도회 당일에 이심은 늦잠을 잤다. 그리하여 별수없이 전날 출근하며 입었던 옷을 그대로 꿰어 입고 서둘러 지하철역으로 향했다.

일월 중순이건만 이미 봄이 된 양 포근한 날씨였다. 역까지 빠르게 걷는 것만으로도 이마에 땀이 뱄다. 무릎 아래까지 내려오는 패딩 점퍼를 벗고 자리에 앉자 펑퍼짐한 면바지에 잡힌 주름이 눈에 띄었다. 셔츠도 구겨져 있기는 마찬가지였으므로 이심은 조금 겸연쩍어졌다. 이래서야 의도적으로 형편없는 옷차림을 골랐다던 박선생과 마찬가지 아닌가 싶어서였다. 하지만 이미 일어나버린 일을 곱씹는 것처럼 무용한 것은 없었다. 이심은 일정표와 실내 배치도를 점검하기 위해 '메이드'의 홀로그램 프레임을 띄우고 네온 컬러로 반짝이는 배너를 클릭했다.

혈연의 제약을 벗어던진 애착의 공동체

집합가족의 일원이 되어보세요!

한 시간 남짓이라는 1부 '티타임' 때는 가능한 한 많은 가족과 통성명을 하는 게 좋을 것 같았다. 거기서 두세 가족으로 후보를 좁힌 후, 2부에는 그들을 더 구체적으로 탐색해보기로 했다. 이심은 바 카운터가 무도회장 안쪽 벽에 면해 있다는 사실도 체크했다. 칵테일을 마실 기회는 흔치 않으므로 두세 잔쯤 즐기는 일도 빠뜨리지 말자고 가볍게 다짐하며 지하철역 출구로 나갔다.

무도회장 앞에 다다른 이심은 양팔을 쭉 뻗어 기지개를 켰다. 긴장되는 일을 치르기 전에는 맹수를 떠올리며 몸을 크게 만들어보라던 엄마의 가르침을 따라 초등학생 때부터 해온 버릇이었다. 엄마가 그보다 더 먼저, 어린이집에 다니던 때부터 강조했던 것은 숱한 사람이 만졌을 문고리나 엘리베이터 버튼을 손으로 직접 누르지 말라는 것이었다. 이심은 오른쪽 어깨로 무도회장의 문을 밀고 들어갔다. 참석자 대부분은 이미 입장을 마친 듯 접수대는 한산했다.

"1인 참석이시네요. 환영합니다, 선생님. 최적의 가족을 만나실 수 있기를 바랄게요."

스태프가 건넨 이름표는 손바닥 반만한 이면지를 코팅하여 옷핀을 부착한 것으로 이름과 직업이 큼지막하게 적혀 있었다. 바지 주머니에 숨겼다가 인사한 뒤에 꺼내 보이면 퍽 드라마틱한 결과를 볼 수 있지 않을까. 이심은 그런 장난을 떠올렸지만 주최측에서 정한 규칙대로 이름표를 왼쪽 가슴 위에 달았다.

삼삼오오 모여 이야기를 나누는 사람들은 저마다 집을 나서기 전에 거울 앞에서 철저히 연습을 마친 듯 정중하고 상냥한 미소를 짓고 있었다. 이심은 그들의 손에 들린 잔을 보고서야 잊어버린 준비물을 깨달았다. 챙긴 기억이 아예 없으니 가방 속을 살펴볼 필요도 없었고, 따라서 환경부담금을 내거나 음료 일체를 포기해야 했다. 입장료를 반쯤 날렸다 싶어 허탈해하던 그 순간, 한 남자가 이심에게 말을 걸었다.

"원하시는 음료가 있으신가요, 선생님? 말씀만 하세요. 제가 가져다드릴게요."

이십대 중반가량으로 보이는 남자의 이름표에는 '청명'이라는 이름과 함께 이벤트 기획자라는 직업이 쓰여 있었다. 올이 굵은 잿빛 니트 스웨터는 언뜻 보아도 낡은 것이었지만 외려 말간 피부톤과 실팍한 어깨를 돋보이게 했다. 고개를 옆으로 살짝 기울였을 때 이마에서 콧날로 이어지는 선을 바라보며 이심은 속으로 휘파람을 불었다. 조각 같다는 비유는 이런 외모에서 비롯한 것이리라는 생각이 들었다.

"실은 제가 컵을 챙겨 오는 걸 깜빡했어요."

"이런 게 인연이군요. 마침 저희는 여분을 챙겨왔거든요. 리키! 은혜 데리고 이쪽으로 와봐."

청명이 손에 든 잔을 가리키며 더 가져오라는 제스처를 취했다. 뛰다시피 빠른 걸음으로 와서 이심 앞에 선 리키는 밀크 초콜릿을 연상시키는 피부에 키가 족히 190센티미터는 되어 보였다. 턱선을 조금 넘는 길이의 곱슬머리는 살짝 말아쥐었다 놓은 듯한 모양으로 느슨하면서도 감각적으로 묶여 있었다. 이심은 어릴 적 엄마를 따라 갔던 미용실에서 본 패션 잡지에 등장하던 모델들을 떠올렸다.

"리키라고 합니다. 진범이라는 한국 이름도 있고요. 편한 쪽으로 불러주세요, 선생님." 그는 이심의 이름표로 향했던 시선을 재빨리 끌어올려 눈을 맞추고 투명한 멜라민 잔을 건

냈다. "아무도 입을 대지 않은 새 잔이고, 녹차에는 저희 가족의 애정이 듬뿍 담겼답니다."

"거기에 특별한 향신료도 첨가됐고요." 풀빛 슬립 드레스 위에 얇은 재킷을 걸쳐 입은 은혜가 검지로 무도회장의 천장을 찌르듯 가리키며 사랑스러운 미소를 흘렸다. "여기는 전에 교회로 쓰이던 건물이거든요. 그러니까 경건하고 영적인 어떤 거, 아니면 뭔가 배덕한 게 섞여 들어갔을 거예요."

"그렇군요." 이심이 웃었다. "혹시 제가 잘못 알고 있나요? 그 둘은 상반되는 개념 같은데요?"

"맞아요. 그러니까 둘 중에 어느 쪽을 원하시는지 저희한테만 살짝 알려주세요. 선생님이 진짜 원하시는 걸요."

은혜의 말이 큐 사인이라도 되는 양 리키가 오른쪽 눈썹을 찡긋거리더니 이심과 눈을 맞췄다. 이심은 미지근한 차를 한 모금 천천히 마신 다음 일부러 목소리를 낮춰 말했다. "일단 제가 원하는 녹차의 맛은 이거보다는 좀더 진한 것 같네요."

셋은 대단한 농담이라도 들은 양 웃음을 터뜨리더니 빈말은 못하는 분 같다고 추켜세웠다. 키가 가장 큰 리키를 가운데 두고 선 그들의 모습은 꽃다발을 연상시켰다. 무례한 생각이었지만 떨쳐버릴 수 없었다. 공공 의료센터의 좁은 사무실에서 원격진료를 볼 때든, 일주일에 사흘 왕진에 나서 직접 환자를 상대할 때든 이심이 주로 마주치는 사람은 노인들이었다. 발

작적인 기침과 만성 통증에 지친 이들을 쉼없이 상대하다보면 이 도시 자체가 시들어가고 있다는 느낌에 사로잡혔다. 세금을 부담할 인구가 적으니 세율이 높은 것도 당연하다고 여기게 되었다. 지난 삼 년간 매해 가파르게 인상되는 독신세를 부담하면서도 가급적 불만을 가지지 않도록 애써오기도 했다. 그랬건만 무도회에 발을 들이자마자 젊음과 미모로 반짝이는 무리가 다가와 만면에 매혹적인 미소를 흘리며 성적 취향에 관한 암시가 든 질문을 던지고 있는 것이다.

"세 분 앞에서 솔직해지기는 어렵겠네요." 이심이 말했다. "방금만 해도 상당히 실례되는 생각이 들었거든요."

다시금 유쾌한 웃음이 번지던 분위기가 한순간에 굳은 것은 세 사람 뒤를 서성이던 한 남성 때문이었다. 그는 지나치다 싶을 만큼 깍듯한 어투로 "말씀중에 죄송하지만," 하며 이심에게 눈인사를 건넸다. 은혜는 경계하는 얼굴로 그를 쳐다보았고, 리키는 아직 자기들과 이야기를 나누는 중이니 차례를 기다려달라고 쏘아붙였다. 리키의 몸에 가려서 이심은 남자의 이름이나 직업을 확인하지 못했다.

멈췄던 대화가 재개되자마자 은혜는 오늘은 셋만 참석했지만 자기들 가족은 총 일곱 명이라며 몇 장의 사진을 내밀었다. 서른한 살인 자신 외에는 모두 이십대인데다가 당장은 의료 바우처를 쓸 일이 거의 없을 정도로 건강하다고 강조했다. 리키는 은혜의 진지한 태도가 부담스럽게 비칠까 걱정된다는 듯 그녀가 말하는 사이에 끼어들었다. 그는 오른쪽 눈썹을 찡긋거리며 자신은 아침잠이 없는 편이므로 매일 아침마다 알람으로 봉사하겠다고 말했다. 그러고는 자신의 인종 배경을 이루는 언어들로 다채롭게 깨워줄 수 있다며 스페인어와 오키나와어, 제주 방언으로 아침 인사를 읊었다.

"리키, 나 얘기 좀 마저 하게 해줘." 은혜가 부드럽게 눈짓하자 리키가 알아들었다는 듯 고개를 끄덕였다. "보세요, 선생님. 이것도 저희 가족의 장점이에요. 서로가 원하는 것을 말하고 민감하게 반응하는 데 습관이 붙었다니까요. 무엇이든 똑같이 나눠주겠다는 얘기만 하는 정치인들하고도 다르고, 실리적인 이유 아니면 모이지 않았을 다른 집합가족하고도 달라요. 게다가 리키는 잘 깨워주기만 하는 게 아니에요, 손이 빨라서 아침도 만들어준다니까요."

이심은 습관적으로 고개를 끄덕이며 다시 한번 그들 가족의 사진을 살폈다. 오늘 참석하지 않은 사람들은 비교적 평범한 외모였다. 사진을 찍은 곳은 거실 겸 부엌이었는데 기대하는 집에 비하면 좁아 보였다. 리키와 청명의 방에서 찍은 사진은 더 적나라하게 집의 규모를 드러냈다. 막 잠에서 깬 듯 나른해 보이는 둘이 누워 있는 방은 용케도 두 개의 침대를 밀어넣었구나 싶은 크기였다. 도대체 짐은 다 어디에 보관하는 걸까.

그들이 사는 집에 과연 누군가를 더 받아들일 공간이 있기는 할까.

이심은 미지근한 녹차를 마셔버린 뒤 리키에게 빈 컵을 내밀었다. 왼손을 컵받침처럼 펼치고 오른손으로 잔을 받아드는 그의 손끝이 이심의 손등을 스쳤다. 아쉬움을 이성으로 억누르며, 화장실을 찾는다는 핑계를 대고 이심은 그들과 멀어졌다.

아직 칵테일 타임이 시작되기 전이었지만 바 카운터 앞에는 대기 줄이 길게 늘어서 있었다. 뭔가를 얻으려면 어디에서든 마땅히 차례를 기다려야 했지만 넌더리가 나는 마음까지는 어찌할 수 없었다. 별수없이 줄 끝으로 가서 가볍게 한숨을 쉬자 앞에 서 있던 단발머리 여자가 뒤를 돌아보았다. 이심의 이름표를 보자마자 지친 듯 다소 울적해 보이는 표정을 짓고 있던 그녀의 얼굴에 화사한 미소가 번졌다.

"잔이 없으신가보군요. 그럼 저희 앞으로 서세요, 선생님. 아마 대여해주는 잔은 여분이 몇 개 없을 거예요."

이심이 예의를 차리며 거절했지만 그녀는 잔을 채우고 나거든 모쪼록 자기 가족들과 얘기할 기회를 달라며 이심의 팔을 부드럽게 잡아끌었다. 겸연쩍은 얼굴을 한 채 그녀 앞으로 이동하자마자 작지만 알찬 스마트 팜을 갖춘 건물에서 산다는 가족이 재빨리 인사를 건네며 다시 이심에게 앞자리를 내어주었다. 사람들은 이심을 앞으로 이동시키는 징검다리가 되는 것을 자처하며 원하는 것은 그저 약간의 관심뿐이라고 강조했다.

딱 한 명, 또래로 보이는 남자가 느닷없이 다가와 어깨 통증을 호소하기는 했다. 그는 공공 의료센터에서 이상이 없다고 말하는데도 통증이 심해지기만 하면 마냥 참거나 빚을 내서 영리 병원에 가는 것 말고는 방법이 없느냐며 따지듯 묻더니 제풀에 지쳐 자리를 떴다. 그 짧은 소란을 제외하면 이심은 이어지는 양보와 배려를 받으며 순식간에 앞에서 다섯번째까지 왔다. 네번째 순서로 선 남자는 지금껏 스쳐지나온 사람들과 달리 이심 쪽을 돌아보지 않았다. 어딘지 모르게 뒷모습이 익숙했으므로 이심은 오늘의 무도회에서 원래 알던 사람을 만날 가능성에 관해 생각해보았다. 그러다 일순 남자의 모습이 눈에 익은 이유를 깨닫고 아! 하는 감탄사를 내뱉었다.

남자는 그제야 뒤를 돌아보았다. 그는 고개를 갸웃하더니 모두가 그러듯 이심의 이름표를 확인했다.

"가정의학과 선생님이시군요. 어쩐지, 그래서 사람들이 새치기를 시켜줬나보네요. 아까부터 계속 앞으로 가세요, 앞으로 가세요, 하는 소리가 들리더라고요." 남자는 자못 심드렁한 어투로 말했다. "지적은 아니고요. 그렇다고 이런 얘기를 하고 나서 제 앞으로 오시라고 하기도 뭣하고 뭐, 아무튼 신경 쓰지 마십시오."

자기 혼자 상황을 정리한 남자의 이름표에는 '훈민'이라는 이름이, 그 아래에는 직업 공개 제한을 뜻하는 빈 괄호 표기가 적혀 있었다. 직업이야 어찌됐든 이심은 분명 조금 전 리키와 청명 사이를 비집고 들어와 자신에게 말을 걸어보려 애쓰던 그가 언제 그랬냐는 양 초면인 듯 구는 게 어처구니없었다. 나르시시즘이 심한 성격이라 무시당한 경험은 어떤 형태로든 갚아주는 게 중요한 타입인지도 몰랐다. 혹은 이런 식으로 주의를 끌려는 작전인 것일까. 징검다리를 건너오는 동안 사람들의 이름표에까지는 시선이 가지 않았던 것과 달리 그의 이름표를 확인하게 된 것은 사실이었다. 그렇다고 해서 그의 가족에게 관심이 갈 리는 없었고, 왜 갑자기 태도를 바꾸었는지 물을 필요 또한 느끼지 못했다. 남자가 다시 앞을 바라보자 이심에게 방금 전 자리를 양보한 바로 뒤의 커플 쪽에서 "당신은 저러지 마" 하고 주의를 주는 여자의 목소리가 들렸다.

"사회성 없는 티 내고, 피곤하게 구는 남자랑 자청해서 가족을 하겠다는 사람은 세상에 아무도 없다고. 응? 방긋방긋 웃어."

이심이 어깨를 들썩이며 웃음을 터뜨리자 뒷자리의 여자는 "안 그래요, 선생님?" 하고 상체를 기울이며 말을 걸어왔다.

"하지만 저런 분들한테 고마운 면도 있어요." 뒷자리의 남자가 손바닥을 입가에 대며 귀엣말을 전했다. "저렇게 까칠한 분들 아니었으면 지금도 어색하게 춤추고 게임하고 그랬을걸요."

그의 말에는 일리가 있었다. 집합가족을 구성하는 개념이 막 각광받기 시작하던 때의 무도회는 어설픈 사교 파티와 레크리에이션이 뒤섞인 형태였고, 이심은 공영 뉴스에서 짧은 인터뷰를 본 것만으로도 참여자들의 얼굴에 덕지덕지 붙은 어색함이 옮아오는 듯해 소름이 끼쳤다. 몇 차례 영상을 보고 나서 한동안 뉴스 알고리즘에서 '무도회' 키워드를 차단해두었던 이십대의 자신을 떠올리며 이심은 쓴웃음을 지었다. 실은 그때도 마음 한구석으로는 학생 신분에서 벗어나면 적극적으로 가족을 찾아나서야 하리라는 사실을 받아들이고 있었기 때문이다. 자산가가 아닌 자신이 독신세를 감당할 수 있으리라 기대하기는 힘들었고, 본가로 돌아갈 계획은 없었으므로. 마냥 관심을 두지 않고 버틸 수는 없었기 때문에 더 피하고 싶었던 것이다.

그러니 이만하면 다행이었다. 무도회는 다과회 같은 형태로 바뀌어 비교적 자연스럽게 이야기를 나누는 방향으로 정비되었고, 왕관처럼 작용하는 직업 덕분에 긴 줄 끝에서 단숨에 바텐더 앞까지 올 수 있게 된 게 어디냐고 안도하며 이심은 다섯 가지의 심플한 칵테일 메뉴를 훑었다. 진토닉과 쿠바 리브레 중에 뭐가 좋을까. 등뒤의 긴 줄을 의식하자 더 마음을 정하기 힘들었는데, 다행히 바텐더는 평생 재촉이라고는 해본 적 없는 사람처럼 느긋한 미소를 짓고 있었다. 그런데 이심이 마침내 주문을 하려는 순간, 조금 전에 칵테일을 받아 갔던 훈민이 이심 앞으로 끼어들며 바텐더를 향해 자기 잔을 내밀었다.

"술이 잘못 나온 것 같은데요."

"손님, 진토닉 아니셨나요?"

"쿠바 리브레 골랐는데요. 이거 색깔만 봐도……"

"아직 안 드신 거죠? 그럼 그거 저 주세요." 이심이 나섰다. "잔 하나 대여해주시고 거기에 부어주세요. 뒤에 기다리는 사람도 많은데."

훈민은 난처하다는 듯 귓가를 긁적이더니 이심이 잔 쪽으로 손을 뻗으려 하자 도로 자기 잔을 거둬갔다. 괜찮다는 이심의 말에 그는 고개를 저었다.

"사람들한테 여태 양보를 받으셨는데, 막상 메뉴도 직접 못 고르면 좀 아까우실 것 같네요."

비꼬는 것인지 자기 나름의 배려인지 이심은 알 수 없었다. 피곤한 타입이라는 것만은 분명했다. 물러나는 훈민의 모습을 보며 뒷자리의 커플은 입을 모아 서로에게 "당신은 저러지 마" 하고 속닥거렸다.

바텐더는 이심에게 감사를 표하고 싶다며 두꺼운 종이로 된 코스터를 내밀었다. 코스터 바닥 면에 인쇄된 큐알 코드에 접속해 쿠폰을 등록하고 자신이 일하고 있는 바를 방문하면 한 잔을 무료로 서비스하겠다면서. 자산가들이나 들락거릴 법한 칵테일 바에 돈을 들이지 않고 방문할 수 있다니. 이심은 횡재한 기분으로 쿠폰을 등록해둔 다음 진토닉을 만드는 그녀의 모습을 지켜보았다. 숙달된 동작과는 거리가 있는 허둥거리는 손놀림과 당장이라도 콧노래를 흥얼거릴 것만 같은 평온한 얼굴이 묘한 대비를 이루었다. 그녀는 잠시 뒤에 "뭔가 재미있는 거라도 발견한 얼굴이시네요" 하고 웃으며 투명한 칵테일이 든 잔을 건넸다. 맑고 낭랑한 목소리를 가진 사람이었다. 이심은 그녀에게 재치 있는 칭찬을 건네며 대화를 이어가는 상상을 했다. 하지만 긴 줄과 이곳에 온 목적을 되새기며 서둘러 등을 돌려 사람들 사이로 향했다.

묽은 진토닉을 홀짝이는 동안, 이심은 저마다 다른 형태를 띤 다섯 가족과 통성명을 했다. 잔이 비자 주변을 서성거리며 대화할 기회를 노리던 여자가 대신 가서 칵테일을 받아 오겠다며 나섰다. 잠시 고민했지만 남은 시간이 삼십 분가량에 불과했으므로 호의를 받아들이기로 결정했고, 그녀는 채 일 분이 지나지 않아 새 칵테일을 가지고 와서 이심을 놀라게 했다.

"제가 선생님 곁을 지키는 동안 한 명은 줄을 서고 있었거든요. 저희 가족을 하나로 묶어주는 가치는 무엇보다 협동에 있답니다."

그녀의 가족은 총 여덟 명이었고 그중 여섯은 그들이 거주하는 건물 일층에서 스마트 팜을 일구며 연구하고 있다고 했다. 구성원 모두 건강식과 자립에 지대한 관심을 두고 있어 전쟁이나 기후변화로 체제가 붕괴된다 해도 몇 해는 버틸 수 있다고 말하더니 잠시 설명을 멈추고 이심의 얼굴을 응시했다. 그 말에 격하게 반응하는 사람이라면 가족의 일원이 되는 데 적합할 터였다. 이심으로서는 확실히 스마트 팜을 일구는 게 유행인가보다 싶고, 장황한 설명이 이어질까봐 신경쓰일 뿐이었다. 바로 그때, 누군가 허벅지 뒤편을 부드러운 손길로 간질여서 이심은 소스라치게 놀라며 뒤를 돌아보았다.

"우리집에는요, 샴푸의 요정이 있어요!"

아이는 우주복처럼 하의부터 모자까지 한 벌로 붙어 있는 에코 퍼 소재의 점프 슈트 차림이었다. 모자 위로는 앙증맞은 하얀 귀가 쫑긋 솟아 있어 영락없이 토끼를 연상시켰다. 아이의 가족은 오늘 의상에 상당한 공을 기울였구나. 이심은 그렇게 생각하면서 부들부들한 귀 한쪽을 살짝 쥐어보았다. 그러자 입력된 명령어에 대한 반응값처럼 아이 얼굴 위로 환한 미소가 번졌다.

"저는 로아예요. 다섯 살. 우리집에는 샴푸의 요정이 있어요. 기계가 머리 감고 다 말려줘요, 오 분밖에 안 걸려요."

"너 오늘 여기서 그 얘기 엄청 많이 했겠다, 그치?"

이심은 너희 가족을 찾으러 가자고 아이의 손을 잡아끌며 협동적 가족에게 재빨리 양해를 구했다. 그들에게서 벗어나기 위해 아이를 이용한 것이었는데, 실상 이 아이의 가족들 역시 호시탐탐 기회를 엿보고 있을 터였으므로 가책은 느끼지 않았다.

실제로 몇 걸음 떼자마자 이심은 예상한 대로 가까이에서 대기하고 있던 아이의 가족을 마주하게 되었다. 다만 그 가족의 구성원 중에 뜻밖의 인물이 있으리라는 것까지는 알지 못했다. 맥이 풀려 아이의 손을 놓으면서 이심은 그들을 향해 말했다.

"세상에, 도시 괴담을 마주한 기분이네요."

샴푸의 요정

이심은 수영을 할 줄 몰랐지만 그 바다에서는 문제가 되지 않았다. 등을 대고 눕듯이 몸을 늘어뜨려 수면 위에 떠 있는 일은 아주 쉬웠다. 한여름 밤. 나른한 온기를 머금은 바닷물이 전신을 감쌌다. 이심은 어느새 자신의 몸과 바다의 경계가 흐릿해지는 듯한 낯선 감각에 사로잡혔다. 생전 처음으로 벌거벗은 채 밤바다에 뛰어든 탓일까. 어쩌면 달빛이 믿을 수 없을 만큼 밝아서인지도 몰랐다. "아직도 이런 바다가 남아 있다는 게 놀랍지 않아? 그러니까 여기서 나랑 같이 살자." 먼저 감미로운 목소리가 들린 다음, 그보다 더 부드러운 손길이 허리에 닿았다. 무릎을 건드리는 것은 입술과 혀끝의 따스한 촉감이었다.

무릎에 혀가 닿으면 여전히 간지럽다고 생각하며 키득대다가 이심은 번쩍 눈을 떴다. 그러고는 꿈속의 상황이 실제보다 고요하고 여유 있게 각색된 게 어이없어서 웃음을 지었다.

두 손으로 허리를 받쳐줄 테니 안심하라는 말만 믿고 알몸으로 바다에 뛰어들었던 그 밤에 이심은 한참이나 발버둥을 친 다음에야 간신히 균형을 잡을 수 있었다. 이후에는 제법 여유로운 시간을 보냈지만 짠물을 들이켜 내내 코 안쪽이 얼얼했던 느낌이 지금도 생생했다. 살면서 섹스에 사용할 에너지의 총량이 정해져 있다면 아마 이번 여름에 절반 넘게 소진했을 거라는 대화를 나누었던 해변도, 그 도시에서 함께 살자는 얘기를 들었을 때 망설임 없이 거절했던 일도 기억났다.

이심에게는 오랜 원칙이 있었다. 호르몬을 촉매 삼아 타오르는 불안정한 감정에 기반하여 배우자나 가족을 정하지는 않겠다는 것이었다. 그 이야기를 들은 상대는 등을 돌리고 앉은 채 잠시 말이 없더니 "같이 살자는 말에 그렇게 골치 아픈 대답을 들을 줄이야" 하고 자리에서 일어났다.

그의 몸을 이루는 선은 아름드리나무처럼 늠름하게 뻗어 매혹적이었지만 목소리와 어투는 이심의 취향과 거리가 멀었다. 그래서인지 꿈에서 함께 살자고 권한 목소리는 잠시 연락을 주고받았던 다른 남자였다. 게다가 무릎에 닿은 입술의 주인은 또다른 사람이었다. 학교 선배였던 그녀는 오랜 시간 이심의 마음을 싱숭생숭하게 헤집어놓았는데 몇 가지 추억은 지금도 소중하게 곱씹을 만큼 달콤했다. 지난 인연이 총출동한 꿈을 꾸다니. 나는 가족을 꾸리기에 앞서 연애를 더 하고 싶은 것일까. 이심은 연신 하품하면서 자문해보았다.

곧이어 왼손목에 착용한 메이드가 부드러운 진동을 전했고, 팔을 흔들어 알람을 끄며 이심은 자신이 연애를 열망하는 것은 아니라고 정리했다. 첫 무도회에서 받은 자극이 꿈에 반영된 것뿐이라고. 그 덕으로 오랜만에 알람이 울리기도 전에 깼지만 곧장 일어날 마음은 들지 않았으므로 이불 밖으로 양팔만 꺼냈다.

기상 시각 6시 42분입니다.

부드러운 안내 음성과 동시에 메이드 위로 돋아난 잔디가 맑은 녹색으로 일렁였다. 홀로그램 이미지 어디에도 시든 구석이 보이지 않는 것은 몇 주 만의 일이었다. 이런 식으로 생체 데이터상 수면의 질이 좋았다는 사실을 확인한 후에도 바로 날씨나 뉴스 화면으로 넘어가지 말고 혈압과 호흡수, 심장박동 그래프의 변화 양상을 확인해보라는 이야기를 이심은 왕진을 돌면서 늘 입에 올렸다. 어떠한 통증이나 증상이 돌연히 나타나는 것 같지만 실제로는 조금씩 악화되다가 임계점을 넘었을 때 도드라지는 경우가 대부분이라는 점을, 변화의 양상과 방향성을 늘 지켜보며 돌봐야만 돌이킬 수 없는 사태를 예방할 수 있다는 사실을 강조하는 것이다.

물론 그런 습관을 들이는 게 말처럼 쉽지 않다는 것은 이심도 잘 알고 있었다. 자신 또한 잔디의 상태가 전반적으로 누렇지만 않으면 그럭저럭 잘 잤다고 안심하며 곧장 잔디의 끝을 건드려 게임용 사각 프레임으로 전환해버렸기 때문이다. 홀로그램 프레임은 메이드를 착용한 팔에서 반경 50센티미터 내의 공간에 띄울 수 있고 크기는 네 단계로 정할 수 있었는데, 이심은 손바닥 두 개 정도 되는 너비의 프레임을 얼굴에서 두 뼘 앞으로 띄우는 것을 선호했다.

메이드가 막 출시되었던 십여 년 전에, 한번은 엄마가 이심에게 〈화살표 게임〉이 뭐가 그렇게 재미있느냐고 물은 적이 있었다. 게임의 진행 방식을 묻는 것으로 착각한 이심은 신나서 총 다섯 가지 색의 화살표는 위↑, 아래↓, ←좌, 우→, 네 방향과 그 사이의 45도↖↗↙↘를 합쳐 여덟 방향을 가리킨다는 점부터 설명했다.

화살표는 어항 속의 금붕어처럼 프레임 안을 누빈다. 거기서 색, 크기, 방향 중 두 가지 조건이 맞는 화살표를 손끝으로 끌어다가 하나로 겹쳐놓으면 폭죽이 터지는 홀로그램이 일렁이며 자신이 직접 고른 목소리로 감탄사가 나온다. 세 가지 조건이 모두 같은 화살표를 겹쳐놓으면 점수를 두 배로 획득하고, 이 점수를 포인트로 전환해 취약 계층에 기부할 수도 있다. 이심은 허공에서 반짝이는 홀로그램을 직접 건드려 움직이는 행위 자체를 즐겼다. 흠모하던 선배의 음성으로 칭찬받는 경험도 짜릿함을 더했다. 직접 해보겠느냐며 메이드를 건네려 하자 엄마는 고개를 저었다.

"설명은 고마운데 안 할래. 나는 우선 메이드, 그거 이름부터가 너무 찝찝해."

그 점에는 이심도 이견이 없었다. 메이드 개발사의 공식 입장은 어디까지나 '웰 메이드'에서 따온 명칭이라는 것이었으나 석연치 않았다. 스마트폰과 워치, 홀로그램 디스플레이를 더하고 인공지능 가상 비서 시스템까지 삽입한 '메이드'가 출시되었을 때 대부분의 사람이 맨 먼저 떠올린 의미는 하녀였다. 이심 모녀는 분명 남성 개발자들에게서 나온 아이디어일 거라며 혀를 찼는데, 알고 보니 개발팀의 최고 책임자는 여성이라는 소식을 듣고 고개를 갸우뚱했었다. 그러나 착용을 잊을 정도로 가볍게 손목에 감기는 밀착력 하며 스마트폰의 절반에도 못 미치는 요금으로 인해 갈아타지 않을 도리가 없었다.

십 분쯤 게임을 한 후 잠자리에서 일어나 오트밀 우유 한 잔으로 아침을 대신하고 칫솔질하는 동안, 이심은 메이드를 통해 공영 뉴스를 청취했다. 대개 그렇듯 첫 소식은 '사회 갈등 조장 방지법' 관련 보도였다. 자산가들의 삶을 여과 없이 담았다는 다큐멘터리가 극심한 사회적 갈등과 혼란을 초래할 수 있다는 이유로 공개 불가 처분을 받은 일에 관해 감독이 항의 성명을 발표했다는 보도가 전해졌다. 뉴스는 성명서의 내용은 다루지 않았다.

오십대 남성인 어느 자산가는 이사 과정을 담은 짧은 영상을 SNS에 전체 공개로 게시했다가 벌금형을 받았다. 이심은 공개 범위를 자산가 그룹 내로 한정하지 않은 실수가 처벌받는 것은 어쩔 수 없다 해도, 영상을 시청한 사람까지 전부 벌금을 물리는 것은 불합리하다고 여기며 가글을 집어들었다.

진료 바우처 부정 사용 뉴스가 흘러나와 건너뛰자 곧이어 첫 직장에서 작성한 비밀 유지 각서를 어긴 탓에 오 년이 지난 시점에 당시 연봉 삼 년 치를 벌금으로 물게 된 이십대 회사원의 사연이 전해졌다.

누군가 제도를 어겨 벌금형에 처해졌다는 뉴스를 이토록 매일 들을 필요가 있을까. 이심은 최선생이 잊을 만하면 한 번씩 권하는 유료 뉴스 채널을 떠올렸고, 곧바로 4/4분기의 물가 상승률을 전하는 뉴스를 들으며 어째서 자신이 돈을 주고 뉴스를 구독할 여유가 없는지 재확인했다.

뉴스에 따르면 놀랍게도 한국의 물가 상승률은 세계 평균에 한참 밑도는 것이었다. 서유럽의 식자잿값은 연일 최고치를 경신하고 있었고, 미국 남부 몇몇 주의 가정이 부담한다는 전기세는 오싹함을 느낄 수준이었다. 이심은 미지근한 온도에조차 미치지 못하지만 최소한 얼음장처럼 차갑지는 않은 물을 받아 불만 없이 입안을 헹궜다.

이어서 들려온 뉴스의 주인공은 국회의원 경규철이었다. 앵커는 두 해 전에 사학 재단과의 유착설이 제기돼 총리직에서 물러난 경규철이 총리 재직 당시 철도 민영화 참여 기업 선정에 직접 관여한 정황이 드러났다며, 이 사실이 다가올 선거에 미칠 영향이 주목된다고 전했다. 이심은 자신의 투표와는 상관없이 경총이 총리 자리로 돌아올 것이라고 짐작하고 있었다. 대부분 그렇게 여길 터였다. 따라서 굳이 한 표를 행사할 의미를 찾지 못했다. 그럼에도 세간에 떠돌던 경총의 철도 민영화 개입 건을 공영 뉴스에서 다뤘다는 사실만큼은 신선했다. 그때까지 대강 흘려듣던 뉴스를 영상으로 전환해야겠다고 마음먹은 순간, 앵커는 어느새 다음 소식을 전하기 시작했다.

그로부터 이십여 분 후에 이심은 양가감정을 느끼며 지하철 문 위로 자리한 화면에 흐르는 공영 뉴스 영상을 바라보고 있었다. 스물한 살에 최연소로 국회에 입성하여 주목받더니 어느새 제2 야당의 대표 자리에 오른 신찬석. 그의 낯빛은 그새 더욱 파리해진 것 같았다. 왼눈 옆으로는 눈물 자국 같은 반점이 번져 있었다. 그는 반쯤 하얗게 센 속눈썹을 깜빡이며 자신은 이제 고작 이십대 초반이지만 유년기부터 앓아온 두 가지의 자가면역 질환과 만성이 된 호흡기 질환에 시달리며 늘 죽음을 가까이 느낀다고 했다. 얼마나 더 살 수 있을지 모르는 육체는 두려움보다 간절함으로 가득차 있다고도 말했다. 그러니 무분별하게 자원을 낭비하며 환경을 파괴한 기성세대들로 인해 병들고 죽어가는 자신에게 한 표를 행사해달라고, 청년들을 위한 새로운 정치에 힘을 보태달라고 호소했다.

"눈빛이 절절한데." 언제 열차에 올랐는지 최선생이 이심의 얼굴 앞으로 손을 휘휘 저으며 웃었다. "신찬석 밀어주게?"

"모르겠어요. 신찬석 얘기에 틀린 말이 하나도 없기는 한데. 전에 최선생님이 얘기하신 거 듣고 보니까 정말 좀 그렇더라고요. 기성세대 얘기할 때는 패기 있어 보이는데, 자산가들이나 경총에 대해서는 입도 뻥긋 안 하는 게 영…… 결국 본인이 어떤 법을 만들고 뭘 하겠다는 알맹이는 빠진 얘기만 하는 것 같기도 하고."

"이제 좀 말이 통하네."

"그래도 신찬석이 좀 치고 나가면 표가 갈려서 경규철이 다시 돌아오는 꼴은 안 볼 수도 있는 거 아니에요? 오늘 아침에는 경총 비리 뉴스도 나오던데, 신찬석이 주목받는 것도 그렇고 뭔가 분위기가 좀 바뀌는가봐요."

"아이고, 신찬석 너무 믿지 마."

최선생은 말을 마치자마자 새로 난 빈자리를 향해 재빨리 걸음을 옮겼다. 그러고는 아침에 근시 교정용 안약을 깜빡했다며 몇 번이나 눈을 감았다가 떴다. 운좋게 다음 역에서 옆자리가 비어서 나란히 앉자 최선생은 공영 뉴스에서는 다루지 않는 일들, 그러니까 부자들의 실제 삶의 형태나 신찬석의 미덥지 못한 행적, 경총 일가 비리의 본질에 관해 더 알고 싶으면 한 달에 하루치 생활비만 투자하라고 말했다. 그녀는 잊을 만하면 한 번씩 유료 뉴스를 권하면서도 늘 처음 소개하는 것처럼 천연덕스럽게 말했고, 이심은 이제 귀찮다기보다 웃음이 났다.

"생각해봤는데요, 일 때문에 봐야 되는 서류가 아닌 텍스트를 자발적으로 찾아서 읽는 사람은 정말 뭐가 돼도 될 것 같아요."

"여기에도 영상 있다니까, 텍스트 기사는 음성으로 들어도 되고."

"알았어요. 고민해볼게요." 이심이 싱글싱글 웃으며 말했다. "가족 늘어서 여유 생기면 또 모르죠. 어린애 둘 있는 집이랑 합칠지도 모르거든요."

"정말? 몇 명이 어떻게 꾸린 가족인데?"

이심은 샴푸의 요정을 가진 집의 구성원을 떠올려보았다. 토끼 옷을 입은 꼬마와 초등학생 여자아이, 그 둘의 어머니로 보이는 사십대가량의 성인 여성은 꼭 빼닮은 얼굴만 보아도 본래 혈연으로 맺어진 관계라는 것을 짐작하게 했다. 거기에 육십대 중반쯤 되어 보이는 여성과 삼십대의 쌍둥이 남성 둘이 더해져 한 가족을 이루고 있었다.

"쌍둥이란 말이지……"

최선생이 상체를 등받이에 바짝 기대며 중얼거렸다. 그러면 속옷 위에 붙인 핫팩의 열기가 더 잘 느껴진다고 했다. 지하철 내부 난방이 가동을 멈춘 게 몇 년 전 겨울부터였더라. 이심은 시린 발끝을 내려다보며 기억을 더듬어보았다. 그러고는 체온을 나눠주겠다며 최선생의 어깨를 감싸안았다. 최선생은 "오늘밤은 더 춥대. 왕진 가는 거 지겨워서 공공의 팔자 탈출하고 싶다" 하고 중얼거렸고, 이심은 절대 못 놔준다면서 더 세게 끌어안았다.

시월 말부터 종아리까지 내려오는 검은 패딩 점퍼로 무장하고 출근하는 최선생은 가을이 저물어갈 때면 입버릇처럼 왕진의 고달픔을 토로했다. 그럼에도 혹한기나 폭설이 내리는 날조차 변함없이 가장 오랜 시간 일하며 환자들을 상대했다.

이심이 그 사실을 처음 알게 된 때는 공공 의료센터의 왕진 2팀에 배속된 다음날이었다. 조례 시간에 팀장은 왕진 업무를 보는 의사가 크게 세 가지 타입으로 나뉜다고 강조했다. 가장 흔하게 볼 수 있는 유형이 일신의 안녕에만 골몰하는 타입이라며, 왕진에 나서는 공공의 업무를 한때의 추가 수당 벌이로만 여기며 건성건성 진료하는 의사들이 태반이라고 혀를 찼다. "사실 그런 분들은 더 늦기 전에 자산가들 주치의에 도전하시거나, 영리 병원으로 넘어가서 슈퍼컴퓨터 보조로 일하는 게 낫죠. 아니 뭐, 이제 2020년대생이 국회의원을 하겠다고 설치는 판에 자기 능력만 되면 세상에 못할 일이 없는 겁니다." 빈정거리는 어투였다. 그때만 하더라도 이심은 팀장이 신입인 자신을 단속하기 위해 으레 잔소리를 늘어놓는 것이리라 추측하고 있었다.

"두번째 타입은 짭짤한 수당이라는 직업인으로서의 혜택과 더불어, 원격의료 체계를 활용하지 못하는 디지털 문맹 노인네들, 아, 제 말이 심했군요. 고령층으로 바꾸죠. 고령층을 위한 공공 의료로서의 가치. 그 두 가지를 조화롭게 도모하는 의사겠죠. 바로 이런 유형이 우리 팀에서 추구하는 인재상이라는 데는 두말할 나위가 없습니다. 그런데 문제는, 시스템의 허점을 비집고 과도하게 정의감을 실천하시는 분들이 간혹 나타난다는 겁니다. 뭐, 우리끼리 하는 얘기지만 저도 개인적으로는 존경심을 느껴요, 암요." 팀장은 미소 띤 얼굴로 최선생을 응시하며 말했다. "하지만 우리는 엄연히 공공 의료기관에 소속되어 일하는 공직인 만큼, 정부 방침에 따라야만 한다는 사실, 제발 좀 유념해주세요."

모두 잘 아시다시피, 하고 이어지는 내용은 이심이 파견되기 전부터 신물나게 들었던 원칙이었다. 기본적으로 국민 누구에게나 보장되는 연간 4회의 진료 바우처가 부정 사용되지 않도록 하는 것은 공공 의료 종사자 모두의 의무라는 것. 왕진은 어디까지나 원격진료에 어려움을 토로하는 칠십 세 이상을 위한 보완적 조치로만 한정해야 한다는 것. 무엇보다 개인적인 진료 행위는 규정 위반이라는 것까지.

최선생은 노골적으로 그녀를 응시하는 팀장의 말이 끝나기 무섭게 고개를 끄덕였다. "맞아요, 팀장님. 아시잖아요, 앞으로 걸릴 병을 구십 프로 이상 예상해서 예방 조치가 나갔다고 해도 사람들은 아무튼 여기저기 아프다고 난리인 거. 그래서 저는 동네에 의사라는 소문 안 나게 우리 딸내미 입단속까지 시킨다니까요?" 하고 소리내 웃더니 스스로 얌체처럼 느껴진다면서 아랫입술을 날름 핥았다. 그러자 개인적인 의료 상담을 피하기 위해 직업을 속였던 경험을 얘기하며 김선생과 박선생이 그녀와 장단을 맞춰주었다.

"팀장님 입장도 이해가 안 가는 건 아니에요." 조례가 끝나고 사무실을 나서며 그렇게 말문을 연 이는 적극적으로 최선생에게 맞장구를 쳐주었던 박선생이었다. "팀장님이 작년에 늦둥이를 봤거든요. 자리 지키기에 절박할 만하죠. 최선생은 뭐, 자기 뜻 펼치다가 정 힘들어지면 돌아갈 데가 있는 사람이고요. 말로는 연 끊고 나왔다고 하지만, 어쨌거나 본가가 자산가 그룹에서도 알아주는 집안인 모양이니까."

박선생은 최선생이 방문한 가정의 사정에 따라 한 장의 바우처로 두 명, 때로는 세 명씩 진료를 봐주는 모양이라고 귀띔해주었다. 물론 왕진의 특성상 본인과 환자들만 비밀을 지킨다면 진실을 알 도리가 없지만 처방하는 약의 양만 봐도 빤한 것 아니냐면서. 대신 진료 시간 자체를 늘려서 실적을 충당하다보니 엄연한 규정 위반에 대해 팀장도 주기적으로 주의를 주는 선에서 지켜보고 있다는 것이었다.

"그런 의사가 실제로도 있군요. 진작 멸종된 줄 알았는데."

놀란 이심의 대꾸에 박선생은 알 듯 모를 듯한 미소를 지으며 검지를 세로로 들어 입술에 가져다댔다.

몇 해 동안 가까이에서 살핀 최선생은 얽히면 피곤한 일이 생길 것 같다는 강렬한 첫인상이 무색하리만큼 어울리기 편한 사람이었다. 공공 의료센터 안에서 누군가 새로 무도회에 참가한다는 소식이 들릴 때마다 놓치지 않고 찾아가 소감을 말해보라며 재촉하는 모습에는 천진함마저 보였다.

"그럼 리키네는 바로 탈락이야? 걔 키가 백구십은 된다고 했지?" 지하철역 출구를 나서며 최선생이 물었다.

"리키 얘기를 그렇게 원하셨구나. 하긴 그 가족도 뭘 원하느냐는 질문을 정말 엄청 강조하더라고요."

"그 말은 들으면 들을수록 섹시하지 않니?" 최선생이 헤벌쭉 웃으며 이심의 어깨를 슬쩍 밀었다. "젊은 다자 연애 그룹

이야 뭐, 진짜 가족이라고 볼 수 없다고 경계하는 사람도 많지만 아무래도 외모 되는 애들이 많으니까 주목되잖아?"

"튀긴 튀더라고요."

"그러니까 최소한 대놓고 어필하는 건 막아보려고 사람들이 무도회에서 노골적으로 섹스 라이프 얘기는 못하게 규정을 만든 거래. 그런데 나는 막 길쭉길쭉한 애들이 눈웃음치면서 은근히 암시하니까 그게 더 야하더라. 아니, 왜 웃어?"

"최선생님도 생각보다 규정 같은 데 관심이 있으셨구나 싶어서요." 이심은 얼른 말을 돌렸다. "농담이에요. 아니 이렇게 마음이 펄펄 끓는 분인데, 가족 정할 때는 그 끓는 마음을 너무 등한시하신 거 아니에요?"

"사는 게 하나를 얻으면 하나를 잃는 것의 반복이잖아." 최선생이 한쪽 눈을 찡긋거렸다. "일평생 원했지만 뭘 어떻게 접근해야 할지 몰라서 막막해하던 일이 있다고 쳐봐. 이렇게 풀면 되지 않겠느냐고 밑그림을 보여주는 사람이 나타났는데 손을 덥석 잡지, 안 잡고 배기겠니?"

"그 밑그림이라는 게 뭔지는 지금도 비밀이고요?"

"때가 되면 다 얘기해줄게. 우리 선민이가 아주 전심전력으로 연구하고 있어."

"아직 중학생도 안 된 애가 그런 연구도 하고, 참 영재가 다르긴 다르네요."

"아이 참, 우리 딸이 영재라는 건 비밀이라니까."

최선생이 이심의 어깨를 툭 치며 웃었다. 집합가족을 이루며 얻은 딸 선민의 존재는 무엇과도 비교할 수 없으며, 직접 낳은 아이라도 이토록 믿고 사랑할 수 있을지는 의문이라는 말도 덧붙였다. 문득 그게 어떤 기분인지 어렴풋이 짐작할 수 있을 것도 같다는 생각이 스쳤고, 동시에 이심은 상당히 놀랐다. 지금껏, 다시 말해 무도회 날 토끼 옷을 입은 꼬마를 따라 그들의 가족과 대면하기 전까지는 단 한 번도 운명적인 만남이나 관계를 떠올려본 적조차 없었기 때문이다.

"도시 괴담을 마주한 기분이네요. 있잖아요, 왜. 쌍둥이인 줄 알고 있었던 사람들이 실은……" 이심은 거기까지 듣고도 영문을 모르겠다는 듯 자신을 바라보고만 있는 가족들의 얼굴에 난감해져서 신경쓸 것 없다고 오른손을 휘저었다. "아무튼, 쌍둥이이신 두 분은 조금 전에도 뵈었죠. 이렇게 다시 뵙네요."

이심은 칵테일을 기다릴 때처럼 쭈뼛대며 눈치를 보는 훈민의 모습에 차마 반갑다는 말까지 덧붙이지는 못했다. 고개를 까딱이는 훈민과 달리 그의 형제는 허리를 숙여가며 깍듯하게 인사를 건넸다. 이름표에는 '정훈'이라고 적혀 있었다. 훈민과 정훈이라니. 웃음이 나오려는 것을 가까스로 참았다. 하마터면 '훈민정음'이 되었을 둘은 옷 취향까지 비슷해서 웬만큼 눈썰미가 있는 사람이 아니라면 누구나 한 명으로 착각할 만했다. 겉으로 보이는 차이가 있다면 정훈의 머리카락이 조금 더 긴 것 정도였다. 정훈은 이런 자리가 껄끄러운 듯 고개를 푹 숙이고 있는, 초등학교 고학년쯤으로 보이는 소녀의 손을 잡고 있었다.

'소리'라는 이름의 소녀는 베이지색 면바지와 그보다 조금 더 짙은 빛깔의 코르덴 셔츠를 입고 머리는 하나로 묶은 모습이었다. 이심이 소리를 향해 한 발 앞으로 다가가자, 토끼 옷을 입은 꼬마가 한번 더 샴푸의 요정을 자랑했다.

"로아야, 이모, 하고 불러보렴."

꼬마의 어깨를 감싸안고 있던 할머니의 이름은 '애월'이었다. 그녀의 부드러운 채근에 로아는 방긋 웃으며 "이모! 우리 집에는 샴푸의 요정이 있어요!" 하고 지치지도 않고 말해주었다. 이 가족이 내세우는 카드는 토끼 옷을 입은 로아와 욕실 시스템이라는 사실에 의심의 여지가 없었다. 샴푸의 요정을 설치할 만한 공간이 확보되는 집이라면 비좁지는 않을 것이나 거주 공간에 욕실 시스템 외에는 강점이 없을 수도 있다는 생각에 이심은 판단을 유보했다.

"물론 샴푸의 요정이 있다고 자주는 못 쓰지만요. 아시다시피 전기세나 수도세가 워낙……"

훈민이 초 치듯 끼어들자 가족들 사이에서 그를 나무라는 소리가 동시에 날아들었다. 정훈은 가족들을 진정시키더니 "죄송해요, 선생님. 저희 형은 거짓말을 하면 잡혀가기라도 하는 줄 아는 사람이거든요" 하고 변명했다. 최선을 다해 유쾌함을 연출하는 어투였다. "어쨌든, 아까는 미남 미녀들이 경계하는 통에 인사도 건네지 못했는데 이렇게 말씀을 나눌 기회가 닿아서 기쁩니다."

"네, 저도 반가워요."

이심이 다소 의례적으로 대꾸하자 훈민이 고개를 갸웃하며 정훈에게 미남 미녀라는 것은 어떤 가족을 말하느냐고 물었다. 이심이 '원하는 것'을 강조하는 사람들이라고 힌트를 줘도 알아채지 못했는지 그는 그게 도대체 무슨 의미냐고 같은 질문을 반복했다.

"애월씨, 로아 귀 좀 막아주실래요?"

이심은 이어 여전히 정훈의 손을 잡고 있는 소리의 귀를 양손으로 가볍게 막았다. 그러고는 훈민에게 화려한 다자 연애 그룹이 섹스어필을 에둘러 하는 표현이라고 말했다. 그제야 아, 하며 고개를 끄덕이는 그의 멍한 얼굴은 이심으로 하여금 칵테일 대기 줄에서 커플이 나누던 이야기를 떠올리게 했다.

이심이 소리의 귀에서 손을 떼었을 때였다. 소리가 가볍게 이심의 팔을 잡고는 "저도 의사가 되고 싶어요" 하고 말했다.

들릴 듯 말 듯한 목소리였지만 이심은 그 작고 앳된 음성에서 결연하고 단단한 기색을 느꼈다.

"우와, 소리는 벌써 꿈을 정했구나." 이심이 대꾸했다.

"네, 저도 꼭 선생님처럼 의사가 되고 싶어요."

자신을 물끄러미 올려다보던 소리의 눈빛, 팔을 쥐던 작은 손과 간절함이 배어 있던 목소리가 이심의 마음속 어딘가를 건드렸다. 그 감정을 들여다보고 싶었으므로 다음 주말에 집에 놀러오라는 그들의 청을 순순히 받아들인 것이다. 그러나 막상 약속을 하고 나자 다소 성급하게 내린 결정인지도 모른다는 불안감이 들기도 했다. 월요일의 조례가 진행되는 동안에도 이심은 무도회의 잔상에 사로잡혀 있었다. 흔쾌히 자기 앞에 서라며 양보하던 사람들의 미소, 공짜 술을 마시러 오라며 쿠폰을 건네던 바텐더의 낭랑한 음성, 자기 집에 방문해달라고 부탁하던 소리의 모습이 거듭하여 떠올랐다.

"위조한 진료 바우처 적발 사건, 공영 뉴스에서 다들 봤죠? 바우처 확인에 만전을 기합시다. 늘 말씀드리지만 공공 의료의 생명은 공정함에 있어요. 모두를 구하려다가는 아무도 못 구한다는 사실을 명심, 또 명심하시면서……"

팀장의 잔소리가 유난히 길게 이어지는 동안에도, 그날의 업무를 시작하고 왕진 가방을 멘 채 입에서 단내가 나도록 진료를 이어가는 동안에도 이심은 불현듯 소리의 모습을 떠올렸다. 이윽고 그날의 마지막 진료를 위해 방문한 가정에서는 되레 어디 아픈 데라도 있는 게 아니냐는 질문마저 들었다. 올봄에 봤을 때와는 영 다른 사람 같다는 것이었다.

이심은 당시의 기억을 곧장 떠올리지는 못했지만 진료 차트에 휘갈겨 적어둔 몇 개의 단어를 통해 노인이 작년에 남편과 사별했으며 발목 골절로 한 달간 와식생활을 했다는 사실을 확인했다. 이때 감소한 근육의 양은 여전히 회복되지 않은 상태였다. 식사는 비건식만 취하고 있었는데 간편식 비중이 높아 영양 상태가 좋지 않았다.

"비건식 하시는 어르신은 더 부지런하셔야 된다는 얘기는 전에 온 의사들한테도 많이 들으셨죠? 여기 콜레스테롤 수치 좀 보세요. 이러다가 지금 드시는 약을 두 배로 처방받으시는 거 순식간이에요, 어르신."

싱크대 한쪽에 쌓여 있는 채식 라면 봉지를 가리키며 라면이 주식인 거냐고 묻자 노인은 끙 소리를 내며 일어나더니 라면 옆에 놓인 두유를 가지고 와서 건넸다.

"선생님, 여기 옆 단지도 가시죠? 거기서 지난달에 아흔둘 된 양반이 살인으로 잡혀들어간 거 알아요?"

"그런 일이 있었군요."

"안 놀라시네. 하기야 그런 일이 처음도 아니니까. 우리 같은 사람은요, 선생님, 독신세 안 물고 혼자 살려면 사별밖에는 수가 없어요. 그 할머니가 영감 죽기를 기다리다, 기다리다 헤까닥 한 거, 난 백번 이해해. 일흔넷부터는 혼자 살아보게 됐으니까 나는 그나마 운이 좋다는 것도 알고요. 사람이 이렇게 간편하게도 살 수가 있더구만. 그러니까 제발 약이나 좀 세게 처방해줘요. 발목 욱신거리던 게 무릎 위까지 번졌으니까."

방 두 개에 거실 겸 부엌이 딸린 노인의 집은 북향이라 바닥이 냉골이었다. 비고란 마지막에 적힌 고독사 위험군을 의미하는 코드에는 이심 역시 이견이 없었다. 그러나 스산함이 배어 있는 노인의 삶이 홀가분해 보이는 점 또한 부정할 수 없었다. 이심은 노인의 집을 등지고 나오면서 그간 자신이 고독사 위험군이라고 표기해두었던 몇몇 노인의 모습을 떠올렸다.

어깨를 떨며 집 근처에 다다랐을 때는 무척 허기가 졌다. 오직 따듯한 국물을 먹고 싶다는 생각뿐이었다. 편의점에 들어서자 이심의 귀에는 2000년대 이전에 태어난 기성세대, 탐욕스럽게 소비에 몰두하여 자원을 고갈시키고 환경을 망쳐놓은 그들에게 철퇴를 가하겠다는 신찬식의 인터뷰가 들려왔다. 그의 분류법에 따르면 2010년도에 태어난 자신은 아직 철퇴를 맞는 쪽에 해당하지 않았다. 다행인 일인지 억울할 일인지 모르겠다고 여기며 이심은 라면을 집어들었다.

집에 돌아와 조금 싱겁지만 그만큼 덜 자극적인 라면 국물을 떠먹으면서 이심은 무도회의 위력을 느꼈다. 진료중에 꺼두었던 메이드의 개인 대화창을 열자 주말에 참석했던 무도회와 엇비슷한 콘셉트의 무도회 참석을 유도하는 메시지가 열통 넘게 도착해 있었던 것이다.

대충 읽고 지우기를 반복하던 이심이 메시지 사이에서 낯익은 얼굴을 발견한 것은 식사를 막 끝마쳤을 때였다. 메시지를 보낸 사람은 리키였다. 그는 이심이 기억하지 못할까봐 염려됐던지 얇은 셔츠를 걸치고 침대 헤드에 나른하게 기대앉은 사진 한 장도 첨부해놓았다. 이심은 홀로그램 프레임 위로 선명하게 떠오른 그의 모습을 감상하면서 도대체 자신이 언제 그에게 연락처를 주었는지 기억을 더듬어보았다. 그러나 아무래도 기억에 없었다. 실제로 연락처를 건넨 적이 없었기 때문이라는 사실은 사진에 이어지는 메시지로 확인할 수 있었다.

리키는 사실 자신과 은혜, 청명이 그 무도회를 주최하는 스타트업 이벤트 기업 소속이라고 밝혔다. 그렇다고 하더라도 참석자의 연락처를 개인적으로 찾아본 것은 처음이며, 드디어 자기 가족의 마지막 조각을 찾은 것 같아서 실례를 무릅썼다고 적고 있었다. 이심은 문득 그가 규정을 어기고 임의로 자신의 연락처를 알아본 만큼, 그의 사진을 누군가에게 보여준다고 하더라도 가책을 가질 필요가 없으리라는 데 생각이 미쳤다. 이를테면 최선생의 반응이 궁금해진 것이다. 대화창을 열어 최선생에게 뭐하느냐고 묻자 잠시 뒤에 고개를 갸웃하게 만드는 섬네일이 연달아 대화창 위로 떠올랐다.

진짜 흥미진진한 무도회에도 가볼래?

최선생은 링크 아래에 그렇게 적었다. 어떻게 흥미진진한지 알아보려던 이심은 곧이어 맥이 풀려 오른손을 떨구었다. 아빠가 보내온 메시지 때문이었다. 대꾸했다가는 더 긴 한탄으로, 때로는 엄마 몰래 돈을 좀 빌려달라는 부탁으로 이어지는 하소연에는 응대하지 않는 게 최선이었다. 무거운 몸을 일으킨 이심은 냄비를 들고 개수대로 향했다.

선생님 안녕하세요.

저는 소리예요. 주말에 저희 집에 와주시는 거죠?

무도회에서 이심이 유일하게 연락처를 건넨 사람의 연락은 그날 밤 잠자리에 들 즈음 도착했다. 이심은 물론이라고 답장하고 안도의 한숨을 내쉬었다. 라면 한 봉지에서 피어오른 냄새가 몇 시간이 지나도록 고여 있는 방, 싱글 침대도 겨우 놓은 이 작은 방과 곧 작별을 고할 수도 있을 터였다. 주말에는 소리네 집에서 그토록 자랑하던 샴푸의 요정을 써보는 것도 좋지 않을까. 이심은 무도회 참석자의 후속 만남을 위한 안내 절차에 따라 자신의 건강 상태와 체질적 특성을 밝히는 설문지를 작성하여 소리네에게 전송했다. 이튿날에는 소리네가 보내온 내용을 꼼꼼히 읽었고, 금요일 밤에는 소리의 동생인 로아와 가족 중 최고 연장자인 애월의 건강에 관해 체크해둘 사항까지 표기해두었다.

그랬건만 막상 약속한 시각에 이심은 소리의 집으로 향할 수 없었다.

막 집을 나섰을 때 메이드로 호출이 왔기 때문이었다. 엄마의 메이드가 긴급한 사안을 감지하고 자동으로 발신한 알림은 이심의 엄마가 장애 혹은 장기적 신체 기능 저하를 촉발할 수 있는 위기 상황에 처했다는 내용을 전하고 있었다.

비밀

“좋지, 그럼 심이 여름방학 되면 우리도 가족 여행을 가는 거야.”

“진짜?”

“아빠만 믿어!”

앞으로 일어날 일을 약속할 때 아빠는 득실을 따지지도 망설이는 기색을 보이지도 않았다. 이심은 주말마다 캠핑을 간다고 자랑하는 친구에게 우리집도 가족 여행을 갈 거라고 말할 생각에 신이 났다. 아빠가 생일에 외식을 하기로 해놓고 잊은 일도 더이상 원망스럽지 않았다. 엄마는 그때까지 아빠에게는 눈길도 주지 않은 채 국에 만 밥만 떠먹고 있다가 별안간 탁 소리나게 수저를 내려놓았다.

"애한테 지키지도 못할 약속 하지 말라고 했지."

"지키면 되잖아. 어디 가고 싶은지 둘이 정해만 놔. 자기 듀티 맞춰서."

"퍽이나 지키겠다."

식탁에서 일어선 엄마의 눈치를 보는 이심에게 아빠는 걱정 말고 어서 마저 아침을 먹으라고 말했다. 그렇게 호언했지만 여름방학이 되자 가족 여행은 겨울방학으로 미뤄졌다. 막연히 가고 싶은 곳을 생각해보라던 아빠는 겨울방학을 언급하고서는 아무래도 하룻밤은 짧으니 두 밤은 자고 오자는 둥, 제주도 애월에 봐둔 숙소가 있다는 둥 구체적인 계획을 제시했으므로 이심은 참고 기다릴 수 있었다. 하지만 막상 겨울방학이 되었을 때, 여행은 다시 봄방학으로 미루어졌다.

그해 아빠는 엄마 몰래 하룻밤새 두 배가 되었다가 반토막이 나기도 하는 가파른 그래프에 삼 년 치 연봉을 건 모험을 감행하고 있었다. 이심은 그 사실을 성인이 된 후에 알았다. 처음에는 머뭇거리며 푸념하던 엄마는 한번 털어놓은 뒤로는 잊을 만하면 그해 아빠가 잃은 돈이 전부 얼마였는지, 당시 종합병원에서 삼교대 근무를 하던 자신의 삶이 얼마나 고되었는지 되뇌며 기막혀했다. 그렇게 괴로웠으면서 아빠와 헤어질 생각은 해본 적 없느냐는 질문에는 "그때 너 아빠 없이는 못 살았을걸?" 하고 반문했다. 그럼 나 때문에 참은 거냐고 되묻자 덤덤한 얼굴로 고개를 저었다. "빚이라고 다 같은 빚이 아니야. 남편이 저지른 거지 나는 모르는 일이에요 하고 내뺄 수 있는 빚이 있고, 지저분하게 얽혀서 도망을 못 가는 빚도 있고. 그 인간은 아주 종류별로 다 만들어놨었어."

결국 봄방학이 시작되었을 때만 하더라도 일정표는 짜두었냐던 아빠는 여행 이틀 전날 도저히 시간을 낼 수 없다고 했다. 그러므로 그 여행을 아빠 없이 떠나게 된 일, 엄마의 오랜 친구인 서안이 합류하게 된 일은 결코 처음부터 의도된 결과는 아니었다. 그 사실은 누구보다 이심이 잘 알고 있었다.

근무를 마치자마자 공항으로 달려왔다며 가쁜 숨을 몰아쉬는 서안을 보고 진짜로 달려올 줄은 몰랐다던 엄마의 벙찐 표정을, "제주도는 차 없으면 불편하니까, 아저씨가 같이 가서 운전해줄게. 그래도 될까?" 하고 조심스레 묻던 서안의 모습을 이심은 기억하고 있다. 당시의 이심은 백반증에 관해 알지 못했으므로 그의 얼굴과 손 군데군데에 난 흰 자국이 신기했지만 입에 올리지는 않았다. 결국 아빠와 함께 가지 못한다는 사실에 낙담하여 대답을 할 마음조차 나지 않았던 것이다.

그러나 막상 제주도에서의 이박 삼일은 순조로웠다. 서안은 아빠보다 훨씬 조심스럽게 운전했고, 제주 곳곳의 관광지를 꿰뚫고 있었다. 무엇보다 엄마와 말다툼을 하지 않았다. 두 사람은 곧잘 농담을 주고받았는데 엄마가 그토록 크게 웃는 모습을 본 것은 이심이 기억하기로 그때가 처음이었다. 여행의 마지막날 호텔의 온수 풀에서 큼직한 홍학 모양 튜브를 타고 떠 있던 이심의 입에서는 서안도 우리 가족이면 좋겠다는 말까지 나왔다.

"심아! 삼촌 꿈도 그거야!"

화색이 돈 얼굴로 서안이 선베드에서 몸을 일으키기 무섭게 엄마가 그의 어깨를 쥐며 고개를 흔들었다. 이심은 엄마와 아빠가 그러듯 두 사람도 이제부터 다투기 시작할까봐 겁을 먹고 눈치를 살폈다. 다행히 엄마는 단지 고개를 저었을 뿐이었다. 그러고는 이심에게 이제 삼십 분 뒤에 들어가자고 하더니 다시 선베드에 다리를 뻗고 누워서 눈을 감았다.

"그럼 우리 심이 꿈도 들어볼까?" 서안이 풀장 안으로 들어와서 홍학 튜브의 목을 쥐고 끌어주었다. 이심은 자신의 두 다리가 온수 풀의 미지근한 물살을 부드럽게 가르는 데 정신을 뺏겨 대답을 미루고 있었다. 서안이 다시 물었을 때는 부끄러움을 참고 말하느라 목소리가 기어들어갔다.

"엄마처럼 간호사 선생님이 될 거예요."

"정말?"

"네. 저는 간호사가 되고 싶어요."

"영주야 들었어? 심이는 엄마처럼 훌륭한 간호사 선생님이 되고 싶대!"

엄마는 두 눈을 감은 채 잠시 그대로 있더니 이윽고 풀장 안으로 들어와서는 이심의 얼굴에 물을 흩뿌렸다. 세 사람의 웃음소리가 공중에 흩어지던 순간, 이심은 한번 더 이렇게 셋이 가족이면 좋겠다고 생각했다.

그후로 내내 그 생각에 사로잡혀 있었기 때문에 집에 돌아왔을 때 아빠가 새로운 가족이라며 내민 조그만 잿빛 강아지를 보고 이심은 누군가 자신의 소원을 잘못 알아들은 것이 아닐까 생각했다.

"심이 동생이야. 안아봐, 이름은 일로니라고 부르고."

"일로니?"

"머스크 형한테 따온 거야. 너 얘 가지고 싶어했잖아! 펫숍 앞에서 넋을 잃고 보던 거, 아빠가 다 알고 있었지."

*

본가의 현관문을 열자마자 진동하는 들척지근한 탄내에 이심은 거푸 재채기를 했다. 엄마는 "환기를 시킨다고 시켰는데……" 하고 겸연쩍어하며 창문을 열었다. "뉴스가 심란해서, 점심거리 올려놓고는 타는 줄도 몰랐다."

"통화도 안 되니까 놀랐잖아."

"메이드 풀어놔서 몰랐어. 나 그냥 좀 넘어진 거라니까. 말

짱해."

"그래도 스캔 한번 떠보게 누워봐. 메이드는 어딨어?"

엄마는 메이드에 그런 기능까지 있느냐며 딴청이었다. 정말 세게 넘어진 게 아니라면서 벌떡 일어나 안방 쪽을 향해 발을 차 보이기도 했다. 이심은 가볍게 눈을 흘기고는 의례적으로 아빠의 안부를 물었다. 엄마는 반대편 다리를 들어 한번 더 안방 쪽으로 내지르더니 한숨을 쉬었다.

"약 먹고 자. 요새는 줄창 누워 있어. 그건 그렇고. 아니, 스마트 케어 너무 오버하는 거 아니니? 골절이 된 것도 아니고 좀 넘어진 거 가지고 딸한테 긴급 알림까지 보낼 건 뭐야."

공과금을 내듯 매달 만만찮은 금액을 지불하는 서비스가 제풀에 오버하여 작동할 리가. 지난해 종합검진 결과에서 골밀도 수치를 확인하고 이심이 긴급 알림 항목에서 골절과 타박상 민감도를 높였다는 사실을 엄마가 여태 눈치채지 못하고 있는 것뿐이었다. 엄마도 보기보다 허술한 데가 있다는 생각에 이심은 웃음을 삼켰다.

육십대 중반에 접어든 엄마는 왕진하며 상대하는 노인들과는 달리 원격의료를 이용하는 데 어려움을 겪지는 않았지만 딱 거기까지였다. 메이드는 최소한의 기능만 활용했고, 이심이 새로운 서비스를 권하면 골치 아프다며 손을 내저었다.

"내가 이번주에 뵌 어르신 한 분은 발목 삐끗해서 한 달간 누워 계신 여파가 회복이 안 되더라. 엄마도 건강에 문제가 없을 때 미리 신경을……"

"얘가 정말," 엄마가 이심의 말을 자르며 어깨를 툭 쳤다. "환자 본 시간은 내가 너보다 훨씬 길거든."

"요즘은 환경이 다르고, 치료랑 예방을 할 수 있는 차원도 다르다고."

"그만 좀 해. 신찬석 때문에 안 그래도 골 아픈데."

"왜, 자꾸 기성세대 싸잡아 공격하니까 거슬려?" 이심이 놀리는 어투로 물었다. "하긴, 엄마는 삼교대 하는 와중에 쓰레기 많이 나온다고 배달 음식도 잘 안 시켜 먹었던 사람이니까. 경규철이랑 같은 MZ세대라고 묶여서 까이면 억울하기는 하겠네."

"아이고, 나는 80년생이라 MZ에 껴주지도 않거든."

엄마가 코웃음을 치더니 메이드의 홀로그램 프레임을 열어 공영 뉴스의 정치 섹션을 재생시켰다. 며칠 전까지만 하더라도 경규철과 같은 기성세대에게 철퇴를 가하겠다고 으름장을 놓던 신찬석은 창백한 얼굴에 환한 미소를 띤 채 경규철의 손을 맞잡고 있었다. 그들이 이끄는 두 개의 당이 오늘 전격적으로 합당을 결정했다는 보도가 이어지자 이심은 자기 귀를 의심했다.

"얼마 전에 경총 옛날 보좌관 한 명이 자살'당한' 거 같더

라. 듣기로는 철도 민영화 때 경총네하고 처가가 얼마나 해먹었는지 제일 빠삭하게 알고 있던 사람이었대."

"공영 뉴스에서는 그런 얘기 하나도 안 나오던데."

"어차피 이제 합당했다는 뉴스만 나오겠지, 뭐. 염색하고 나온 것 좀 봐라. 둘이 아주 컬러 톤까지 딱 맞잖아."

엄마 말대로 영상 속의 경규철은 인위적일 만큼 새하얀 백발을 하고 있었다. 합당을 한 이상 총선 결과는 불 보듯 뻔했고, 다시 경총의 시대로 되돌아갈 것이다. 그렇다면 지금부터라도 선거에 관심을 가지지 않는 게 피로감이나마 줄이는 길일 터였다. 기자가 합당 후 양당이 최우선으로 추구할 공통 과제가 무엇인지 묻자 경규철의 입에서는 단박에 '민생 안정'이 나왔다. "알래스카 모델을 완성하겠습니다. 인공지능으로 이윤을 극대화한 기업들에 부가지능세를 도입하여 재원을 확충하겠습니다." 그러자 모녀는 거의 동시에 신음을 흘리며 진저리쳤다.

"저놈의 알래스카 모델 타령을 십 년 넘게 들을 줄이야. 아니지, 내각제 전부터 광을 팔았으니까 십 년이 다 뭐야. 이제 곧 이십 년이네."

"맞아. 내가 막 대학교 들어갔을 때 나온 얘기니까."

이심은 유년기 동안 두 번의 팬데믹을 거쳤다. 첫번째는 초등학교 시절의 대부분을 좀먹었으며 다음은 고등학교를 다니는 삼 년 내내 이어졌다. 바로 그 삼 년 사이에 학교 급식이 유료로 바뀌었고, 대면 수업을 하는 시기에는 반마다 점심값이 없어서 굶는 아이들이 나왔다. 이심의 짝은 자기 아빠가 결국 차를 팔았다고 말할 때까지는 키득거렸지만, 초심자도 고용해주는 생산직 일자리를 얻었다며 학교를 그만둔다는 말을 하면서는 눈물을 보였다. 난방비가 깜짝 놀랄 만큼 급등해서 겨울이면 집에서도 장갑을 낀 손으로 수학 문제를 풀어야 했다. 어디에서나 빈부격차가 점점 더 심해지고 있다는 이야기가 들렸다.

돌아보면 그랬기 때문에 더 절박하게 입시에 몰두하게 되었다고 이심은 생각했다. 시민 모두에게 배당금을 지급하는 알래스카를 모델 삼아 팬데믹이라는 특수한 상황을 넘어 평상시에도 전 국민에게 수당을 주겠다는 경규철의 주장에 많은 사람들이 열광한 것도 마찬가지 이유에서였을 것이다.

물론 당시에도 몇몇 매체는 알래스카 모델의 허점을 전하기 위해 애썼다. 알래스카에는 북미 최대 규모인 프루도만灣 유전이 존재하고, 거기서 발생한 수입의 일부로 조성한 알래스카 영구 펀드의 수익금을 시민들에게 배당한 것이라는 맥락을 알렸다. 이처럼 지속 가능한 재원이 불명확한 상황에서 전 국민에게 통상적으로 수당을 지급하는 방식은 세금과 물가의 폭등을 초래하리라는 사실을 널리 알리고자 노력했다.

그러나 더 쉽게 접할 수 있는 것은 기대감으로 가득찬 청사진이었다. 내각제 전환 후 경규철은 가뿐히 초대 총리 자리를 거머쥐고 취임 석 달 후부터 '시민 수당'을 지급했다. 다만 그해 이심네 앞으로 지급된 시민 수당 일 년 치를 모아도 한 학기 등록금의 절반밖에는 되지 않았다. 주권자 누구에게나 공평하게 주어진 시민 수당을 통해 서민들의 숨통이 트였다는 뉴스가 쏟아지는 상황이 이심은 터무니없게 느껴졌다.

그나마 짧은 호황기가 지나고 올라가는 금리와 폭등하는 세금, 거의 두 배로 뛴 등록금으로 인해 이심은 전보다 더 필사적으로 학업에 매달려야 했다. 그러는 동안에도 쪽지 시험을 몇 번 치르고 나면 전에는 예상조차 해본 적 없는 일들이 벌어졌다는 사실을 알게 됐다.

국가 기반 산업은 조용히 민간에 팔려나갔고, 일명 '과시 금지법'으로 불리는 사회 갈등 조장 방지법이 등장했다. 서민들이 느끼는 박탈감을 경감시킬 가장 빠른 해결책이라는 명목으로 부자들의 화려한 삶을 전시하지 못하도록 하는 괴상한 법이었다. 일정 소득 이상인 사람은 SNS 계정의 공개 범위를 제한하거나 아예 일반인이 접근할 수 없는 별도의 SNS를 사용해야 했다. 유명인의 부유한 삶이 드러나는 관찰 예능 프로그램은 폐지되었다. SNS와 슈퍼리치, 슈퍼스타에 대한 제재가 커서 일명 '신 3S 정책'이라고 불리기도 한 그 법은 부자를 없앤 게 아니라 눈앞에서 치운 것뿐이었으나 당시에는 속이 다 시원하다는 분위기가 지배적이었다.

높은 지지율을 등에 업은 경총이 심혈을 기울인 사업 중 하나는 가짜 뉴스의 발본색원을 구실로 정부 직영 미디어 그룹을 새로이 출범시킨 것이었다. "여의도 B타워에서 전해드렸습니다"라는 마무리 멘트를 트레이드마크로 가진 공영 뉴스가 등장했고, 얼마 지나지 않아 일반 채널의 뉴스는 별도의 요금을 부담해야만 볼 수 있게 되었다. 그나마도 대부분의 언론사가 도산하거나 가짜 뉴스 제공처로 지목돼 폐업하면서 선택지는 점점 더 줄어들었다. 그쯤 되자 확실히 뭔가 잘못되고 있다는 목소리, 다시 촛불을 들어야 한다는 외침이 산발적으로 터져나왔지만 오래가지 못했다. 때마침 세상에 첫선을 보인 메이드의 활약 때문이었다. 무한에 가깝다고 일컬어질 만큼 다채로운 기능을 가진데다 어디에든 또렷한 홀로그램을 띄울 수 있는 메이드가 빠르게 보급되면서 당시의 모든 화제를 집어삼킨 것이다.

"이러다가 앞으로 이십 년이 지나도 경총일 것 같아." 이심이 홀로그램 프레임을 닫으며 말했다.

엄마는 땅이 꺼져라 한숨을 쉬더니 언제나처럼 몇몇 정치인의 이름을 말하며 그 사람들이나마 지켰어야 했다고 중얼거렸다. 사람들이 우총, 그러니까 현재의 총리인 우숙원의 정책은 살피지 않고 엉뚱한 트집만 잡는다며 답답해했다. 경총 꼴을 언제까지 봐야 하느냐며 주먹 쥔 손으로 명치께를 어찌나 세게 두드리는지 멍이 들까봐 이심은 엄마의 오른손을 부여잡고 뭐라도 먹자며 화제를 돌렸다.

"그래, 딸이 왔는데 굶겨 보낼 수는 없지."

냉장고 문을 여는 엄마는 여전히 어두운 얼굴이었다. 이심은 엄마의 갑갑한 마음을 잘 알았지만, 한편으로는 나아질 기대가 되지 않는 일에 매번 열렬히 분노하는 모습이 별나게 느껴지기도 했다. 엄마는 이심이 첫 선거권을 행사했을 때 이미 대통령제가 막을 내린 시점이었으므로 체감하는 막막함이 다른 것이라고 했지만, 그 말은 절반만 맞았다.

인기 없는 아나운서로, 예능 피디로, 논객으로 끊임없이 형태를 바꾸어가며 미디어에 모습을 드러내어 '관종'의 대명사로 불리던 경규철. 알래스카 모델처럼 허황한 정책을 남발하여 그의 성씨인 '경'은 가벼울 경일 거라는 비아냥을 받는 사람이 장수 총리로 군림하는 일에는 이심 역시 한숨이 나왔다. 다만 이심에게 엄마와 다른 점이 있다면 어떤 일이 닥쳤을 때 최악이라고 잘라 말하는 데 저항감이 있다는 것뿐이었다.

이심은 십대 때부터 기후 위기를 가깝게 느꼈다. 한 세대 후의 이야기가 아니라 바로 지금 닥친 일이며 당장 행동하지 않으면 인류의 안위를 지킬 수 없으리라는 점을 기정사실로 받아들이며 자란 것이다. 어릴 적에 가장 자주 꿨던 악몽도 폐허가 된 지구에 남는 것이었다. 그때마다 대체로 곁에는 아무도 없었다. 그러니까 이심에게 있어 최악은 나라가 망해가는 것 정도가 아니라 인류의 절멸이었다. 그 심정은 역으로 살아남아 있는 일에 대한 감사로 이어졌다. 오랜만에 만난 엄마와 먹을 수 있는 것이 고작 레토르트 파스타에 불과하다 하더라도 함께 식탁에 마주앉아 있다는 사실 자체를 감사하게 여기는 마음을 가질 수 있었다.

"토마토고 크림이고 둘 다 싱겁다, 그치?" 엄마가 물었다. "십 년 전에 비하면 가격은 몇십 배가 뛰었는데 죄 맹탕이야, 안 그러니?"

"그렇긴 한데, 난 웬만하면 옛날 생각은 안 하려고 해. 지난 일은 지난 일이고, 이건 지금 엄마랑 같이 먹으니까 그 맛에 먹을 만한 거고."

"아주 내가 보살님을 낳았다니까." 엄마가 남은 파스타를 이심의 그릇에 덜어주며 말했다. "너는 이럴 때 보면 득도한 사람 같아."

"그렇지도 않아. 누가 샴푸의 요정이 있는 집에서 같이 살자고 하니까 혹하던데? 수도세 걱정 안 하고 매일 쓸 수만 있었으면, 나 벌써 거기 들어가서 살고 있을지도 몰라."

엄마는 입안의 파스타를 씹어 삼킨 후에 천천히 입을 닦았다. 잠시 생각을 가다듬을 시간이 필요했던 듯, "골절이 된 것도 아닌데 갑자기 수선이다 싶더니만 그 얘기 하려고 왔구나" 하고 다시 수저를 들었다. 이왕 온 김에 집합가족 편입에 관해 말을 꺼내두는 게 낫겠다는 판단이 갑자기 들었던 것뿐이지만 이심은 잠자코 있었다. 잠시 후 식탁 위의 정적을 깨듯 초인종이 울렸다.

식탁 위로 홀로그램 프레임을 띄우자 현관 앞에 비스듬히 선 한 여성의 모습이 비쳤다. 엄마는 짐작하는 바가 있는 듯 잠시 아무 말 하지 말고 있으라고 입술 앞에 검지를 세워 보이더니 자리에서 일어났다.

"옆집 사람 아니야?" 상황이 파악되지 않은 이심이 목소리를 낮춰 말했다. "나 저분이랑 엘리베이터 같이 타고 올라온 것 같은데."

"그랬어?" 엄마가 한숨을 쉬었다. "그럼 집에 사람 없는 척 해봤자 소용없겠네."

초인종은 한번 더 울렸고, 곧이어 가볍게 현관문을 두드리는 소리와 함께 "영주씨, 영주씨" 하고 엄마의 이름을 부르는 목소리가 들렸다. 그러자 엄마가 이심의 어깨를 짚으며 다시 한번 가만있으라고 하고서 현관 밖으로 나갔다. 화면 중앙으로 엄마의 손을 덥석 잡는 여자의 모습이 보였다. 소리는 들리지 않았지만 이심은 여자가 호소하는 바를 알아차릴 수 있었다. 엄마에게 연신 머리를 조아리는 여자의 옆얼굴이 흔들렸다. 이내 이심이 현관 밖으로 나가자 여자는 냉큼 이심의 손을 붙잡으며 자기 딸을 잠깐만 봐줄 수 없겠느냐고 사정했다.

"너는 군이 왜 나왔어." 엄마가 나무라듯 말했다.

"내가 말씀드리는 게 빠를 것 같아서." 이심은 말했다. "어르신, 따님이 편찮으신가보군요. 12월이라 올해 바우처는 이제 다 쓰셨고요."

"네, 선생님, 건강하던 애가 어깨에 담이 오도록 기침을 하느라 제대로 자지도 먹지도 못하는데 이상이 없대요. 원격진료상으로도 문제가 없다고 하고, 메이드로 DNA 스캔을 떠봐도 아무 이상이 없다는 말뿐이에요. 제발 좀 이비인후과 전문의를 만나게 해달라고, 최소한 약이라도 바꿔달라고 아무리 애원을 해도 진단 결과로는 문제가 없다고만 하더라고요. 영리 병원 알아보니까 입원이나 해야 제대로 봐준다는데 세상에 그거 감당하려면 저희 집을 팔아도 될까 말까……"

"무슨 말씀인지 알죠, 어르신. 많이 답답하시겠어요." 이심은 이럴 때마다 그러듯 지극히 차분한 어투로 설명하기 시작했다. "그런데 제가 사적으로 의료 행위를 하다가 발각되면 규정 위반으로 그달 수입을 넘어가는 벌금을 물게 돼요. 벌금은 자동으로 어르신 댁에 청구가 되고요. 벌금만 물고 끝나는 게 아니라 이후에 의료보험 비용 자체가 상당히 오를 거예요.

그러니까 어르신을 생각해서라도 제가 봐드릴 수가 없어요. 죄송합니다."

이심은 옆집 여자를 보내고 식탁 앞으로 돌아와서 식은 크림소스가 엉긴 파스타를 입에 넣었다. 엄마는 도대체 네가 의사라는 얘기를 어디서 들었는지 모르겠다고 중얼거리며 이마를 짚었다.

"그래도, 원래 막무가내인 사람들은 아니야. 올해 초에는 귤도 나눠줬었고. 딸이 아픈 지 몇 년 되다보니까 속이 말이 아닌가봐."

"엄마, 우리 팀장이 귀에 못이 박히도록 하는 말이, 공공 의료에는 예외가 있으면 안 된다는 말이야."

"그래. 이게 다 의료보험 건드릴 때 못 막은 업보지, 뭐."

집안에서는 여전히 은근한 탄내가 났고, 아빠가 누워 있는 방의 문은 굳게 닫혀 있었다. 식탁 앞으로 돌아온 엄마가 "그럼 너도 요즘 무도회 같은 데 나가고 그러는 거야?" 하고 물었을 때 이심은 소리네 가족들을 떠올렸다. 좀더 일찍부터 마음을 굳혔더라면 바로 오늘 같은 날이야말로, 집에 돌아가자마자 샴푸의 요정을 쓸 수 있었을지도 모른다는 생각이 들었다.

"한 번. 이번에 처음으로 가봤어."

"그래, 나는 뭐 눈치도 없니? 우리 딸이 사치하고 그런 애가 아닌데 요즘 같은 세상에 전문의 됐다고 혼자 살겠다지를 않나, 심상치 않다 싶었지. 전에 옆집 여자도 그러더라. 뉴스 보면 모르냐고, 요즘 애들은 모르는 사람이랑 부대끼고 살았으면 살았지, 부모 집으로는 안 온다고. 뭐, 저 집처럼 몇 년씩 아프면 또 모를까. 원래 그 딸이 애가 그렇게 착하다더라."

"엄마, 나 진짜 못 도와줘."

"알아. 그냥, 전에 들은 얘기가 생각이 나서. 그뿐이야." 엄마는 그러더니 오랜만에 일로니 영상이라도 함께 보자며 다시 홀로그램 프레임을 띄웠다.

화면 한가운데에는 맨 먼저 새벽 두시를 가리키는 시계가, 다음으로 책상에 앉아 공부하다가 졸고 있는 이심의 뒷모습과 이심 발치에서 곤히 잠든 일로니가 등장했다. 세상을 떠나기 직전의 일로니는 시력을 잃고 청력도 약해졌지만 냄새만으로 늘 이심이 있는 곳을 찾아왔다. 영상은 노견이었던 일로니가 조금씩 어리고 활발했던 모습으로 시간을 역행했다. 한동안 말없이 화면을 바라보던 이심은 엄마에게 지금부터 하는 얘기는 최소한 이삼 일은 기다렸다가 전해야 한다고 다짐을 받았다.

"응, 그럴게." 엄마는 뭘 말하는 것이냐고 묻지 않고 대답부터 했다.

"작년부터 바우처 없이도 긴급 환자로 신청할 수 있는 기준에 몇 가지 새로 들어온 게 있어. 그중 하나가 급성 이명이야. 바우처를 한두 장 더 주더라도, 난청으로 커지기 전에 막는 게 의료 비용을 덜 쓴다는 계산인 거야."

"이명은 갑자기 들리는 것도 사라지는 것도, 본인 말고는 알 도리가 없는 거고. 응, 그러니까 전에는 그런 적 없었는데 갑자기 고주파로 이명이 몇 분이나 들렸다고 신청하면, 이비인후과 전문의가 올 확률이 높겠네."

"이비인후과 전문의는 어디나 항상 부족하니까 운이 없으면 또 같은 의사가 올지도 모른다고, 너무 큰 기대는 하지 말라고 해. 아무튼 이거, 나는 모르는 일인 거야."

"당연하지. 옆집 딸 딱하다고, 우리 딸 피해 갈 일 만들겠니? 걱정 마. 다음주에나 전할 거야. 이 얘기는 주말쯤 우연히 길에서 들었다고 하고."

이심은 고개를 끄덕였다. 화면에는 일로니가 막 집에 왔을 즈음의 영상이 나오고 있었다. 아빠의 부름에 아빠 쪽으로 움직이던 일로니는 반대편에서 엄마가 부르자 뒤도 돌아보지 않고 엄마 쪽으로 달려갔다. 널 누가 데리고 왔는지 아느냐며 아빠가 아무리 불러도 일로니는 엄마 품안에서 움직이지 않았다.

"일로니 재가 지금도 있었으면 좋았을 텐데." 엄마가 말했다. "네가 세금을 그렇게 물면서 몇 년이고 버티는 거 보고 안 돌아올지도 모른다 싶기는 했어. 실은, 너희 아빠가 먼저 그러더라. 포기하라고, 자기랑 같이 살기 싫어서라도 심이는 여기로 안 올 거라고."

"아빠는 참 그럴 때 보면 뭐랄까." 이번에는 이심이 수저를 내려놓았다. "결정적인 순간에 동물적 감각 같은 게 있어. 그게 투자할 때 맞았으면 우리집도 자산가들 동네에 있었을걸."

"누가 아니래." 엄마가 어깨를 으쓱했다.

"확실히 어떤 면에서는 촉이 좋았어. 우리끼리 제주도 여행 다녀왔을 때도 그랬잖아."

"여기서 그 얘기가 왜 나와."

"아빠는 나한테 그 여행이 어땠느냐고 그때도, 나중에도 한 번도 안 물어봤어."

"그 얘기는 됐다니까."

"그래도 불안해서 뭐라도 해야겠다 싶었던 거야. 그러니까 우리 돌아오는 날 맞춰서 일로니를 데려왔겠지."

말은 새 가족이라고, 동생이라고 했지만 아빠는 인형을 고르듯 펫숍에 돈을 내고 불쑥 일로니를 데려왔다. 의기양양하게 일로니를 내밀던 아빠의 얼굴을 또렷하게 떠올릴 수 있었다.

"심이 동생 생겼어, 그랬던 거 기억해? 이름은 머스크 형한테 따왔지, 하면서 웃는 얼굴이 끔찍하게 해맑았는데."

엄마는 고개를 절레절레 젓더니 식탁을 치우기 시작했다. 그해 봄방학이 지나고 본격화된 팬데믹으로 인해 그로부터 두 해가 넘도록 다시 여행을 떠날 수 없었으므로 어찌됐든 그 여행은 가기 잘했다는 말에도 대꾸가 없었다. 뉴스를 보며 분통을 터뜨리는 때와는 다른 사람이 되기라도 한 양, 이럴 때면 엄마는 포기하고 함구하는 일에 능숙한 사람처럼 굴었다.

지난해, 엄마의 거듭된 부탁에 이심이 서안을 만나고 온 후에도 엄마는 딱 한마디를 물었을 뿐이었다. "아예 가망이 없는 상태야?"라고. 그렇지 않다고 하자 표정을 담지 않은 얼굴로 고개를 끄덕이기만 했다. 더는 아무것도 묻지 않았다.

하지만 엄마가 모르는 게 있어. 이심은 속으로 생각했다. 엄마의 옛사랑은 단순히 소수의 자산가 그룹에 속한 사람에 불과한 게 아니라고. 이십여 년 만에 만난 그 사람에게 내가 어떤 이야기를 듣고 왔는지 아마 엄마는 짐작조차 할 수 없을 거라고.

에르데

이어진 주는 추위가 다소 누그러든 반면 대기의 질은 유독 나빴다. 월요일 조례에서 팀장은 고기능 마스크를 나누어주며 각자의 호흡기 건강에 만전을 기하라고 일렀다. "우리 팀에도 이비인후과 전문의가 있어야 돼요, 팀장님." 최선생이 운을 띄우자 팀장은 "그럼요, 윗선에서도 납득하는 눈치였으니까 이제 곧 될 겁니다" 하고 응수했다. 그는 지난달에도, 지지난달에도 그렇게 대답했지만 최선생은 마치 이 화제를 처음 꺼내기라도 하는 것처럼 싹싹한 어투로 잘 부탁드린다고 덧붙였다.

목요일 밤에 퇴근을 앞두고 사무실에 들렀을 때, 남아 있는 사람은 최선생뿐이었다. 팔짱을 끼고 모니터를 쏘아보는 폼이

심상찮다고 느낀 이심은 함께 모니터를 살피며 그녀의 어깨를 두드려주었다.

"노안 약 바꿔야겠어." 최선생이 말했다. "글자가 흩어져서 일이 안 끝나."

"잠깐 쉬세요, 제가 빠진 데 있나 한번 볼게요."

"대강 다 했어."

"대강이요? 임종 건은 한 칸도 빠뜨리면 안 돼요, 선생님." 이심이 모니터에 얼굴을 바짝 들이밀었다. "게다가 이거 어제 못 가서 오늘 방문한 건이잖아요. 그러면 이 아래로 한참 남았다고요."

"공기가 이 모양이면, 신청자 늘고 진료 밀리는 게 당연한 건데. 이럴 시간에 환자를 한 명이라도 더 보는 게 낫지."

"괜히 규정에 저촉될 일 만들 필요 없잖아요." 이심은 최선생을 자리에서 일으켜세웠다.

최선생이 집에 도착했을 때 이미 숨이 끊어져 있었다는 사망자는 91세였다. 그가 앓고 있던 천식에 관해서는 아내와 아들도 인지하고 있었지만, 어제 오후에 왕진을 신청한 사실은 둘 다 모르고 있었다. 간밤에 기침이 심해졌거나 혈색이 나빴었느냐는 질문에도 답하지 못했다.

그들 가족은 십여 년 전부터 각각 방을 쓰기 시작한 이래 최근 몇 년간은 식사도 따로 해결한 모양이었다. 올해 초에 환갑을 맞았다는 사망자의 아들은 아버지와 마지막으로 대화를 주고받은 시점이 몇 달 전인지조차 가물가물하다고 했다. 경찰은 사망자의 발치에서 발견된 메이드가 이미 며칠 전부터 방전된 상태였다며 이른바 '가정 내 고독사'로 보인다는 의견을 냈다. 최선생도 이견이 없었다.

"층간 소음만 보면 천장이고 벽이고 얇은 거 같잖아." 최선생이 가방에서 근시 교정용 안약을 꺼내다 말고 입을 열었다. "그런데 한집안에서 문 닫고 떨어져 있으면 기침을 하고 앓는 소리를 해도 잘 안 들린다는 게 신기하지 않니."

안약을 넣은 최선생은 잠시 가만히 눈을 감고 있었다. 지난해에 보험금을 노리고 가정 내 고독사를 위장한 살인사건이 잇따라 발생하지 않았다면 서류 작업이 몇 배나 늘지도 않았을 거라고 혀를 차던 그녀는 이심이 빈칸을 메우는 사이에 편의점에서 맥주 두 캔을 사가지고 왔다.

"안 돼요, 선생님. 사무실 안에서 쓸 수 있는 알코올은 소독용밖에 없어요."

"가는 길에 마시자고. 딱 한 정류장만 걸어가자."

이심은 마스크를 흔들며 미친 짓이라고 말했지만 그럼 혼자서 두 캔을 마실 때까지 걸어가겠다는 최선생의 고집에 백기를 들고 말았다. 최선생은 공공 의료센터를 나서자마자 벌컥벌컥 맥주를 들이켜고 요란하게 한숨을 내쉬었다. 대기 상태는 종일 변함이 없어서 달이 겨우 형체를 알아챌 수 있을 정도로 흐릿하게 보였다. 공기에서 나는 냄새 때문에 몇 년쯤 방치해둔 이불 안에 파묻혀 있는 기분이라고 이심이 말하자 최선생은 과연 그렇다며 히죽거렸다.

"그러니까 얼른 마셔버려. 그래야 다시 마스크 쓰지." 최선생이 캔을 마저 비웠다. "어떤 의사들은 매일 사체를 보면서 살잖아. 어떻게 버틸까?"

"그러게 말이에요."

"사실 그건 우리 아버지가 잘 알 텐데."

"아버님이 법의학자라고 하셨죠?"

"응."

"이번 기회에 한번 연락해보세요. 선민이 사진도 보여주시고요."

"소꿉놀이 그만하고 집으로 돌아오라고 소리지르는 사람한테?"

"아니, 요즘 세상에 아직도 그런 말씀을 하신다고요?"

"그래서 난 가족 고를 때 되게 신났었다?" 최선생이 손에 쥔 캔을 우그러뜨리며 말했다. "이선생은 나보다 꼼꼼하잖아. 그러니까 눈 크게 뜨고 더 잘 찾아봐."

*

고된 한 주를 보낸 이심은 토요일 정오가 다 되어서 겨우 잠에서 깼다. 메이드에는 아빠의 메시지가 와 있었는데 '내가 아무래도 여태 헛산 것 같다'라고 시작하는 글이 홀로그램 프레임 전체를 가득 채우도록 이어지고 있었다. 주기적으로 엄마를 기함시키는 사고를 치고 난 후에도 다 만회할 방도가 있으니 자기만 믿으라며 센 척을 하던 아빠는 몇 해 사이에 딴사람이 되어 신세한탄이 늘었다. 종종 전후 맥락 없이 긴 메시지를 투척하기도 했는데 그때마다 이심은 희미한 측은함과 오물을 뒤집어쓴 듯한 불쾌감을 동시에 느꼈다. 지겨워. 이심은 허공에 대고 내뱉은 뒤 메시지를 지웠다. 자는 동안 두들겨맞기라도 한 것처럼 어깨가 결렸다. 최선생이 보내준 링크를 통해 '남다른 콘셉트'를 가진 가족이 모인다는 무도회를 신청하면서 부풀었던 궁금함은 이미 사라진 후였다. 그럼에도 나갈 준비를 서두른 까닭은 단지 당일 취소에 부과되는 위약금이 아까워서였다.

지난번에 참여한 것보다 작은 규모의 무도회는 구립 체육관 건물 내 강당에서 열렸다. 앓는 소리를 내며 어깨로 유리문을 열고 들어간 이심은 접수처의 스태프들을 보고 우뚝 멈춰 섰다.

"선생님!" 리키가 쾌활하게 외쳤다. "저희 기억하시죠?"

"아, 이렇게 금방 다시 뵐 줄 알았으면 메시지에 답을 할 걸 그랬네요."

리키는 오른쪽 눈썹을 찡긋거리며 "저희 가족은 선생님께 늘 활짝 열려 있으니까 언제든 내키실 때 답장해주세요" 하더니 옆에 선 청명의 어깨를 부드럽게 밀었다. "여기는 내가 지킬 테니까 선생님 안내 좀 해드리고 와."

이심은 리키와 청명이 나란히 선 모습에서 묘한 위화감을 느꼈고, 이내 그게 청명의 변화 때문임을 알아챘다. 처음 보았을 때는 분명 리키보다 키가 작았던 청명이 지금은 한 뼘쯤은 커 보였던 것이다. 그는 성큼성큼 다가오더니 이심의 귓가에 닿을 듯 고개를 기울여 "리키가 불쑥 연락드린 건 제가 한번 더 사과드릴게요" 하고 속삭이고는 왼팔을 내밀었다. "이제 제 팔짱 끼시면 돼요. 이 무도회는 그렇게 입장하는 게 원칙이거든요."

"설마."

"맞아요. 안 속으실 줄은 알았는데 혹시나 해서."

청명은 싱긋 웃더니 자신을 올려다보는 이심의 시선이 뜻하는 바를 알겠다는 듯 오른다리를 앞으로 내밀었다. 그가 바짓단을 살짝 들어올리자 로즈골드 빛깔의 의족이 드러났다.

"가끔 이렇게 옛날식으로 메탈 느낌을 내면 기분 전환이 되거든요."

"리키 씨도 내려다볼 수 있고요?"

"아, 물론이죠."

청명은 오른쪽 눈썹을 찡긋거리는 리키 특유의 표정을 따라 하더니 오늘 열리는 무도회의 특징을 설명했다. 우선 일반적인 무도회와 달리 신상 공개를 꺼리는 사람들이 있는 터라 이름표를 달지 않는다는 것, 또한 가족별로 테이블이 배당돼 있다는 것이었다. 테이블 한가운데에는 간단한 소개와 충원을 바라는 숫자가 적혀 있으므로 홀로 참가한 사람은 자유롭게 빈자리를 옮겨다니면 된다고 했다.

"어디나 흥미로운 분들로 가득해요." 흥미롭다는 단어를 말할 때 청명은 검지와 중지를 구부려 따옴표 모양을 만들며 웃었고, 반 발짝 가까이 다가와 다시 목소리를 낮췄다. "바 카운터 앞에 길쭉한 테이블 보이시죠? 저분들은 음모론에 밝은데, 저분들 앞에서 음모론이라는 단어는 입에 올리지 않으시길 바랄게요. 가운데 붉은 카디건을 입으신 어르신 댁은 자가발전으로 전기를 충당한다고 하고요, 그 옆 가족은 이민을 준비한다고 들었어요. 선생님이라면 어느 가족이나 환영할 거예요. 출구 쪽에서 제일 가까운 두 테이블만 제외하면요."

"그 사람들은 어떤 가족인데요?"

청명은 이심의 직업이 힌트라고 말하며 윙크를 날리더니 정면에 위치한 테이블에 빈자리가 나자 의자를 빼주고 갔다.

테이블 한가운데에 세워진 안내판에는 '방공호 획득을 목표로'라고 적혀 있었다. 가족은 어린아이를 포함해 총 일곱인데 추가로 다섯 명을 모집하는 중이었다. 많은 인원수 하며 방공호를 목표로 둔다는 게 선뜻 와닿지 않아 고개를 갸웃하는 이심에게 옆자리에 앉은 남성이 악수를 청해왔다. 정작 설명을 시작한 것은 그의 옆에 앉은 백발의 노인이었다. 그는 인자한 미소를 지으며 마지막을 대비해야 한다고, 자산가들의 거주지에서는 이미 보편적으로 방공호를 마련하고 있다고 말했다.

"오해는 하지 마세요, 자산가들이 하니까 따라가자는 건 아니니까요." 유달리 검은 생머리를 허리까지 늘어뜨린 여자가 끼어들더니 오른손으로 입가를 가리며 말했다. "사실 그쪽 사람들이야말로 실험실 쥐처럼 머리끝부터 발끝까지 통제 안에 있는 거, 아는 사람들은 다 알잖아요? 나라에서 변기 안까지 들여다본다니까 말 다했죠."

때마침 이심 옆으로 난 빈자리에 앉은 남자가 화들짝 놀라며 무슨 말이냐고 되묻자 여자는 자산가 구역의 건물에는 선택의 여지 없이 일괄적으로 스마트 변기가 설치돼 있다며 변기가 스마트해질 이유가 도대체 어디에 있느냐고 소곤거렸다. 만일 환자가 그런 말을 했다면 이심은 별도의 검사 없이도 장내 미생물층을 추적·분석하는 데이터를 얻어 건강 상태를 점검하는 데 쓸 테니 괜히 오해할 필요는 없다고 대답해주었을 것이다. 그러나 입바른 말을 해서 주목받고 싶지는 않았으므로 잠자코 있었다.

백발의 노인은 자산가들이 그런 일상적 통제를 감내하는 대신 집집마다 방공호를 마련해두고 산다고 강조했다. 자신들이 목표하고 있는 것 역시 '심판의 날'이 왔을 때 열두 명이 함께 오를 수 있는 방공호를 손에 넣는 것이라고 했다. 심판의 날이라는 표현 때문에 종교적 공동체를 연상시킬 수 있겠지만 어디까지나 상징적인 표현이라는 말도 덧붙였다. 핵폭발에서 기후 위기까지 다양한 위험에 대비하기 위해서는 방공호만한 전략이 없다는 게 그들의 일치된 의견이었다.

"그렇군요." 이심은 맞은편 벽에 걸린 시계를 흘끗 쳐다보고 말했다.

"구성원 모두 세후 소득의 12프로를 모으면서 목표에 다가가고 있어요." 긴 머리칼의 여자가 미소 지었다.

"12라는 숫자에 어떤 의미가 있나보네요?" 이심이 물었다.

"그 점을 알아봐주셨군요!"

긴 머리칼의 여자가 두 손을 모으며 이심을 바라보았고, 나머지 가족들도 모두 이심에게 시선을 모았다. 십대 소녀부터 백발의 노인까지 일제히 희색을 띠고 전하는 이야기에 의하면 우리가 존재하는 우주의 질서는 공히 12라는 숫자로 수렴되었다. 이심은 일 년을 구성하는 열두 달과 성서 속의 열두 사도에 이어서 십이 간지가 나란히 언급되는 교리가 품는 시공간적 배경의 폭이 상당하다고 느꼈으며, 동시에 이 무도회에서 서로 이름을 밝히지 않는 이유를 체감했다. 근방에서 빈자리를 찾는 청년을 발견한 이심은 속히 그에게 자리를 양보하고 바 카운터 쪽으로 향했다.

직업이 명시된 이름표가 없으니 긴 줄 끝에서 자리를 양보받는 일도 없었다. 무도회를 즐기고 있느냐는 최선생의 메시지를 받은 이심은 하품을 삼키다 말고 자기 뒤에 선 남자들의 수다를 귀동냥하며 지루함을 견디고 있다고 답했다. 쇳소리가 섞인 비음을 가진 남자는 곧 다시 돌아올 경규철의 어린 시절에 대해 떠들고 있었다.

"경총이 TV에 처음 나온 게 아나운서 데뷔했을 때가 아니래. 꼬마 때 아역 배우를 했다는 거야. 왜 있잖아, 엑스트라라든지 주인공 괴롭히는 단역 같은 거."

"아나운서 때랑 롤이 비슷하네. 그래도 어쨌든 카메라 앞에 세울 수 있는 수준으로는 생겼다는 얘기잖아. 경총이랑 우총은 결국 거기서 갈리는 거야. 클레오파트라랑 우숙원의 공통점이 뭐게?"

"공통점? 둘 다 여자라는 거 말고는 있을 리가 없는데?"

“역사의 변수가 되는 코.” 남자가 키득댔다. “클레오파트라 코가 조금만 낮았어도 세계사가 바뀌었을 거고, 우총 코가 조금만 덜 펑퍼짐했어도 경총이 이렇게 오래 해먹게 되지는 못했을 거래.”

“숙연하다 숙연해. 아니, 그 아줌마는 코보다 다이어트가 시급할 텐데?”

둘은 이내 바텐더 안드로이드의 빠른 손놀림을 희롱하며 낄낄거리기 시작했다. 말도 섞고 싶지 않은 이들이라고 여기며 이심은 혀를 찼다. 중학생 평균 정도 될 작은 키와 좁은 어깨를 가진 안드로이드의 체형이 새삼스레 눈에 밟혔고, 늘 웃음을 머금고 있는 눈매가 어쩐지 애처로워 보였다. 그러면서도 자신 역시 안드로이드의 그 작은 체구와 순한 인상 덕분에 긴장하지 않을 수 있다는 점 자체를 부정할 수는 없었다. 국제 뉴스를 통해 보았던 경찰 보조 안드로이드의 흉폭한 모습이 십수 년이 지난 지금도 선명하게 각인돼 있었기 때문이다.

당시 도둑으로 몰렸던 흑인 소년은 고작 열두 살이었으며 CCTV 판독을 통해 도둑질을 하지 않았다는 사실이 밝혀졌을 때는 이미 두 발의 총상을 입고 목숨을 잃은 상태였다. 직접 총구를 들이댄 이는 백인 경찰이었으나 언론이 주목한 것은 그를 돕던 안드로이드의 덩치와 무자비한 움직임이었다. 눈물을 흘리는 소년의 목을 움켜쥐던 거대한 손을 보면서 이심 역시 온몸이 얼어붙는 공포를 느꼈다. 이후 안드로이드의 체형과 물리력 행사를 제한하는 '팰로앨토 합의'가 발표되었을 때 마음 깊이 안도하기도 했다. 아마 그 협약이 없었더라면 바텐더 안드로이드 앞에 서 있는 이 순간에도 불현듯 공포심을 느꼈을 것이다.

그러나 흠잡을 데 없는 맛을 내는 칵테일을 홀짝이면서 이심은 그때 소년에게 총을 쏜 경찰이 합당한 처벌을 받았다는 이야기는 들은 바 없다는 사실을 새삼스레 깨닫고 복잡한 기분에 휩싸였다. 그대로 음모론에 밝다는 타원형 테이블 쪽으로 향하면 또다른 혼동을 야기할 것만 같았다. 그리하여 정체에 관한 힌트를 얻지 못한 출구 근방의 테이블 쪽으로 걸음을 옮겼다.

출구 바로 앞의 두 테이블 중 한 가족은 대체 의학을 신봉하는 이들이었다. 귀띔해준 청명이야 몰랐겠지만, 주로 고령자를 만날 일이 많은 이심에게는 가히 낯설지 않은 풍경이기도 했다. 문제는 다른 한쪽이었다. 이심은 그들의 가족 소개를 보자마자 남은 칵테일을 단숨에 비워버리고 싶어졌지만 이내 마음을 바꾸어 잔을 비울 동안만 그들의 말을 들어보기로 했다. 결국은 시간 낭비일 게 빤했지만 어쩌면 '흥미로운' 시각이나 화제를 하나쯤 접할 수도 있으리라 여긴 것이다. 그러나 통성명 이후 삼 분을 채 버티지 못하고 결국 자리에서 벌떡 일어나고 말았다.

화장실에 가서 손까지 씻고 온 이심은 내친김에 음모론자들의 말까지 들어보기로 마음을 먹었다. 테이블 한가운데 놓인 알림판에 '무지無知에서 깨어난 사람들'이라고 적은 그들은 현재 여섯 명으로 이루어진 가족으로 최대 네 명까지 충원하고 싶다는 소망을 피력했다. 빳빳해 보이는 캐멀빛 코트를 걸친 여자가 뭔가를 설명하는 중이었는데, 양손을 휘젓듯 움직여 사뭇 산만해 보이는 커다란 제스처가 가늘고 힘없는 목소리와 대조를 이뤘다.

"바로 그게 다음 민영화 타자의 힌트예요. 군사시설이 아닌데도 지도상에는 공식적으로 표기하지 않는 시설이라면 뭐가 떠오르세요?" 여자가 이심을 빤히 바라보며 물었다. "방금 오신 분은 뭔가 알고 계시는 눈치인데요?"

"아니요. 그저 방금 전에 백신 접종을 거부하는 가족들을 만나고 와서 좀 정신이 없어서 그래요." 이심은 잠시 망설인 뒤에 덧붙였다. "실은 제가 의료계 종사자라서 그런지 충격이 더 크네요."

말이 채 끝나기도 전에 질문을 던진 여자와 이심의 바로 앞에 앉아 있던 남자가 동시에 일어나며 자기 자리에 앉으라고 권했다. 이심은 겸연쩍은 미소를 지었지만 호의를 마다할 생각은 들지 않았다. 이심이 자리에 앉자 여자가 가는 목소리로 지도에서 숨기는 시설이란 바로 교도소라고 밝혔다. 전쟁 같은 분쟁 상황이 일어나면 적군이 사회 혼란의 기폭제로 활용하기 위해 교도소의 출입구부터 공격하여 죄수들을 탈출시키는 경우가 있으므로 교도소는 대부분의 국가에서 지도에 표기하지 않는다는 것이었다.

"네? 다음 타자가 교도소라고요?"

조금 전까지 지루한 얼굴로 하품을 하던 남자가 묻자 가족들 여럿이 한목소리로 그렇다고, 이미 준비중인 것으로 안다고 말했다.

"교도소뿐만이 아니에요. 소년원이나, 폐쇄형 정신병원 같은 곳도 마찬가지예요." 가느다란 목소리의 여자가 다시 주의를 집중시켰다. "소식이 빠르신 분들이라면 팰로앨토 합의를 흔들려는 움직임이 있다는 얘기도 들어보셨을 거예요. 자, 더 무시무시한 얘기를 하기 전에 잔이 빈 분들은 먼저 좀 채우고 오실까요?"

이심의 잔 또한 비어 있었다. 이 테이블을 벗어나기 좋은 기회였으나 팰로앨토 합의에 관한 소문만큼은 신경이 쓰였으므로 이심은 그대로 자리를 지켰다. 목이 탔는데 이번에는 바텐더 쪽으로 시선을 던지자마자 대신 줄을 서주겠다는 사람이 여럿 나서 잔을 건넨 뒤 예의바르게 감사 인사를 하고서 기다리기만 하면 되었다.

새 칵테일은 달콤하고 화사했다. 균형감이 좋은 칵테일을 연이어 마시자 이심은 지난 무도회에서 칵테일을 만든 바텐더의 상당히 어설픈 실력을 재확인할 수 있었다. 그럼에도 이심은 그녀가 건넨 시그니처 칵테일 제공권을 사용하지 않으면 후회할 것만 같다는 생각이 들었다. 어째서일까 자문하고 있던 차에 테이블 너머에서 서성이는 사람들 사이로 익숙한 뒷모습을 발견한 이심이 재빨리 걸음을 옮겼다.

"최선생님!"

이심의 목소리에 뒤를 돌아본 최선생이 반갑다는 듯 손을 흔들었다. 그녀는 낡은 청바지 위에 도톰한 맨투맨 티셔츠를 입고 있었는데 티셔츠의 왼쪽 가슴께에 달린 주머니에는 가느다란 녹색 화살표가 그려져 있었다.

"어쩐지 꼭 어디서 보고 있는 사람처럼 메시지를 보내시더라." 이심이 최선생의 어깨를 짚으며 말했다. "선생님, 저쪽 사람들이 팰로앨토 합의가 무너질지도 모른다고 하던데 진짜예요?"

"누가 그런 소릴 해?"

"음모론자들이요."

"음모론자들도 제약회사는 아무도 못 막는다는 건 인정할걸? 보험사들도 마찬가지야. 전 세계 보험사들이 팰로앨토 합의 보장 보험을 좀 팔았니?" 최선생이 손을 흔들어 선민을 부르더니 말을 이었다. "보험사들이 버티는 한 합의는 못 건드릴 테니까 걱정 마."

뛰다시피 가벼운 걸음걸이로 다가온 선민은 풍성한 곱슬머리를 양갈래로 땋아내린 모습이었다. 짙은 꿀빛 피부에 차분한 시선이 나이에 비해 성숙한 인상을 풍기면서도 어딘지 모르게 낯익은 인상을 주기도 했다. 최선생과 마찬가지로 선민의 옷에도 화살표 무늬가 있었다. 선민이 입은 티셔츠의 네크라인 바로 아래에 왼쪽을 가리키는 길쭉한 화살표가 자리한 것이었다.

"테이블은 없어도 모녀가 맞춘 게 하나 있네요? 이렇게 보면 선생님네는 화살표가 핵심 같아요."

"맞아요. 우리 가족은요," 선민이 앳된 목소리로 강조했다. "일종의 신념 공동체라고 보시면 돼요."

"그렇구나!" 이심이 최선생을 향해 소곤거렸다. "혹시 지금 제가 뒷걸음질을 치고 있는 것처럼 보이신다면 그건 선생님 기분 탓이에요."

선민은 깔깔대며 웃었다. "역시, 무도회가 제일 재미있어요."

"우리 선민이, 지난번 무도회에서는 라이파이Li-Fi 개념을 처음 듣고 홀딱 빠졌지." 최선생이 거들었다.

고개를 갸웃하는 이심에게 선민은 무선 통신을 위해 전파를 사용하는 와이파이Wi-Fi와 달리 LED 전구의 가시광선으로 정보를 전한다는 라이파이의 개념에 관해 알려주었다.

"빛을 사용하는 거니까 당연히 와이파이보다 훨씬 빠르고요. LED 등을 끄면 못 써요. 벽이나 문 너머에는 빛이 안 닿으니까 연결도 끊기고요."

이심은 한번 더 고개를 갸웃했다. "그럼 되게 불편할 것 같은데?"

"불편을 감수할 만한 가치가 있어요. 와이파이는 건물의 같은 층이나 가까운 다른 층에서도 잡히잖아요? 그래서 해킹하기 쉽고요. 라이파이는 빛 전달이라 문만 넘어가도 잡을 수가 없으니까 딱 그 집만 쓰는 거예요. 해킹을 시도할 수가 없는 거죠. 보안을 생각하면 엄청난 장점이에요."

"그래서 부자들은 다들 라이파이 쓴대." 최선생이 덧붙였다.

"오늘 들은 얘기도 엄청났어요." 선민이 동의를 구하는 듯 최선생과 눈을 맞춘 뒤 입을 열었다. "한 이십 년 전에는 전 세계적으로 이런 음모론이 돌았다면서요? 백신을 맞으면 인간의 몸이 바로 와이파이에 접속할 수 있는 상태로 바뀐다고요."

"아휴, 안티 백서들." 이심이 고개를 절레절레 저었다. "아까 저쪽 끝 테이블에 다녀왔거든? 요즘 안티 백서들이 하는 얘기도 스케일이 그거보다 더하면 더했지 덜하지는 않더라."

"정말요?" 선민이 싱긋 웃었다. "저쪽 어디요?"

"출구에서 가까운 테이블 중에 오른쪽. 보이지?"

선민이 고개를 끄덕이고는 사뿐히 뛰듯이 걸어 출구 쪽으로 향했다.

"애가 참 영특하네요. 선생님이 딸 자랑하실 만했어요."

"우리 애가 얼마나 똑똑한지 알면 여럿 다치니까, 이선생만 알고 있으라고."

"그래요, 다들 비밀 한 가지씩은 가지고 있으니까요."

최선생이 한쪽 어깨를 짚으며 이심의 비밀은 뭐냐고, 자기한테만 털어놔보라고 했지만 이심은 고개를 저었다. 지난해 엄마의 부탁을 받고 다녀온 서안의 집에서 겪은 일에 관해서는 누구에게도 말하지 않았다. 그날의 일을 함구하기로 하고 비밀 유지 각서까지 작성했기 때문이었다. 문득 취하고 싶은 기분이 든 이심은 이달의 생활비가 얼마나 남았는지 가늠해본 후에 무도회장에서 빠져나왔다. 그리고 지난 무도회에서 받은 칵테일 제공권 링크 아래로 보이는 불친절한 약도에 의지해 걸음을 옮겼다.

바 에르데는 마주 오는 사람과 부딪히지 않기 위해 어깨를 움츠려야 할 만큼 좁은 골목 끝의 빌딩에 자리했다. 난간이 겨우 보이는 어둑한 계단을 내려와 지층에 이르자 우측의 새까만 문 위로 '地'라고 적힌 간판이 어슴푸레한 네온빛을 밝히고 있었다. 그때까지도 맞게 찾아온 것인지 확신하지 못하던 이심은 문고리에 음각으로 표기된 'Erde'를 보고서야 한숨을 돌렸다.

바의 내부에 들어섰을 때 감각을 압도한 것은 짙고 고소한 향이었다. 베스트를 갖춰 입은 초로의 바텐더가 절도 있는 동작으로 셰이커를 흔들고, 밑변이 긴 ㄴ 자 모양의 바 카운터 위로 따스한 질감의 로파이Lo-Fi 사운드가 흐르는 공간을 장악하고 있는 것은 어째서인지 짙은 들기름 냄새였던 것이다. 얼떨떨한 기분으로 입맛을 다시며 출입구와 가까운 자리에 앉자 바텐더가 물잔을 가져다주었다.

쿠폰을 사용하겠다는 말과, 자신에게 쿠폰을 주었던 바텐더는 오늘 근무하지 않느냐는 질문 중 어느 쪽을 먼저 하는 게 좋을까. 이심이 메뉴판을 펼치며 고민하던 그때, 카운터 안쪽의 주방을 가린 벨벳 커튼을 밀어젖히며 예의 어설픈 바텐더가 나왔다.

풀

"여기 찾기 어렵지는 않으셨어요? 종종 오다가 포기했다는 분들도 계셨거든요."

바텐더가 차고 있는 은빛 명찰에는 '모영'이라고 적혀 있었다. 초로의 바텐더와 달리 두 글자만 적혀 있는 것을 보아 닉네임이거나 이름이 외자라는 얘기였는데, 어쩐지 후자일 것 같았다. 길을 헤맸을까 진심으로 염려하는 표정 때문에 특유의 낭랑한 목소리가 더욱 천진스럽게 들려서 이심은 웃음이 나왔다.

"저야 하는 일 때문에 항상 길을 찾아버릇해서 괜찮았지만, 약도 상태를 파악하고 계시면 수정하시는 게 나을 것 같은데요?"

"맞아요. 저도 그러고 싶은데, 대표님 영업 방침이라서 어쩔 수가 없어요."

이심의 시선이 바 반대편에서 셰이커를 흔들고 있는 바텐더 쪽으로 향하자 모영이 고개를 저었다. 그분은 점장님이고 대표는 따로 있다는 것이었다. 이 빌딩뿐 아니라 빌딩이 속한 골목의 건물 대부분을 소유하고 있다는 대표는 모영도 직접 만나본 적이 없었다. 다만 곧잘 음성 메시지로 영업 방침에 관해 지시를 내리기 때문에 목소리만큼은 익숙하다고 했다. 특히 이곳이 처음 생기던 시점에 남긴 메시지는 대중 연설로 들릴 만큼 열정적이었다며 모영은 웃었다.

"그걸 굳이 찾아 듣다니, 세상에 이런 변태가 다 있나 싶으시죠?"

"약간은?"

모영은 윽, 하며 상처받은 듯한 표정을 짓더니 그 메시지를 두 차례 반복하여 듣는 것으로 연수 과정이 대체되었기 때문에 달리 선택의 여지가 없었다고 말했다. 들을 만했느냐고 묻자 눈을 가늘게 뜨고 어깨를 늘어뜨렸다. 그러면서도 마치 누군가 숨죽여 듣고 있기라도 한 듯이 목소리만큼은 한껏 밝은 톤으로 "은근히 재미있던데요"라고 대답했다.

모영은 대표가 이곳의 콘셉트를 설명하면서 영조 시대에 내려진 금주령을 알고 있느냐는 질문부터 던졌다고 말했다. 당시에 밀주를 즐기다 발각되면 엄벌에 처했으며, 참형했다는 기록마저 남아 있는 모양이었다. 대표는 이어서 동서고금을 막론하고 금주법에 저항했던 끈질긴 발자취와, 공권력의 단속을 피해 밀주를 공급하던 스피크 이지 바의 역사를 논했다. 그러면서 에르데 역시 은밀하게 숨겨진 곳에서 불온을 감각하는 분위기를 맛볼 수 있도록 운영한다고 했다.

"이런 말을 들으면 분명히 웃는 사람이 나오겠지만," 하고 시작하는 메시지에서 주장한 바는 그보다 좀더 거창했다. 칵테일 제조에 능통해지면 세상을 보는 눈이 밝아진다는 것이었다. 그러면서 대표는 마티니의 레시피를 논했다.

칵테일의 왕으로 거론되는 마티니는 통상 진과 베르무트를 섞어 잔에 따르고 올리브를 더하여 낸다. 그뿐이다. 그럼에도 바텐더의 솜씨를 가늠하기 좋은 술로 알려져 있다. 완벽한 한 잔의 마티니는 베이스로 어떠한 진을 선택할 것인가, 베르무트는 무엇을 쓰고, 진과의 비율은 어느 선에서 맞출 것인가, 얼음이 든 믹싱 글라스 안에서 몇 번이나 섞어 얼마만큼 희석할 것인가, 올리브는 어떤 방식으로 낼 것인가라는 질문들과 거듭 마주하는 단련이 필수다. 절묘한 선택과 최적의 비율, 타이밍 그리고 장식. 사실 이런 몇 가지 요소만 가지고도 인간사의 대부분을 논할 수 있다고 대표는 단언했다. 예컨대 지금도 어느 실험실에서 은밀하게 이루어지고 있을지 모르는 유전자조작의 방식부터 경총의 수법까지 무엇이든 명료하게 짚어볼 수 있다는 것이었다. 그러면서 비리 의혹이 제기되면 우선 단호하게 부정하여 시간을 벌고, 사익을 추구하여 벌인 일의 극히 일부에 불과한 공익적 요소가 사건의 본질인 것처럼 호도하며, 적절한 시점에 꼬리를 잘라 책임을 떠넘기고서는 다른 화젯거리를 띄워 관심사를 돌리는 경총의 기술은 가히 예술적이니 한 번쯤 꼼꼼히 살펴보라는 말도 덧붙였다고 했다.

"예술적이라는 건 칭찬 아닌가요?" 이심이 웃었다. "그럼 저 이제 메뉴판 좀 볼게요."

모영은 자기가 아직 건네지 않았느냐며 퍼뜩 놀라더니 이심 앞으로 메뉴판과 물을 내왔다. 시그니처 칵테일은 메뉴판 맨 첫 장에 있었다. 종류는 물, 풀, 땅, 불, 열매로 총 다섯 가지였다.

"테킬라를 베이스로 하는 '불'은 어떠세요?" 모영이 눈짓으로 왼편을 가리키며 말했다. "그건 저희 점장님이 직접, 제대로 만들어주시거든요."

"오, 안 그래도 그거 고르려던 참이었는데."

점장에게 메뉴를 전달한 모영은 기본 안주가 제공된다며 이심 앞에 주먹만한 두부가 담긴 맑은 옥빛 사기그릇을 놓았다. 그러고는 두부 위로 고운 소금을 흩뿌리고 투명한 병에 담긴 들기름을 끼얹었다. 바의 문을 열었을 때 나던 고소한 냄새가 다시 한번 이심의 후각을 자극했다.

"운이 좋으셨어요. 이거 진짜 콩으로 오늘 아침에 만든 두부랑, 막 짠 신선한 들기름이거든요. 이번주에만 특별히 나가는 서비스예요."

시그니처 칵테일에다 진짜 콩과 들깨, 게다가 오늘 아침에 만들었다고 하는 호사스러운 단어와 표현을 연달아 들은 이심의 입에서는 절로 감탄사가 비어져나왔다. 두부를 한 순갈 떠서 머금자 순식간에 입안 전체를 휘감는 들기름의 풍미가 느껴졌고 곧이어 물기를 듬뿍 머금은 산뜻하면서도 고소한 맛이 차례로 퍼졌다. 몇십 년 전만 하더라도 사람들은 평생 이렇게 또렷한 맛과 기운으로 가득찬 음식을 먹고 살았겠지. 이심은 질투에 준하는 감정을 느꼈지만, 종합병원의 간호사로 일하던 시절에 국에 만 밥을 뜰 시간조차 부족해 끼니를 거르기 일쑤였다던 엄마의 푸념이 떠올라 고개를 저었다.

"입에 안 맞으세요?" 모영이 물었다.

"아니요. 너무 말도 안 되게 맛있어서요."

모영이 마치 지금껏 이심의 칭찬만을 기다려왔던 사람처럼 함박웃음을 지으며 기뻐했으므로 이심은 다소 얼떨떨해지며 정말이라고, 이렇게 맛있는 것을 먹어본 게 얼마 만인지 모르겠다고 한번 더 강조했다.

"오늘 오셔서 정말 다행이에요. 다음주에는 또 뭘 할지 모르거든요. 사실 여기는 수익을 내기 위한 곳이 아니래요. 말하자면 일종의 랩실이라고 할까요? 대표가 운영하는 업장이 많은데 나머지는 다 자산가들 구역에 있어요. 좀 튀는 아이디어가 떠올랐다 싶으면, 시범 삼아 여기서 먼저 해보고 반응을 체크하는가봐요. 자산가들 상대로는 막무가내로 모험을 하는 게 부담되니까요."

모영은 이런 기본 안주 실험은 퍽 얌전한 편에 속한다며 지난달에는 엄청난 크기의 스피커를 설치하고 난해한 음악을 재생하도록 지시하는 바람에 한동안 귀마개를 착용하고 일했다고 했다.

"그럼 제가 정말 운이 좋았네요." 이심이 말했다. "이 두부는 밥값을 아껴서라도 또 먹고 싶거든요."

모영의 고개가 한쪽으로 기울었다. "에이, 하시는 일을 생각하면 밥값까지 아껴야 된다는 건 좀 과장 아니세요?"

"제가 무슨 일을 하는 것 같은데요? 아, 그때 제 이름표 보셨군요?"

"각도상 직업은 안 보였지만 감이 왔어요. 초보 바텐더라도 무도회에서 자리를 양보받는 분들은 의사나 한의사 아니면 세무사라는 것 정도는 알거든요. 요즘은 세무사들이 바쁜 시기니까, 의사에 걸게요."

이심은 맞다고 인정했다. 자기 직장을 밝혔으니 모영의 전 직장에 관해서도 물어보려던 차에 칵테일이 나왔다. 한낮의 태양을 모티프로 삼았다는 칵테일은 이름처럼 뜨겁고 화끈한 맛이 났다. 모영은 이심의 물잔을 채워준 후에 모쪼록 이곳에서는 긴장을 내려놓고 편히 즐겨도 된다고 덧붙였다. 이심 외에는 보다시피 바 안쪽 끝에 앉은 두 사람이 손님의 전부인데 말소리로 눈치챘겠지만 점잖은 외국인 관광객이라면서.

자신들에 관한 이야기라는 것을 알아챈 그들이 대화를 멈추고 쳐다보자 모영은 환하게 웃으며 힘차게 두 손을 흔들어서 웃음을 자아냈다. 잠시 뒤에 이심은 이달의 생활비 잔고를 한 번 더 떠올린 다음 메뉴판을 들췄다. 시그니처는 점장이 만든다고 했으므로 이번에는 마티니를 주문했다.

모영은 믹싱 글라스를 가득 채울 만한 크기의 얼음을 넣고 길다란 바 스푼을 굴리듯 회전시켰다. 그렇게 모서리를 녹인 얼음 위에 진과 베르무트를 따르는 움직임은 여전히 최근에 익힌 절차를 가까스로 수행하는 이의 어설픔이 배어 있었다. 우아해 보이는 황금빛 칵테일 픽에 올리브를 꽂을 때는 한 알을 놓쳐, 병에서 새 올리브를 꺼내며 못 본 척해달라는 눈짓을 보내기도 했다. 이심은 바로 이런 모습이 다시 보고 싶었다고 생각했고, 겉으로는 퍽 관대한 손님이 지을 법한 미소를 지으며 입을 열었다.

"올리브 한 알 같은 건 우주적 관점에서 보면 아무것도 아니죠, 뭐. 저 사실 오늘 처음 만난 가족들한테 우주의 섭리에 대해서 듣고 왔는데, 그분들 얘기가 우주의 질서는 12라는 숫자에 수렴된대요."

"어쩐지." 모영은 짐짓 진지한 얼굴로 고개를 끄덕이며 장단을 맞춰주었다. "12월만 되면 마음이 어수선했는데, 다 이유가 있었네요."

"애초에 일 년이 12개월로 나뉜 것만 해도 느낌이 오잖아요."

"그러게요. 마티니도 12도로 맞춰볼걸. 그보다 더 독하니까 천천히 드세요."

모영이 은은한 풀빛 칵테일이 든 잔을 내밀었다. 마티니를 그간 즐겨 마셔보지 않았음에도 이심은 이 마티니가 썩 훌륭한 맛은 되지 못한다는 사실을 알았다. 하지만 싫지 않았다. 마치 지난 삼 년간의 독신생활의 면면에 특별한 점이라고는 하나도 없었지만 그 시간 자체는 귀하게 느끼는 것처럼. 칵테일의 평이한 맛에 대한 소감은 함구한 채 삼 년의 독신 경험을 밝히자 모영은 벌어진 입을 손으로 가리며 놀라움을 표했다.

"삼 년이나요?"

"네. 자랑은 아니지만 제가 바로 이 구역의 납세왕이에요. 처음 혼자 나가서 산다고 했을 때, 저희 아빠는 정신이 나갔냐면서 당장 뇌 스캔부터 해보라고 그러더라고요. 금방 땅을 치고 후회하게 될 거라면서 세무사도 뜯어말렸고요."

"아니에요, 선생님." 고개를 왼쪽으로 살짝 기울인 채 이심의 말을 듣던 모영이 손사래를 치며 말했다. "이건 리스펙트할 일이죠. 진심으로요. 저도 그렇고 제 주변에도 혼자 살아보고 싶다고 꿈꾸는 사람만 많았지, 결국 시도해본 사람은 아무도 없거든요."

모영은 서비스라며 두부 한 덩이를 더 가져왔고 이번에는 소금 위로 약간의 산초 가루를 더했다. 들기름의 향이 처음처럼 도드라지지 않는 것을 보니 어느새 취기가 올랐을지도 모르겠다고 말하자, 모영은 아니라고는 못하겠다며 싱긋 웃었다. 그녀의 어투와 미소는 혀에 닿자마자 매끄러운 식감과 산초의 향만 남기고 허물어지는 두부처럼 부드럽게 느껴졌다. 그러면서도 이심은 곧장 자신이 술에 취해간다는 사실을 되짚으며, 모영의 매력적인 요소를 부풀려 느끼고 있을 가능성을 염두에 두었다.

매혹이 침투하려 할 때면 재빨리 냉정을 되찾는 버릇은 엄마와 아빠의 만남에 대한 이야기가 남긴 강렬한 기억과 두 사람의 결혼생활을 고통스럽게 지켜보며 자라온 시간 때문일 터였다. 따라서 방어기제의 원인은 사기 결혼을 당한 것이나 마찬가지였다고 호소하면서도 끝내 관계를 청산하지 못한 엄마에게 있었고, 근원적으로는 지키지 못할 약속을 남발하며 감당 못할 일들을 저지른 아빠에게 있었다. 이심은 따듯하고 부드러운 두부를 한 입 더 떠먹었다. 그러면서 속으로 자신이 또 이렇게 모처럼의 즐거운 시간을 오롯이 즐기지 못하고 있다는 데 생각이 미쳤는데, 그러나 그런 자신이 싫지 않다고, 밉지 않다고 되뇌었다. 그렇게 십대 때부터 결심한 바를 지켰다.

언제나 갈등의 불씨를 안고 있었고 특히 팬데믹을 겪는 동안에는 하루가 멀다 하고 언쟁을 일삼는 부모를 보며 이심은 누군가를 미워하는 감정에 진력이 났다. 부모가 싸우는 소리에 잠을 설치고 일어난 어느 날 아침에는 반쯤 탄 토스트를 집어들자마자 볼 위를 타고 눈물이 흘렀다. 그때 영문을 모르겠다는 듯 무슨 일이라도 있느냐고 묻던 아빠의 태평한 얼굴에 이심은 할말을 잃었다. 눈물을 닦고 묵묵히 토스트를 씹으며 부모의 갈등에 가능한 한 관심을 가지지 않기로 결심했다. 자신은 미움과 원망을 겹겹이 더해갈 사람과는 결코 깊이 엮이지 않겠다고, 그러기 위해 어떤 일이 있어도 자기 자신을 미워하지 않을 거라고도 굳게 다짐했다.

"12에 얽힌 얘기는 오늘 간 무도회에서 들으신 거죠?" 모영이 이심의 물잔을 채우며 물었다. "또 무슨 재미있는 얘기를 들으셨어요?"

"경총이 왕년에 아역 배우였다던 얘기요."

"그러게요. 저도 들어본 적 있어요. 상상은 잘 안 가지만요."

"아는 사람은 다들 아는 얘기였군요."

"다들 아는지는 모르겠네요. 저는 엄마한테 들었어요. 저희 엄마가 젊었을 때 연극배우였거든요. 이건 다른 사람한테는 한 적 없는 얘긴데, 실은 그때 엄마가……"

때마침 점장이 불러서 모영은 하던 얘기를 멈췄다. 점장은 상체를 모영 쪽으로 틀더니 "혹시 이런 노래 나오는 옛날 영화 기억나?" 하며 허밍을 했다. 그 앞에 앉은 외국인 손님 중 한 명도 콧노래를 보탰지만 점장과 그녀 둘 다 음치인지 힌트로서의 가치는 없었다. 모영은 고개를 갸웃했고, 이심은 웃음을 참기 위해 급히 고개를 반대편으로 돌려야 했다.

"제가 부르는 건 도저히 도움이 안 되네요." 점장이 자기도 인정한다는 듯 고개를 끄덕이며 이심을 향해 말했다. "이 두 분은 브리즈번에서 오셨는데 원래는 홍콩 분들이세요. 그러니까 그 영화라는 게 옛 홍콩 영화 중에 하나인데 말입니다……"

"그럼 무협 영화인가요?" 이심이 물었다.

"그쪽은 아니라고 합니다. 음악을 굉장히 잘 쓰는 감독으로 유명했는데, 하긴 손님의 부모님 세대나 알까. 너무 옛날 영화라 들어도 모르시겠네요."

"아마 그럴 것 같아요. 확실히 저희 엄마는 옛날 홍콩 배우들을 좋아하셨거든요."

점장이 그 말은 직접 전하는 게 좋겠다고 권해서 이심은 메이드의 통역 기능을 켜고 홀로그램 프레임을 띄웠다. 이심이 한번 더 말하자 프레임 위로 한자로 된 문장이 생성되며 음성이 흘러나왔다. 왼편의 두 여성 중 연장자인 쪽이 벙긋 웃더니 다소 잠긴 음성으로 대답했다.

반갑네요. 우리 딸도 어릴 때 K팝의 열렬한 팬이었다고 해요. 홍콩에서 열린 한국 아이돌 그룹의 콘서트에 간 적도 있고요.

그렇게 말한 어머니 쪽은 육십대 중반으로 보였는데 은은한 올리브빛이 감도는 쇼트커트의 머리 모양, 우윳빛 카디건 안에 칼라가 짧고 둥근 블라우스를 받쳐 입은 모습이 산뜻한 느낌을 주었다. 딸 쪽은 새까만 단발에 정장 차림이었다. 서로 옷차림은 거리가 멀었지만 눈매는 하나의 틀에서 찍어 나온 듯 닮아 있었다. 두 사람의 눈만 보고도 모녀 사이라는 걸 알았다고 이심이 말하자 딸이 알쏭달쏭한 미소를 지었다. 어머니는 입술을 축이더니 자신들은 서로를 모녀로 여기지만 딸에게 실제로 유전자를 물려준 관계는 아니라고 했다.

내 딸은 원래 내 친구의 딸이었거든요. 그 친구를 잃고, 타국에 우리 둘이 남아 서로 유일한 가족이 되어주기로 했답니다.

이심과 모영의 입에서 동시에 감탄사가 흘러나왔다. 모영은 눈뿐만 아니라 눈썹과 이마 라인까지 꼭 닮았다고, 원래부터 인연이었던 것만 같다고 덧붙였다.

정말 그렇죠? / 그러게 말이에요!

모녀가 동시에 맞장구치며 웃음을 터뜨렸다. 웃을 때 두 눈이 감긴 것처럼 보이는 얼굴도 영락없이 닮아 있었다. 어머니는 삼십여 년 전에 자신이 먼저 홍콩을 떠나왔으며 미용 기술을 배워 조금씩 자리를 잡을 때쯤 망명에 준하는 절차를 거친 친구와 어린 딸이 호주로 건너왔다고 했다. 곧장 한집에 살지는 못했지만 그렇게 셋이었을 때부터 이미 가족이나 다름없었다고 그녀는 강조했다.

"실은, 저도 집합가족을 찾고 있는 중이에요. 물론 제 경우는 개인적인 동기가 크지만요."

이심의 말에 딸이 행운을 빈다고 응답했다. 어머니는 잠시 동안 미소만 짓고 있었는데 눈에 서글픈 기색이 어려 있었다. 그녀는 손끝으로 눈가를 찍어내더니 이렇게 말했다.

우리들 사이에는 공통점이 많군요. 우리들의 나라와 마찬가지로요. 내 고향 홍콩도, 이곳 한국도 한때는 꽤나 멀리까지 나아갔던 시기가 있었지요. 광장을 가득 메운 시민들이 세계의 언론을 장식하던 때가 바로 어제 같군요. 하지만 이제는 그런 기억이 나처럼 나이든 사람들의 추억 속에나 또렷하다는 점에서도 닮아 있네요. 여기는 곧 선거가 있다죠? 어떤가요, 이번 선거 결과를 기대하고 있나요?

이심은 긍정적인 대답을 할 수 없었다. 또한 어떤 식으로든 위로가 될 만한 말을 건네고 싶었지만 자신이 위로를 건넬 처지가 아니라는 느낌이 들었다. 점장은 이런 얘기를 들으면 오래전에 끊었던 담배 생각이 난다며 쓴웃음을 지었다.

미안해요. 우리 엄마는 취하면 이제 다시는 오지 않을 시절을 떠올리는 버릇이 있답니다.

딸이 그렇게 말하자 이심은 자기 엄마도 마찬가지라고 대답했다. 두 사람은 팔을 쭉 뻗어 잔을 부딪쳤고, 모녀는 이심에게 브리즈번에 올 일이 있거든 연락을 달라고 했다. 꼭 봄에 오라고, 여름이면 폭우 걱정을 해야 하지만 그래도 아직 봄다운 봄을 즐길 수 있는 얼마 남지 않은 곳이라고 거듭 강조했다. 씁쓸하게 대화를 끝내고 싶지 않았으므로 이심은 해외여행을 떠날 여유가 생길 리 없다는 것을 알면서도 그러겠다고 화답했다. 두 사람이 떠나자 모영은 이심에게 다시 메뉴판을 건넸다. 딸이 이심 몫으로 한 잔 값을 더 계산하고 갔다는 것이었다.

“그래요? 아직 봄을 느끼면서 사는 사람들이라 그런지 인심이 좋네요.” 이심은 그렇게 내뱉은 뒤에 미간을 긁적이며 덧붙였다. “쪼들리는 만큼 심성이 꼬인 사람 티를 내버렸네요.”

모영은 딴생각을 하다가 이심의 말을 못 들었다는 듯 이 초쯤 멍한 표정을 짓고는 어색한 팔동작을 곁들이며 “어머, 죄송해요. 뭐라고 하셨죠?” 하고 물었다. 이심은 웃음이 나왔다. 칵테일을 만드는 안드로이드에게 모든 기술을 완벽하게 습득

시키더라도 이런 어설픈 연기만큼은 따라 하지 못할 거라고 생각하면서 모영에게 연기력이 출중하다고 말했다.

"좀 그런 편이죠." 모영이 어깨를 으쓱거렸다. "엄마가 한때 배우였으니까 물려받은 게 있는 거 같아요."

"그래요, 아까 어머니께 경총 얘기도 들으셨다고 그랬죠."

모영은 살짝 목소리를 낮추고는 다시 생각해보니 그 이야기는 개인적인 자리에서 하는 게 더 좋겠다고 말했다. 점장의 눈치를 살피면서 모영이 자신의 연락처를 건네자 이심은 잠자코 메이드에 그녀의 연락처를 저장했고, 마지막에 마실 칵테일로 '풀'을 골랐다. 투명한 잔에 담긴 맑은 술에서는 이름 모를 약초 향이 났으므로 물약을 삼키는 기분으로 잔을 비웠다.

집에 돌아왔을 때, 이심은 온수기가 예열되기를 기다리며 불을 켜지 않은 채 어두운 방안에 앉아 십 분쯤 화살표 게임을 했다. 입안에서 희미한 풀 내음이 감돌았다. 씻기 전에 모영에게 메시지를 보냈고, 샤워를 하면서는 욕조가 있는 집에서 살고 싶다고 생각했다. 따라서 오늘밤에 모영에게 느낀 친밀감은 결코 뜨겁지 않고 겨우 미지근하기만 한 온수처럼 흘려보내야 한다고 여겼지만, 잠시 뒤 모영에게 답이 왔을 때는 머리를 말리는 것도 잊고 잠들 때까지 메시지를 주고받았다.

이튿날부터 두 사람은 틈틈이 대화를 나눴다. 모영은 아침 겸 점심 메뉴가 무엇인지 알리는 것을 즐겼으며 이심은 자신이 시간을 낭비한다는 느낌에 시달리면서도 끊지 못하는 화살표 게임에 대해 이야기하기를 좋아했다. 그렇게 몇 주가 흐르자 모영은 함께 가보고 싶은 곳이 있다고 말했다. 그 말을 듣자마자 이심은 마치 모영과 함께 보내는 휴일을 항상 기다려왔던 사람처럼, 다가올 휴일을 구체적으로 그려보게 되었다. 무엇보다 모영은 그 낭랑한 목소리로 유쾌한 화제를 이어나갈 것이다. 설령 그다지 흥미를 끌지 않을 이야기일지라도 특유의 어딘지 모르게 허술한 모습을 보다보면 웃음이 날 것이다. 자꾸 웃다가 이렇게 웃어본 게 얼마 만인지 모르겠다고 말하게 될지도 모른다. 이심은 목이 마르지 않았지만 찬물 한 잔을 따라서 천천히 들이켰다. 그런 다음 모영과의 대화창을 닫았다.

게임 프레임을 열어 화살표 게임을 몇 분쯤 플레이하고서 이심은 샴푸의 요정이 있는 집에 사는 아이, 소리와 나누었던 대화창을 열었다. 본가에 달려가느라 급작스럽게 약속을 취소한 뒤 이미 한 달여가 지나 있었다. 그간 경황이 없었다고 사과하며 운을 떼자 소리는 선생님과 또 만나고 싶다고, 물어보고 싶은 게 많다고 대답했다. 답을 적는 와중에 이번에는 전화가 걸려왔다. 소리네 가족들은 언제든 이심이 방문해줄 날만을 손꼽아 기다리는 중이라고 한목소리로 말하고 있었다.

스위트 홈

샴푸의 요정을 가진 가족들이 사는 이층짜리 단독주택은 지하철 노선의 끄트머리에 있는 역에서 내려 이십 분 넘게 걸어가야 했다. 이심은 교통 입지에 합격점을 주기는 힘들겠다고 여겼다. 그럼에도 깨진 곳 없이 매끄럽게 이어지는 인도의 보도블록을 밟으며 띄엄띄엄이나마 자리한 가로수를 보자 살 만한 동네라는 점을 인정할 수밖에 없었다.

사차선 도로를 사이에 두고 비교적 깨끗하게 관리된 다세대주택과 저층 빌라가 이어지는 길을 십 분쯤 걷다가 사거리에서 우측으로 꺾자 시야에 공공 의료센터가 들어왔다. 건물의 규모는 이심이 근무하는 센터의 세 배는 됨직했다. 그러니 최소한 공공의의 수도 두 배는 넘을 것이고 이비인후과 전문의도 확보하고 있을 터였다. 센터의 입구에는 경총의 취임을 환영한다는 현수막이 걸려 있었으므로 센터장이 어떤 성향을 가졌을지는 짐작이 갔다. 이심은 습관적으로 한숨을 쉬었지만 이내 선거 결과에 관해 언급하던 팀장의 태도도 별반 다를 바 없었다는 데 생각이 미쳤다.

어느 센터에서 일한들 마찬가지겠지. 이심은 소리에게 곧 도착할 거라고 메시지를 보내며 속으로 중얼거렸다. 잠시 후에 길쭉한 쇼핑백을 든 정장 차림의 남성이 잰걸음으로 이심을 스쳐지나갔는데, 그의 모습을 보자 퍼뜩 이런 동네의 가정에 초대받아 방문할 때 빈손으로 가는 것은 경우에 맞지 않는지도 모른다는 데 생각이 미쳤다. 그러나 수중에 체면을 차리기 위해 낭비할 수 있는 돈은 없었다. 자신과 가족이 되려는 사람이라면 지갑 사정에 관해서도 알아두는 게 맞겠다고 여기며 이심은 창피해하지 않기로 했다.

암청색 대문은 이미 한 뼘쯤 열려 있었다. 그 안으로 들어가 일층 현관문의 초인종을 누르자 로아의 대답이 가장 먼저 들렸다. 문을 열어준 것은 소리였다. 소리는 쑥스러운 듯 고개를 숙여 인사하고는 자기 엄마와 동생 사이에 섰다. 사람 좋은 미소를 짓는 어르신까지 네 여성과 인사를 나누고 신발을 벗는 동안, 이심은 가히 집안을 점령했다고 해도 과언이 아닌 포근하고 달착지근한 냄새에 취해가고 있었다. 계란과 설탕이 든 반죽이 부풀고 익어가는 냄새가 분명했다. 엄마가 늦게 출근하는 날이면 곧잘 갓 구운 빵을 사먹곤 하던 어린 시절의 기억이, 누군가 당시의 사진을 눈앞에서 흔들어대는 것처럼 선명하게 되살아났다.

"헨젤과 그레텔에 나오는 과자 집에 들어온 것 같은데요."

"애월씨가 조금 전에 카스텔라를 구웠거든요."

그렇게 말한 이심 또래의 여성은 연노랑 스웨터 위에 '세진/교사'라고 적힌 이름표를 달고 있었다. 그녀뿐만 아니라 소리와 로아도 이름표를 지니고 있었다. 지난 무도회에서 받은 이름표를 버리지 않고 모아둔 게 오늘을 위해서였던 것 같다면서 세진은 이심에게 실내화를 건네주었다. 그러고는 애월이 베이킹을 마무리할 동안 우선 집 구경을 시켜주겠다고 했다.

"우선 저희 집의 자랑부터요."

세진이 현관에서 왼편에 있는 욕실의 문을 열자 샴푸의 요정이 보였다. 반신욕 전용 욕조에 앉아서 고개를 젖히면 머리를 담글 수 있는 반구형 세면대가 달려 있고, 그 위로 투명한 덮개를 씌워 물이 튀는 것을 막는 모델이었다. 욕조 안에 몸을 푹 담은 채 덮개 바깥쪽의 실리콘 패킹을 이마와 귀 라인에 잘 맞춰서 쓰기만 하면 그곳이 극락이라며 세진은 웃었다.

"가끔 자동으로 등 밀어주는 기능을 갖춘 샤워실 있잖아요.

과장이 아니라 그거보다 한 스무 배는 더 개운해요. 삼 분짜리 두피 마사지 코스도 있는데 한번 써보실래요? 와주신 김에요!”

세진이 재차 권하자 못 이기는 척 두피 마사지를 받아보고픈 마음이 굴뚝같았지만, 차분한 판단을 해칠지도 모른다는 우려가 들어서 이심은 기계 안에 몸만 뉘어보기로 했다. 욕조 안에 엉덩이를 걸치고 앉아 전원 스위치를 누르자 등이 닿는 부분의 각도를 조절하는 버튼에 불이 들어왔다. 등을 쭉 펴고 기대앉은 이심은 이대로 하반신을 따끈한 물에 담근 채 두피 마사지를 받는 상상만으로도 몸이 노곤해지는 것 같았다.

“물론 훈민씨가 있었으면 또 가끔밖에 못 쓴다고 초 치겠지만요.” 세진은 싱긋 웃으며 욕조의 턱에 걸터앉았다. “그래도 죽도록 지친 날에 그 가끔이 있는 게 어딘데요. 서로서로 배려하고 아껴가며 쓰니까 설치한 지 십 년이 넘도록 고장 한번 없이 쓰고 있기도 하고요.”

이심은 그 말을 듣고서야 쌍둥이들이 보이지 않는다는 사실을 알아챘다. 동시에 그들과 한 욕조를 공유해야 한다는 점을 깨달았다. 욕조에서 일어나는 이심에게 세진이 손을 내밀었다. “고맙습니다.” 이심이 말했다. “쌍둥이분들은 오늘 안 계시나요?”

“오고 있어요. 자세한 얘기는 본인들이 와서 할 테니까, 선생님께 실례가 되는 줄 알면서도 급히 처리할 일이 생겨서 나갔다는 말씀만 드릴게요."

어느새 욕실 문 앞으로 온 소리는 가만 세진의 말이 끝나기를 기다렸다가 "이제 드시러 오시래요" 하고 말했다.

"그새 키가 좀 큰 거 같다, 맞니?"

이심은 소리를 바라보며 물었지만 소리는 눈을 깜빡거리더니 도움을 청하는 표정을 지으며 세진을 바라보았다.

"맞아요, 선생님. 눈썰미가 정말 좋으시네요. 아유, 키는 하루가 다르게 쑥쑥인데 아직 속은 이렇게 애기라니까요."

소리의 어깨를 끌어안은 세진은 "뭐가 또 그렇게 부끄럽니. 너 선생님한테 물어볼 것도 있다고 해놓고!" 하며 볼을 간지럽혔다. 그러자 아름드리나무의 푸른 잎이 만든 그늘 사이로 살그머니 침투한 햇살이 반짝거리듯 수줍음과 긴장으로 어깨를 움츠리고 있던 소리의 얼굴이 대번에 환해졌다. 이심은 소리의 뽀얀 볼을 간질이고 싶은 충동을 느꼈지만 수줍음에 어쩔 줄 몰라할 게 빤한 아이를 배려해서 잠자코 모녀를 따라 식탁 앞으로 향했다.

식탁 한가운데에 놓인 것은 단순한 카스텔라가 아니었다. 그 위에 생크림을 바르고 앙증맞은 딸기 장식을 더한 케이크였다. 걷었던 소매를 풀며 애월이 신선한 크림으로 직접 친 생크림이라고 말하자 이심의 입에서 감탄사가 새어나왔다. 지난

십 년 동안 케이크를 먹은 일은 손에 꼽혔다. 하물며 누군가 자신을 위해 직접 만든 생크림 케이크를 먹을 기회는 전혀 없었다. 이만한 양의 신선한 크림에다 생딸기라니. 과일이란 계절에 한 번쯤 스스로에게 주는 상으로 작은 팩에 담긴 냉동 베리류를 골라 아껴 먹는 정도였으므로 이심은 생딸기의 가격이 짐작조차 가지 않았다. 다만 지난 한 주 동안 이 가족이 식비 절감을 위해 갖은 애를 다 썼을 것이라는 사실만 짐작할 수 있을 뿐이었다. 애월이 잘라준 케이크에서는 여섯 가족의 간절한 기대와 바람이 응축된 맛이 났다. 이심은 살짝 목이 메어서 세진이 건넨 홍차로 입술을 축였다. 차는 은은한 꽃향기를 머금고 있었다.

"식사 준비는 아무래도 부담되실 것 같아서 차를 마시자고 말씀드렸던 건데, 이렇게까지 준비해주셔서 뭐라고 말씀을 드려야 할지 모르겠어요."

"맛있게 드셔주시면 그게 제일이죠. 아무래도 계란을 못 넣다보니까 맛이 좀 덜할 텐데 입맛에 맞으세요?" 애월이 물었다.

"네, 제가 조금만 더 감수성이 풍부한 사람이었으면 아마 지금쯤 오열하고 있었을 거예요."

이심의 대답에 외려 애월이 눈가를 훔쳤다. 그러자 입가에 크림을 잔뜩 묻힌 채 오물거리던 로아가 할머니, 할머니 하고 부르며 그녀의 눈물을 닦아주려는 듯 손을 뻗었다. 바둥거리는 로아의 몸짓에 웃음을 되찾은 애월이 로아의 손에 다시 포크를 쥐여주며 옛날 생각이 나서 그랬다고 덧붙였다.

"우리 로아가 태어나기 전에, 소리가 아직 세진이 뱃속에 있었을 때 생각이 나서 말이야. 그때는 겨울부터 봄까지 딸기를 듬뿍 넣은 케이크를 정말 원 없이 만들었었거든."

너무 좋았겠다며 로아가 박수를 쳤다. 이미 자기 접시를 깨끗하게 비운 로아는 소리에게 한 입만 나눠달라며 조그만 입을 벙긋거렸는데 세진에게서 "자꾸 언니 거 뺏어 먹으면 못써" 하고 한소리 듣더니 아랫입술을 비죽 내밀었다. 처음에는 살짝 토라진 것에 불과했지만 어른들의 시선을 한데 받자 밀려드는 서러움을 표현해버리자는 쪽으로 마음이 기운 듯, 로아는 돌연 턱을 움찔움찔 떨면서 울음을 터뜨리려는 자세에 돌입했다. 조그마한 얼굴 위로 드러나는 감정의 격랑이 어찌나 깜찍한지 이심의 입에서 자기도 모르게 "그럼 이모가 나눠줄게, 로아야"라는 말이 나왔다.

"아니에요, 선생님. 제가 나눠줄게요." 소리가 얼른 자기 몫의 케이크를 한 숟가락 떠서 로아의 입에 넣어주었다. 그러고 남은 케이크를 먹더니 "이제 어른들 얘기 나누세요" 하고는 동생을 데리고서 소파로 향했다.

"우리 소리는 참 의젓하기도 하지." 애월은 그렇게 말하고 다시 포크를 들었다. "우리집에 오시거든 아무튼 식사 걱정은 안 하셔도 돼요. 이런 특별식이야 힘들어도 끼니는 제가 책임을 지니까요."

"애월씨는 프로거든요." 세진이 거들었다. "예전에는 이 집에서 쿠킹 스튜디오도 하셨어요."

세진은 애월과 처음에 이웃으로 만났다고 했다. 소리를 가졌을 때 세진은 지독한 입덧에 시달렸고 만삭에 이를 때까지 따듯한 음식은 입에 대지도 못했다. 쿠킹 클래스에서 제철 과일로 디저트를 만드는 반도 운영하던 애월이 수시로 챙겨준 큼직한 딸기와 청포도, 과즙이 뚝뚝 떨어지는 멜론, 오렌지 들을 먹고 겨우 버텼다.

"뱃속에 있을 때 그렇게 향긋하고 예쁜 것들을 많이 먹고 커서 우리 소리가 이렇게 착한 거 같아요." 세진은 거실에서 책장을 넘기고 있는 소리를 흐뭇하게 바라보았다. "애월씨 덕분에 저희 모녀가 산 거죠."

"그때야 나도 제주에서 올라온 지 얼마 안 되어서 사람이 고팠거든. 거기다 경총이 시민 수당 나눠주면서 한 일이 년 반짝 호황이었을 때였어. 그때야 요즘 같지 않고 어디나 인심 좋았지, 뭐. 안 그래요, 선생님?"

이심은 고개를 갸웃했다. "사실 저는 별로 실감을 못했었어요. 수업 듣기 바빴고, 게임 규제가 갑자기 심해지면서 유일하게 스트레스 풀어주던 게임은 돈이 너무 많이 들고 그래서요."

애월은 의사가 되기까지 얼마나 고된 이십대를 보냈겠느냐며 이심의 어깨를 쓰다듬더니 지옥 같던 팬데믹이 남긴 유산을 악착같이 누려야 한다고, 어서 집합가족을 이루자고 권했다.

"샴푸의 요정도 써보고 말이에요. 지금 생각하면 내가 수당 받자마자 그거 설치한 게 이런 날이 올 줄 알고 그랬나봐요. 종일 환자 보시는 선생님 피로 풀어드리라고."

애월의 말을 들은 세진은 웃음을 참는 듯 턱을 괴고 있던 손으로 입을 가렸지만 왜 그러느냐는 애월의 질문에 결국 움찔거리던 입을 열고 말았다.

"아니, 처음에 샴푸의 요정 설치할 때만 해도 중년의 로맨스를 꿈꾸셨다고 했잖아요. 서울 남자도 한 번은 만나보고 싶었다면서요."

"하이고 정말." 애월이 세진을 흘겨보며 말했다. "지금 이 상황에 굳이 선생님 앞에서 그 얘기는 뭣하러……"

이심은 친모녀처럼 옥신각신하는 두 사람을 바라보며 접시에 남은 케이크를 입으로 가져갔다. 언제 다시 먹을 수 있을지 모르는 크림의 감미로운 풍미와 딸기 씨가 톡톡 씹히는 느낌을, 과육의 신선하고 새콤달콤한 맛을 음미했다. 입을 닦으면서는 케이크의 탐스러운 모습을 사진으로 남겨두지 않은 것을 아쉬워했다. 그랬다면 집합가족으로 편입하겠다고 처음 밝혔을 때 가족은 애완동물처럼 고를 수 없는 거라고 역정을 내던 아빠 앞에 흔들어 보일 수 있었을 텐데. 일로니를 돈을 주고 데려와놓고 돌보는 일은 나 몰라라 했던 사람은 잠자코 구경이나 하라고, 나는 이런 가족을 선택할 거라고.

"세진이 얘기 신경쓰지 마세요." 애월이 말했다. "괜히 긴장되니까 얘가 별 얘기를 다 해, 정말."

세진은 키득거리며 빈 그릇을 걷어갔고, 둘은 서로 설거지를 하겠다며 아옹다옹이었다. 기분 같아서는 이 자리에서 가족 편입을 결정해버려도 좋겠다는 생각이 밀려들었으므로 이심은 버릇대로 물 한 잔을 마신 후에 거실 소파의 어린이들 사이로 자리를 피했다.

삼인용 패브릭 소파는 앉는 순간 엉덩이에 닿는 쿠션이 쑥 꺼진 게 느껴질 만큼 낡은 것이었다. 로아는 공영 채널의 어린이 퀴즈 프로그램을 보고 있었는데 이심이 재미있느냐고 묻기에 앞서 먼저 "이모, 우리집에는 롤러블 티비도 있어요!" 하고 외쳤다.

"삼촌들이 가져왔지만 다 같이 봐요. 저기 금간 거는 금방 고칠 거래요!"

이심은 다만 고개를 끄덕였다. 이 갈래머리 꼬마는 집안 어른들의 지시에 성실하게 따르는 것을 넘어서 현상황의 중요성에 관해 누구 못지않은 이해를 가지고 있음이 분명했다. 우리 집에는 샴푸의 요정이 있어요, 롤러블 티비가 있어요, 같은 말을 로아는 낯모르는 사람에게 몇 번이나 반복해야 했을까. 후에 지금의 기억을 떠올리면서는 무슨 생각을 할까 싶어 입안이 썼다.

그사이에 소리는 읽던 책을 덮더니 티테이블 위에 놓여 있던 노트에서 편지지를 꺼내 편지를 쓰기 시작했다. 이심이 장난스레 편지의 내용을 훔쳐보려는 듯 상체를 기울이자 소리는 반사적으로 동작을 멈췄다가 이내 고개를 들었다. 한쪽 눈에 눈물이 맺혀 있었다. 그 모습을 본 로아가 다가오자 소리는 한 팔로 동생을 꼭 안으며 이심에게 물었다.

"선생님, 악성 천식도 고칠 수 있어요?"

"요즘에는 천식이라고 불리는 병의 범위가 전보다 굉장히 넓어졌지만, 잘 관리하면서 지내는 방법이 있지. 누가 악성 천식에 걸렸니?"

"제 짝꿍이요."

소리는 더 구체적으로 물어보고 싶은 눈치였지만 천식이 무엇이냐며 알려달라고 떼를 쓰는 로아를 달랜 후에는 다시 편지를 쓰는 일로 돌아갔다. 소리의 편지는 '존경하는 원장님께'로 시작하고 있었다. 아마 같은 반 아이들이 합심하여 영리 병원의 원장에게 읍소하는 편지를 쓰기로 한 모양이었다. 때로는 이심이 일하는 센터에도 그런 편지 묶음이 배달되었는데, 팀장은 정성을 표현하는 일에는 여전히 아날로그적인 방법이 동원된다는 점이 흥미롭지 않느냐고 심드렁한 어조로 되물을 뿐이었다. 그러고는 어김없이 공공 의료의 방침과 원칙의 중요성을 설파하는 훈시를 이어갔다.

소리에게 뭔가 힘이 될 말이 없을까. 이심은 이마를 긁적이며 고민하다가 펜을 쥔 소리의 작은 손등을 가로지르는 화상 흉터를 발견했다. 어쩌다가 이렇게 데었느냐고 물어보려는 찰나, 현관문이 열리고 훈민과 정훈이 들어오더니 이심을 향해 나란히 고개를 숙였다.

두 사람은 무도회에서 만났을 때처럼 세트로 구입한 듯 비슷한 옷을 입고 있었는데 오늘은 정장에 코트 차림이었다. 손부터 씻고 온 정훈은 늦은 것을 사과하며 다시 식탁 앞으로 가서 좀더 이야기를 나누기를 청했다. 훈민은 코트를 벗고 오더니 "역시 선생님 오시는 날이라 그런지 오늘은 집안이 따듯하네" 하고 중얼거렸다. 애월과 세진, 정훈까지 그의 눈치 없는 발언을 무마하려고 미소를 지었지만 정작 이심의 신경을 거스른 점은 따로 있었다.

"훈민씨, 죄송한데요. 그 잔은 제가 마시던 잔이었는데……"

"아이쿠, 그렇습니까?"

훈민은 자기가 입을 대고 있던 잔을 물로만 헹궈 오더니 물이 뚝뚝 떨어지는 잔을 이심 앞에 놓고서는 엉뚱한 소리를 했다. 자기가 원래는 이런 실수를 하지 않고, 꼼꼼한 것 하나는 타고난 사람인데 요 며칠 다리가 불편해서 정신이 산만하다는 것이었다.

"이것 좀 보세요. 오른쪽만 부어서 이렇게 딱 봐도 양쪽의 차이가……"

훈민이 양쪽 바짓단을 걷어올려 종아리의 맨살을 내보이자 다른 가족들에게서 일제히 그를 제지하는 탄식이 흘러나왔다. 정훈은 얼른 앉기나 하라며 면박을 주었지만 공격적인 어투는 아니었다.

"선생님, 형이 한 말 중에는 꼼꼼하다는 것만 기억해주시면 돼요. 일할 때 특히 빛을 발하죠. 저희 둘 다 공무원인데 실은 형이 세무 쪽이거든요. 저는 도저히 못할 일이에요."

훈민의 입이 헤벌쭉 벌어지더니 오늘도 공무가 아니었다면 결코 늦지 않았으리라고 말했다. 그의 얼굴에 더없이 여유롭고 흐뭇한 미소가 번졌고, 이심은 한 인간의 존재를 지탱하는 자부심이 피부 밖으로 비어져나오는 순간을 목도하는 기분이었다. 파티에서 적극적인 모습을 보이지 않았던 그의 태도에도 비로소 납득이 갔다. 아마 직업을 공개할 수 있었더라면 훈민 역시 의사 못지않은 관심의 대상이 되었을 테니까. 이심의 기억에도 이 집의 특징이 샴푸의 요정이 아니라 세대원으로 세무 공무원을 보유한 집으로 남았을 터였다.

"무도회에서 입이 근질근질하지 않으셨어요?" 이심이 묻자 훈민은 득의만만한 표정을 무너뜨리지 않은 채 고개를 저었다. "뭐, 규정을 지키는 것도 공무의 일부니까요. 세무직이 유독 빡빡한 게 한두 가지도 아니라 몸에 익었다고 할까요."

"아유, 입만 열면 규정, 규정." 세진이 어깨를 으쓱거리며 또 시작이라는 듯 정훈과 눈짓을 주고받았다.

"규정에 대한 입장이라면 사실 저도 지키는 게 편하다는 쪽이에요." 이심이 끼어들었다. "누가 뭐래도 위법한 일은 만들지 말자는 주의고요."

이번에는 훈민이 이심을 향해 역시 말이 통한다는 것처럼 한쪽 눈을 찡긋거렸다. 이심이 자기도 모르게 시선을 돌리자 정훈은 본인이 나설 때라는 듯 자리에서 벌떡 일어났다.

"선생님, 이층도 살펴보셨나요?"

"그래, 정훈이가 안내 좀 해드려." 애월이 맞장구치며 훈민의 어깨를 짚었다. "너는 다리도 불편하니까 좀 쉬고."

이층에는 방이 세 개 있었다. 가장 큰 방은 세진과 소리, 로아의 방이었고, 나머지 둘은 엇비슷한 넓이로 현재는 훈민과 정훈이 하나씩 쓰고 있다고 했다. 정훈은 새 가족을 맞이하게 되면 훈민의 방을 비울 것이라면서 방문을 열었다.

싱글 침대와 옷장, 그리고 서랍장과 작은 책상이 놓인 방을 보고 이심은 가볍게 안도했다. 집합가족을 꾸려 세금 걱정을 더는 대신 이층 침대 신세를 면치 못하는 경우가 왕왕 있었으므로 기본적인 가구를 갖춘 방을 혼자 쓸 수 있다는 것은 감사할 만한 일이었다. 한 가지 거슬리는 게 있다면 비에 젖은 축축한 땅을 연상시키는 냄새가 난다는 것이었다. 정훈 역시 냄새가 신경쓰였는지 창문을 열더니 옥상까지 보고 가자며 앞장섰다.

"달리 근사할 건 없는 곳이지만, 월급날이면 벤치에 앉아서 형이랑 맥주도 한잔 하고 그러거든요." 정훈은 옥상에 들어서자마자 낡은 철제 벤치에 걸터앉더니 "여기서는 속마음도 편하게 터놓을 수 있고요" 하고 말했다.

"그렇군요. 그럼 방금 보여주신 훈민씨 방은 환기를 자주 하시는 게 좋겠다는 말씀을 해둘게요." 이심이 벤치의 다른 쪽 끄트머리에 앉으며 대꾸했다.

"아, 저도 아차 했어요." 정훈이 이마를 짚었다. "저나 형이나 깔끔을 떠는 편인데도 그 모양이에요. 언제쯤이면 인류가 홀아비 냄새를 정복할까요?"

"글쎄요. 그건 호르몬 문제라. 아마 자산가들도 아직 답이 없을걸요?"

정훈은 팔짱을 끼고 잠시 구름이 이동하는 방향으로 시선을 던지더니 자기 아버지가 독한 향수를 즐겨 뿌리던 게 이제야 이해가 간다고 했다. 다만 여전히 의아한 것은 평생에 걸쳐 각종 유럽 브랜드의 향수와 골프채, 시계를 모으는 게 삶의 거의 유일한 기쁨인 것만 같았던 사람이 자녀의 이름을 지을 때는 돌연 민족적 자긍심에 기댔다는 사실이라는 말도 덧붙였다.

"처음에는 세종대왕에서 따서 형은 세종, 제 이름은 대왕이 될 뻔했대요."

"세상에, 세종은 그렇다 쳐도……"

"네, 그나마 훈민정음을 떠올린 게 천만다행이죠."

"어떤 부모들은 자식 이름을 지을 때 전에 없던 실험 정신이 샘솟나봐요. 저희 엄마도 제 이름이 다를 이異에 마음 심心 자로 지은 거라고 그러시거든요. 호적에 적힌 성은 남들처럼 평범한 오얏 이李 자지만 엄마의 마음속에서는 다를 이라고, 남들 마음에 휩쓸려서 살지 말라는 뜻을 담았다면서요." 이심이 어깨를 으쓱거렸다. "그래도 다행이었네요. 형제 둘 다 '훈'이라는 글자를 넣기로 하셨나봐요. 정음씨가 아니라 정훈씨로 지으신 걸 보면요."

"아뇨, 성인이 되고 제가 직접 개명을 한 거죠."

"그러셨군요."

보탤 말이 마땅치 않아서 이심은 정훈 너머로 보이는 작은 화분에 시선을 던졌다. 적황색 화분 위로 이름 모를 식물의 줄기가 바싹 마른 채 늘어져 있었다. 정훈은 말없이 양쪽 소매를 걷어올린 다음 셔츠 밖으로 뻗어나와 있는 게 자신의 손이 맞는지 확인이라도 하는 듯 손을 쫙 펼쳤다가 이내 양손이 부들부들 떨리도록 세게 주먹을 쥐었다.

"네, 정음이라는 여자 같은 이름을 쓰고 있었을 때는 집안에서건 밖에서건 맞은 기억밖에 없거든요." 텅 빈 눈빛으로 이심을 바라보며 정훈이 다시 입을 열었다. "혹시, 소리 손에 난 상처, 보셨습니까?"

멀티 글래스

사월의 첫째 주 월요일 조례에서 팀장은 시립 수목원의 부대시설로 개장했다는 봄 체험관의 모바일 입장권을 전송해주었다. 정부가 공공의에게 특별히 선사하는 복지 혜택이라는 부연 설명에 팀원들은 냉랭한 반응을 보였다.

"하다못해 가족 수에 맞춰 주는 것도 아니고, 일괄적으로 두 장을 준대요?" 최선생이 나섰다. "경총 전보다도 더 짜게 구네. 암튼, 다 같이 들고 일어나야 된다니까요, 정말."

"참, 우리 최선생님은 대인의 풍모라고 하죠, 왜. 그런 게 있으셔." 팀장이 연신 고개를 끄덕이며 말을 이었다. "아니, 저 같은 소인배는 이번에 복지부랑 질병청 반토막 난 거 보고 쫄아서, 우리 막내 다 키울 때까지는 그저 나 죽었소, 하고 다니자, 그러고 있는데. 어쩜 저렇게 한결같으신지. 내가 최선생님의 그 스케일, 항상 존경하는 거 아시죠?"

"아유, 존경까지는 됐어요, 팀장님. 부담스러워."

이심은 최선생의 너스레에 웃음이 새어나와 얼른 고개를 돌렸다. 최선생의 편을 들어주면 팀장의 말만 더 길어질 게 빤했다. 게다가 아무것도 받지 못하는 것보다는 무엇이라도 받는 게 낫기도 했다. 여느 때처럼 적은 값이라도 받고 팔 셈이었는데 고민이라면 두 장을 모두 팔아치울 것인가, 기분전환 겸 최선생네 모녀를 따라가서 한 장을 써볼 것인가였다. 팀장은 이심의 속마음을 꿰뚫어보기라도 한 듯 올해부터는 공공기관에서 받은 입장권과 상품권의 현금화가 금지되었다는 사실을 알려왔다.

김이 샌 이심은 며칠간 봄 체험관의 입장권을 완전히 잊고 살았다. 그러다 충동적으로 모영에게 동행을 권한 것은 토요일 밤에 찾아온 허리 통증 때문이었다. 오후 내내 속으로 십 분만 더, 십 분만 더, 하면서 화살표 게임에 시간을 죽인 것도 모자라 찌릿한 통증마저 느끼자 내일은 집안에서 벗어나야겠다고 다짐했는데, 가볍게 불러낼 사람이 좀처럼 떠오르지 않았던 것이다. 최선생은 이미 딸과 다녀온 후였고, 엄마는 확장현실 기반의 체험관에 관심을 보이지 않았다. 그렇다고 무도회에서 만난 가족들에게 연락하면 나들이 이상의 의미로 해석

할 확률이 높을 터였다.

삼십대 중반이나 되었건만 변변한 친구도 가지지 못한 것인지, 삼십대 중반이나 되었으므로 친구 관계를 유지할 에너지가 남지 않은 것인지 모를 일이었다. 어쨌든 가볍게 연락해볼 만한 사람이라고는 낭랑한 목소리에 외자 이름을 가진 바텐더 모영밖에 떠오르지 않았다. 한 달 가까이 연락을 하지 않다가 갑자기 만나자는 말을 꺼내는 데 무료 입장권이라는 핑곗거리는 제법 요긴하게 쓰였다.

식물원에서 체험관으로 이어지는 길은 홀로그램 벚나무가 나란히 늘어선 눈부신 벚꽃 터널이었다. 이심은 터널의 절반쯤 왔을 때 먼저 다녀간 최선생이 전해준 이야기를 떠올리고는 벚나무 가지를 향해 길게 숨을 내쉬어보았다. 그러면서 모영에게도 따라 하라는 제스처를 취했다. 연분홍 꽃잎으로 가득하던 홀로그램은 두 사람의 입김이 닿은 부분부터 맑은 보랏빛으로 변하기 시작했다. 순식간에 통로 전체가 등나무 덩굴로 바뀌는 모습을 보며 모영은 따라오기를 잘했다고 말했다. 그러면서 지난 일에 관한 후회도, 앞으로 벌어질 일에 관한 불안도 침범할 수 없는 순간에 지을 법한 미소를 지었다. 이심은 이제 희미한 흔적으로만 남은 봄을 체험하듯이, 이렇게 웃을 줄 아는 사람과 한집에 사는 일을 체험해볼 기회가 있다면 좋겠다고 생각했으나 입 밖으로 내지는 않았다.

등나무 덩굴을 지나 체험관 내부로 들어서자 안내를 맡은 안드로이드가 환영 인사를 건네며 입장권을 확인했다. 이심의 어깨 정도 오는 키에 오동통한 체형, 맑은 상앗빛 피부를 가진 그녀는 자신의 이름이 진달래에서 따온 '달래'라고 소개했다.

"달래라고 하면 나물이 더 먼저 떠오르는 분도 계실까요? 봄나물이 풍부하던 그때를 생각하면 차오르는 안타까운 마음도 제가 달래드릴게요."

달래가 한쪽 눈을 찡긋거리며 웃었다. 팰로앨토 합의 이후에 보급된 안드로이드의 작달막한 체구와 상냥한 어투라든가, 경계심을 누그러뜨리기 위해 건네는 싱거운 농담에는 익숙했지만, 달래는 말투가 유독 리드미컬해서 듣는 것만으로 기운이 났다. 이심의 칭찬에 달래는 "어머, 자꾸 봄바람을 맞아서 그런가봐요!" 하더니 두 사람을 파스텔톤의 키오스크 앞으로 이끌었다.

"저희 봄 체험관에서는 가상현실과 증강 현실을 망라한 확장 현실 기술을 바탕으로 생명력이 넘쳐나던 과거의 봄 풍경 속에서 짧은 소풍과 어트랙션을 즐기실 수 있답니다. 식물원에서 직접 공급되는 꽃과 나무의 에센스를 통해 생생한 향기가 더해져 많은 관람객에게 호평받고 있어요." 달래가 노래하는 듯한 어투로 말했다.

"어트랙션 한 가지, 소풍 삼십 분으로 구성하면 추가 비용이 없죠?" 이심이 물었다.

"네, 맞아요! 어트랙션은 고르셨나요? 스릴을 즐기시는 분에게는 봄동산 슬라이드를, 풍경을 차분히 즐기고 싶으시면 열기구를 권해드릴게요."

열기구 체험은 최선생도 추천한 프로그램이었다. 최선생은 일괄적으로 지급된 두 장의 입장권을 다시 언급하며 국가가 쪼잔하게 군다고 치를 떨었는데, 그만큼이나 만족스러운 시간을 보냈기 때문이라고 했다. 그녀는 딸과 어트랙션을 즐기다보니 추가 금액을 내고 빅5를 전부 이용하게 됐으며 그중에서도 개나리와 진달래로 물든 꽃동산을 상공에서 내려다보는 경험에는 어딘가 마음을 미어지게 하는 구석이 있었다고 말했다.

"마음이 미어진다는 건 어떤 감정일까요."

이심이 최선생의 소감을 전하자 달래는 혼잣말처럼 중얼거리더니 멀티 글래스를 가져오는 동안 어트랙션 소개 영상을 보고 원하는 것을 선택해달라며 화면을 터치했다.

첫번째 영상은 옛 유행가를 배경으로 즐기는 추억의 VR 게임 〈비트 세이버〉였다. 비트에 맞춰 베는 대상이 다면체에서 활짝 핀 색색의 꽃으로 바뀐 모습이었는데 플레이어가 가까이 다가온 꽃을 향해 손끝을 뻗으면 꽃잎이 떨어져나가며 사방으로 흩날렸다. 이심은 어렸을 때 헬멧처럼 묵직하게 머리를 누르던 헤드셋을 착용했던 경험을 떠올리고, 모영에게 VR 멀미를 겪어본 적 있느냐고 물었다.

"없는 것 같은데요."

"저도 레지던트 때 실습하면서 쓰는 건 괜찮았는데, 어린 시절에 처음 접했을 때는 좀 심했어요." 이심이 말했다. "컨트롤러를 휘두르면서 신나게 게임할 때는 모르다가 벗고 나면 은근하게 울렁거리는 게 몇 시간씩 가고 그러더라고요."

"알 것 같네요. 저도 컨디션 별로인 날이면 등굣길 버스에서 항상 머리가 띵했거든요." 모영이 관자놀이를 문지르며 말했다. "직접 운전하는 사람은 멀미가 안 난다는 얘기 듣고 진짜 그런지 궁금했었는데."

이심은 자기도 들어본 적 있는 얘기라며 드라이브 어트랙션 소개 영상을 클릭했다. 화면 속 커플은 유채꽃밭의 샛노란 물결과 에메랄드빛 바다 사이의 해안도로를 날렵한 스포츠카로 달리며 환호성을 질러대고 있었다.

모영은 운전 경험이라고는 오직 게임 안에서밖에는 없다고 말했고, 이심 또한 마찬가지였다. 이심이 드라이브 어트랙션을 체험한다면 운전대를 잡고 싶은지 묻자 모영은 그렇다고 대답했는데, 자신도 마찬가지이니 양보해줄 수 있겠냐고 한번 더 묻자 일 초의 망설임도 없이 좋다고 대꾸했다.

"성격이 너그러운 거예요, 아니면 포기가 빠른 거예요?" 이심이 너털웃음을 터뜨렸다.

"고마워서 그러죠. 가족 말고 누가 저를 이렇게 챙겨준 거 처음이거든요."

예상 밖의 대답이었지만 이심은 모영에게 연락하기를 잘했다고 여기며 안도했다. 그러고는 어트랙션 선택 화면을 가리키며 말했다. "다들 추천하는 열기구를 타자고요. 기회는 한 번이니까, 허탕 치지 않게. 향기도 즐길 수 있으니까 탑승지는 매화 마을로 할까요?"

"네." 모영이 망설임 없이 동의했다. "저는 다 좋아요."

어트랙션을 결정하자마자 달래가 기다렸다는 듯 다시 둘 앞으로 다가왔으므로 이심의 입에서는 예측 능력을 탑재하고 있는 거 아니냐는 농담이 나왔다. 달래는 통통한 팔을 우아하게 흔들며 "하아, 그럴 수 있었는데 제가 자꾸 펌웨어 업데이트를 놓치는 바람에……" 하고 받아치며 윙크했다. 그러고는 변함없이 노래하는 듯한 혹은 느리게 랩을 하는 듯한 어투로 사전에 보낸 링크를 통해 전달받은 시력과 얼굴 골격 스캔 정보에 맞춰 멀티 글래스를 준비했다고 전했다. 멀티 글래스도 중요하지만 메이드로 근육 신호를 전달하는 것을 빼놓으면 안 된다며 두 사람의 메이드를 꼼꼼하게 확인하는 것도 잊지 않았다.

"자, 그럼, 매화 마을에서 만물이 깨어나는 계절을 느껴보세요! 나비를 따라가시면 열기구가 내려올 거예요."

달래가 열어준 문 안쪽으로 발을 들이자마자, 이심은 절로 깊이 숨을 들이쉬게 되었다. 달콤한 매화의 향을 온전히 음미하고 싶었던 것이다. 물론 아랫배까지 부풀어오르도록 길게 호흡을 이어가는 동안에도 후각에만 집중할 수는 없었다. 흐드러지게 핀 매화로 가득한 야트막한 꽃동산은 온통 향기로운 눈송이로 뒤덮인 듯했고, 낙원의 한 조각을 떼어온 듯한 그 풍경은 형언할 수 없는 힘으로 이심의 마음을 휘저어놓았다. 그간 잊고 살았던 것과 영영 잃어버린 것들이 뒤섞여 빙글빙글 돌며 소용돌이를 일으켰다.

"중세시대 그림엔 아기 천사들이 둥둥 떠 있곤 하잖아요." 모영이 말했다. "꼭 그 안에 들어온 것 같네요."

모영은 연신 자기를 데려와줘서 고맙다고 말했다. 그러더니 복숭앗빛 볼을 가진 천사가 솜사탕을 녹인 우유를 담은 단지를 품고 다니며 사방에 흩뿌려놓으면 이런 모습이 될 것 같지 않느냐고 했다. 이심은 싱긋 웃으며 고개를 끄덕였다.

"잘 기억했다가 다음에 이런 느낌이 나는 칵테일을 한잔 만들어주세요."

그러자 모영이 곤란하다는 듯 한쪽으로 고개를 갸웃했다. 우유나 솜사탕의 뉘앙스라면 어렵지 않지만, 칵테일에 아기 천사를 재현할 방도에 관해서는 심도 있는 연구가 필요할 것 같다면서.

이심은 습관적으로 고개를 끄덕였으나 내심 모영이 한 가지 포인트를 놓치고 있다고 여겼다. 둘을 감싼 매화의 향기는 분명 맑고 화사한 색채를 띠고 있었다. 그럼에도 그 안에는 유혹의 기색이 어려 있었다. 망설임 끝에 떨리는 손을 상대에게 살그머니 내밀어보는 듯한 은근한 유혹의 기색이. 우산을 펼쳐 놓은 모양으로 늘어진 수양매화의 기다란 가지 앞으로 다가서자 그 기색을 재확인할 수 있었다. 입에서 한숨에 가까운 감탄사가 새어나왔고, 이심을 따라 만개한 매화에 코끝을 가져다 댄 모영은 나직하게 콧노래를 흥얼거리기 시작했다.

한 무리의 흰나비를 먼저 발견한 것은 모영이었다. 이심은 매화 사이로 몸을 감춘 나비를 찾지 못하다가 나비가 홍매화 위를 맴돌기 시작했을 때 비로소 알아챘다. 훈훈한 바람이 불자 다시금 달콤한 꽃향기가 진해졌다. "나는 어렸을 때 이런 계절을 직접 보면서 자랐는데 우리 선민이는 이런 데가 아니면 봄이 얼마나 찬란한지 평생 모르고 지나가는 거잖아. 그러니 마음이 미어졌지"라던 최선생의 말을 이심은 그제야 온전히 이해할 수 있었다. 나풀거리는 움직임이 이끄는 대로 꽃길과 대숲을 지나 모퉁이를 돌자 샛노란 열기구와 그 앞에 선 달래가 보였다. 달래는 양손을 흔들며 "이렇게 또 뵙네요" 하고 말했다. "둘러보니까 어떠셨나요?"

"코끝이 찡했어요." 이심이 대답했다.

달래는 손끝으로 자기 얼굴 한가운데를 짚더니, 배운 적 있는 말이라며 기쁘게 웃었다.

열기구의 바구니는 셋이 서니 꽉 찼다고 느껴질 정도의 너비에 이심의 허리까지 오는 높이였다. 이륙이 시작되자 달래 주변을 맴돌던 흰나비 무리가 흩어졌다. 이심은 문득 상공에 올랐을 때 누군가 한 명쯤은 뛰어내려보지 않았을까 하는 궁금증이 일었다. 그랬을 때 지금 보이는 이 세계는 멈출까. 아니면 부서져내리거나 구멍이 뚫릴까. 그도 아니면 예상 가능한 변수이므로 신속하게 수용하고 수정될까. 이심이 묻자 달래는 고개를 끄덕이며 종종 있는 일이라고 대답했다.

"정말요?" 모영이 깜짝 놀라 반문했다. "여기에서 뛰어내리는 사람이 있어요?"

"아니, 아니요." 달래가 급히 양손을 좌우로 흔들며 모영을 안심시켰다. "열기구에서 탈출하면 어떻게 될까 궁금해하시는 고객님이 종종 계세요."

"어떻게 되는데요?" 이심이 다시 물었다.

달래는 꾸벅 고개를 숙였다. "미안해요. 그건 규정상 비밀이에요."

이심은 헛웃음이 나왔지만 규정에 매여 있는 처지라는 점은 지신도 마찬가지였으므로 더 조르지 않았다. 순식간에 지면에서 멀어져 대화를 이어나갈 여유를 잃기도 했다. 달래가 상공

10미터 위를 지난다고 알릴 즈음에는 아찔한 높이에 공포를 느껴 무게중심을 낮추기 위해 자세를 구부정하게 기울여야만 했다.

"오늘은 바람이 아주 잔잔한 편이니까 안심하세요." 달래가 이번에는 느긋한 어투로 말했다.

다행이라고 대답하는 모영의 말끝이 떨렸다. 그녀 역시 달래의 농담에 장단을 맞출 여유는 없는지 엉거주춤 선 모습이었다. 이 높이는 실제가 아니다. 데이터의 중첩에 불과하다고 되뇌며 이심은 눈을 감았다. 그러자 곧장 긴장감이 사라졌지만 다시 눈을 뜨니 두려움이 되살아났다. 바람이 불어서 열기구의 바구니가 흔들리자 양팔에 소름이 돋았다. 아직도 많이 무섭느냐며 달래가 이심의 어깨를 가볍게 쥐었다.

"조금만 용기를 내서 오른쪽으로 멀리 한번 내다보세요." 달래가 말했다. "이제 섬진강이 보일 거예요."

비록 체온을 느낄 수 없는 손길이라도 약간의 용기를 발휘하는 데는 도움이 되었다. 이심이 섬진강 방향으로 몸을 틀자 달래는 피크닉 장소가 강 건너편이라고 알려왔다. 변함없이 흥얼거리는 어투가 이번에는 다소 얄밉게 들렸는데, 고도가 급격히 높아지며 몸의 중심이 등줄기를 따라 아래로 쑤욱 쏠리는 느낌에 질려 이심은 제대로 대꾸도 하지 못했다. 몇 번이고 눈을 감았다가 떴는데 그럼에도 열기구에서 내릴 때는 다리가 후들거렸다. 관람 후에 좋은 후기를 부탁한다는 달래의 당부에는 겨우 고개만 끄덕였다. 벚나무 그늘에 펼쳐진 널찍한 돗자리가 더없이 반가웠고, 강변 산책을 미루고 우선 앉아서 쉬자고 모영을 이끌게 되었다.

돗자리는 얇아 보였지만 다행히 바닥은 푹신했다. 손깍지를 하고 눕자 은은한 연분홍 빛깔의 벚꽃이 시야를 가득 메웠다.

"꽃에 대해서 별로 아는 건 없지만, 매화하고 벚꽃이 활짝 피는 시기는 좀 다를 텐데 말이에요." 이심이 말했다.

"저도 잘은 모르지만 맞아요. 차이가 날 거예요." 옆에 앉은 모영이 나른한 목소리로 대답했다.

강변에는 그들이 앉은 자리와 멀찍이 간격을 두고 드문드문 행락객들이 보였다. 도시락을 먹거나 캐치볼을 하는 그들은 일렬로 늘어선 벚나무처럼 풍경의 일부로 마련된 모양이었다. 모영은 섬진강 표면의 윤슬을 가리키며 거대한 붓에 영롱한 빛을 듬뿍 묻혀서 흩뿌려놓은 것 같다고 말했다.

"그러게요." 이심이 동의했다. "이렇게 밝은 데서 다시 보니까 확실히 좋네요. 전에 혼자 에르데 찾아가면서는 오랜만에 메이드 프로텍트 기능을 최대로 설정했었거든요."

"위치가 좀 그렇죠. 다른 손님들도 가끔 그렇게 얘기하세요. 심박수만 뛰어도 자동으로 알림이 가는 시스템이 있기에 망정이지 없었으면 겁나서 못 왔을 거라고요."

"저는 혼자 가정을 방문하는 것이 일이라 심박수 정도는 항상 켜둬요. 이제 메이드 없이는 못 살 것 같은데, 데이터세 낼 때는 속이 쓰리죠."

모영은 세금을 언급하자 윽, 하며 가슴을 푹 찔린 포즈를 취했다. 익살스러운 표정을 짓는 모영 뒤편으로 희고 다리가 긴 새가 강의 저편을 향해 날아올랐다. 모영은 새가 사라지는 방향을 바라보다가 오늘 자기를 데려와주어서 고맙다고 한번 더 말했다. 그러면서 고등학교 일학년 겨울방학에 처음으로 확장현실을 체험했던 일을 얘기했다. 그때 그녀는 우주선에 탑승한 이의 시점으로 지구 밖에서 지구를 바라보는 체험을 했다고 말했다.

"지금 눈에 보이는 것처럼 완벽하게 맞아떨어지는 느낌은 아니었어요. 헤드셋이 딱 맞지 않아서 다시 써도 들뜬 느낌이 들었거든요. 시간도 한 삼 분쯤? 짧기도 했고요. 그런데도 아주 강렬했어요. 그런 거 있잖아요. 머리로만 알고 있던 걸 진짜로 받아들이게 되는 느낌이요."

"무한한 우주 속에 희미한 푸른빛으로 빛나는 연약한 별, 그 안의 티끌 같은 인간의 존재. 그런 거요?" 이심이 물었다. "어떤 식으로든 지구 밖에서 지구를 보는 것만큼 강렬한 경험도 없다는 얘기는 들은 적 있어요. 그러고 나서 너그러워지셨나보구나."

"제가 딱히 너그러운 사람인지는 잘 모르겠지만," 모영이 고개를 갸웃하며 말을 이었다. "맞아요, 우주적인 관점에서 보면 저는 정말 아무것도 아닌, 티끌 같은 존재더라고요. 원래도 알고는 있었죠. 그래도 그걸 온몸으로 느껴본 게 참 좋았어요. 마음이 한결 편해졌거든요. 왜 나는 이렇게 시시할까 괴로워할 필요가 없는 거잖아요. 원래 그런 거니까, 너무 당연한 거니까요."

"왜 그렇게까지……" 이심은 잠시 말을 멈추고 더 나은 질문을 찾아보려 했지만 빤한 질문밖에는 떠오르지 않았다. "어릴 때 자꾸 그런 생각을 하게 만든 일이 있었어요? 아, 참고로 저는 어릴 때 항상 부부싸움을 보면서 자랐어요. 저렇게는 안 살 거라고 생각했고요."

모영은 잠시 말이 없더니 무릎을 세우고 앉아 있던 자세를 바꾸어 양쪽 다리를 쭉 뻗었다. 멀리서 아이들의 웃음소리가 들려왔다.

"저는 초등학교 때, 갑자기 사촌들이랑 같이 살게 됐어요. 제 성격이 이렇게 쭈글쭈글한 게 다 걔들 탓이라는 건 아니지만, 뭐 영향은 있겠죠. 지금도 같이 살아요."

"오래됐네요."

모영은 들릴락 말락 한 조그마한 목소리로 응, 소리를 내며 고개를 끄덕였다. "네, 이십 년이 넘어가네요. 우리 어릴 때

처음으로 펜데믹 오고 나서부터니까요. 그때 저희 엄마는 싱글 맘에 프리랜서 기획자 겸 배우였는데, 일이 거의 끊기다시피 했거든요."

"저런, 저런."

"버티고 버티다가, 외가에 싹싹 빌면서 컴백하신 거죠. 원래는 엄마가 본가랑 거의 절연에 가까운 상태로 지냈었는데 말이에요."

당시 외가에는 삼 년 전에 이혼해 딸과 아들을 데리고 들어온 삼촌네 세 식구가 먼저 자리잡고 있었다. 그리하여 엄마와 단둘이 지내던 모영은 별안간 일곱이나 되는 대가족의 틈바구니에서 살아가게 되었다고 했다. 외가는 낡았지만 이층 단독주택이었으므로 일곱 명이 살 만한 공간은 충분했다. 그 집에는 모영과 엄마가 함께 지낼 수 있는 방이 있었고, 학원에 다녀와서 아무도 없는 집에 들어가지 않아도 되었으며 늘 그날 새로 지은 밥과 국이 있었다. 상추가 자라는 화단 옆으로 당시에 즐겨 타던 킥보드를 세워둘 공간도 넉넉했다. 그러니 꼭 필요한 것은 거의 갖춰져 있었던 셈이라고 모영은 말했다.

"하나만 없었죠, 제 마음의 평화." 모영이 웃었다. "그때는 그런 표현은 몰랐지만요. 갑자기 다 낯설고 어색하고 우울해서 킥보드를 탈 마음도 안 들더라고요. 그랬더니 이때다 싶었는지 사촌오빠가 빼앗아갔고요."

버젓이 할아버지가 보는 앞이었지만 할아버지는 막을 의사가 없어 보였다. 할머니는 늘 세 아이의 식사를 준비하느라 바빴다. 매일 장을 보고 나물을 다듬고 밥을 지으면서 할머니는 한탄했다. 남편 복이 없는 여자는 자식 복도 없다더니 두 자식이 다 변변치 못해서 말년에 고생을 뒤집어썼다고, 관절 마디마디가 안 아픈 데가 없다고. 그러나 할아버지가 음식을 배달시켜 먹자고 권하는 말은 들은 척도 하지 않았다.

모영은 그때 이미 혼자 라면을 끓이고 김밥을 사다 먹을 수 있었지만 할머니 앞에서는 어림없었다. 그리하여 어린 시절 모영에게 집밥이란 곧 한탄과 같은 말이었다. 하루도 빠짐없이 이어지는 앓는 소리가 그나마 잦아드는 것은 반찬 없이 내는 솥밥을 짓는 날뿐이었다. 할머니는 겨울이면 돼지고기 안심과 콩나물, 묵은지를 썰어넣어 이북식 콩나물밥을 자주 지었다. 모락모락 김이 나는 밥은 밥그릇이 아닌 국그릇에 가득 담아주었고, 늘 귀가가 늦어 집에서 저녁을 먹지 않는 엄마도 콩나물밥만큼은 맛을 보곤 했다.

"한번은 엄마가 밤 열시 넘어서 콩나물밥을 먹는데, 어깨가 너무 굽어 있는 거예요. 전에는 안 그랬는데, 우리 엄마가 정말 아등바등 고생하는구나 싶었어요."

딱 이삼 년만 버티고 중학교는 원래 살던 동네로 보내주겠다던 약속을 지키지 못하리라는 사실을 모영은 그 순간 깨달았다. 전과 달리 구부정해진 어깨가 애처로워서 불평을 입 밖으로 꺼내지는 않았지만, 그날 이후로 모영의 목표는 언제나 한 가지였다. 무신경하고 경계선 없이 내뱉는 말들, 진력이 나는 한탄, 반복되는 충돌이 없는 적은 인원의 가족으로 돌아가는 것. 몇 해가 지나 또다시 찾아온 팬데믹 이후 엄마가 독립을 완전히 단념한 듯 보였을 때도 모영은 언젠가는 이 대가족에서 벗어나리라 굳게 다짐했다고 했다.

"그럼 무도회에 일하러 가는 게 아니라 참석을 해야 하는 거 아니에요?" 이심이 물었다.

"글쎄요. 저한테는 구조보다 숫자가 중요하거든요." 모영이 곧장 대답했다. "자기들끼리도 매일 싸우면서 저를 괴롭힐 때만 한마음으로 뭉치던 사촌들이랑 같이 커서 그런가봐요. 구성원을 아무리 열심히 고른다고 해도 여럿이 사는 집에는 평화가 없을 것 같아요. 혼자 사는 일은 능력이 안 될 테니까 둘, 많아도 셋? 그 이상이 되면 매일 집에서 하나쯤은 괴로운 일이 생길걸요."

이심이 말없이 강 너머에 시선을 던지고 있자 모영은 집합가족 편입을 결정했느냐고 물었고, 그렇다면 자기가 괜한 얘기를 입에 올린 것 같다고 말했다. 사실 아직까지 결정된 것은 아무것도 없었다. 그러나 자신이 세무 공무원과 요리에 능숙한 구성원이 함께하는, 샴푸의 요정을 갖춘 집에서 방을 혼자 쓰며 사는 기회를 놓치지 않으리라는 사실을 이심은 이미 어느 정도 받아들이고 있었다. 정훈 역시 그 점을 예상하고 있을 터였다.

샴푸의 요정을 직접 구경했던 날 옥상에서 정훈은 자기 팔에 난 상처를 보여주었다. 그의 아버지가 던진 의자에 맞았을 때 생긴 것이었다. 정훈은 어릴 때 남학생 사이에서는 튀는 정음이라는 이름과 쌍둥이라는 이유로 늘 눈에 띄었는데, 무른 성격 때문에 자주 괴롭힘의 타깃이 되었다고 했다. 하지만 팬데믹을 거치는 동안 종일 집안에 있는 일이야말로 지옥과 다름없었다고 덧붙였다. 그는 지금도 이따금 일이 잘 풀리지 않거나 스트레스를 받은 날이면 아버지가 만든 지옥에 여전히 갇혀 있는 꿈을 꾼다고 했다. 스스로 선택한 지금의 가족에 속한 후에야 집안에서 편안함을 느낄 수 있었다고 그는 말했다.

"그러니까 제가 드리고 싶은 말씀은 저희는 생존자라는 겁니다, 선생님. 저도 알아요, 저희 형이 사교성이라고는 없죠. 조금 없는 정도가 아니고, 아주 멍청한 소리만 해대죠."

"아니 뭐, 그렇게까지 말씀은 안 하셔도……"

"아니요." 정훈이 이심의 말허리를 자르며 단언했다. "멍청하다는 말로도 부족할 걸요. 남들은 어릴 때부터 가족 안에서 익혔을 매너나 센스를 제대로 배우지 못해서 지금도 배우고 고치는 단계니까요. 어설플 거예요. 저도 별반 다르지 않고요.

하지만 저희 형제가 우리 가족들에게 품는 마음만큼은 진심이라고 말씀드릴 수 있어요, 선생님. 우리 가족 안에서는 물론이고, 외부에서 가족을 위협하는 어떠한 폭력도 용납하지 않는다는 점도 확실히 말씀드릴 수 있고요. 세진씨한테 물어보세요. 세진씨가 집에 없을 때면 소리를 완전히 방치하고 게임에만 넋이 팔려 있다가 화상까지 입힌 그 생부가 감히 이 집까지 찾아왔을 때, 그때 저희 형제들이 어떻게 나섰는지는 세진씨와 애월씨에게 한번 물어봐주세요. 그러면 아마 마음을 결정하시는 게 더 쉬워지실 겁니다."

이심은 빌다시피 하는 정훈을 일으켜세웠다. 그러자 그는 눈가에 고인 눈물을 닦으며 다음번에는 자신과 훈민이 만든 식사를 대접하게 해달라고 청했다. 그 순간, 이심은 어째서인지 자기가 먹던 컵을 사용하던 훈민의 모습을 떠올렸다. 그러자 아예 무도회에 갈 때처럼 집에서 컵을 챙겨오는 게 마음이 편하겠다는 생각이 들었다. 그리고 바로 그런 착안이야말로 실마리가 되리라는 생각이 들었다. 집합가족으로 한집에서 생활할 뿐, 약간의 번거로움을 감수하면 형제들과의 접촉은 얼마든지 피할 수 있다는 점이 명확해졌던 것이다.

확신할 수는 없지만 염두에 두고 있는 가족이 있다고 말하자 모영이 이번에는 입 모양으로만 읏, 하는 소리를 내더니 건

투를 빌겠다고 말했다.

"집합가족이라는 모델이 저한테는 좀처럼 와닿지 않지만, 선생님에게는 얼마든지 다를 수 있을 거예요."

대화는 잘린 듯 끊겼다. 잠시 뒤 이심은 모영에게 할머니의 콩나물밥에 대해 좀더 들려줄 수 있느냐고 물었다. 몇 분 동안 둘은 강바람에 한들거리는 벚꽃을 바라보며 솥밥에 관한 이야기를 나누다가 다시 둘 앞으로 다가온 달래의 안내에 따라 그곳에서 나왔다.

멀티 글래스를 벗자 꽃잎으로 뒤덮인 세계가 사라진 자리에 특별할 것 없는 풍경으로 채워진 세계의 감각 정보가 쏟아져 들어왔다. 건물 바닥의 격자무늬, 출구를 향해 뛰어가는 아이들의 뒷모습, 기념품 가게에서 흘러나오는 사람들의 말소리와 웃음소리, 유리창 너머 보이는 하늘빛이 지나치다 싶을 만큼 또렷했다. 보이고 들리는 모든 게 평소보다 몇 곱절은 생생해서 몇 초간은 온몸이 얼얼한 기분마저 들었다. 출구 앞의 카페테리아에서 주문한 커피를 받아들었을 때까지도 생생한 오감의 여운은 남아 있었다. 여느 때처럼 커피맛은 싱거웠지만 그 밍숭맹숭한 맛조차 평소보다 명확하게 느껴진다고 이심이 말하자 모영도 동의한다며 웃었다. "이렇게 차이가 나는 걸 보면 기술이 더는 발전할 수 없을 것 같아도 아직은 그렇지가 않은가봐요. 혹시 이런 도시 괴담 들어보셨어요?" 묻던 모영은 금세 아니라고, 별 얘기 아니니 잊어달라고 손을 저었다.

모영이 실은 하고 싶은 이야기가 있었다고 메시지를 보내온 것은 그날 밤의 일이었다. 그녀는 체험관에서 나왔을 때 전 직장에서 있었던 일을 털어놓고 싶었다고 적었다. 그러나 비밀 유지 각서에 서명하고서 겨우 빠져나온 터라 말할 수 없었다고 했다. 어떠한 점을 발설할 수 없는지조차 적을 수 없지만, 공공장소에서는 각서를 언급하는 일 자체를 조심할 수밖에 없었다고도 밝혔다.

메시지를 읽고 또 읽으면서 이심은 정훈과 훈민이 공유하는 감정이 바로 이런 형태일지도 모른다고 생각했다. 그만큼이나 모영이 자신과 닮아 있다고 느꼈다. 이심 역시 떨떠름한 기분으로 비밀 유지 각서에 서명한 후 누구에게도 털어놓지 못한 채 함구해야 하는 일을 겪었기 때문이었다. 그 일이 일어난 것은 지난해 이맘때였다.

서약

지난해, 엄마가 비밀 유지 각서를 내밀었던 그날 새벽에 이심은 종아리에 쥐가 나서 깬 후 한참을 뒤척였다. 종아리를 마사지하고서도 좀처럼 다시 잠들지 못했고, 결국 알람이 울리기도 전에 침대에서 나왔다. 기상 시각을 알리며 메이드 위로 돋아난 잔디는 누렇다못해 끄트머리에 붉은 기운을 띠며 시들어가고 있었다. 곧장 몸을 일으키기는커녕 화살표 게임을 할 기운도 없었으므로 수면의 질을 반영하는 잔디의 상태가 전에없이 나쁠 만했다. 재생시킨 공영 뉴스에서 눈 가리고 아웅 하는 내용이 흘러나오는 것은 여느때와 같았지만, 그날 따라 정도가 유달리 심해서 헛웃음이 났다.

"이 법이 시행되면서 자산가들의 삶에 다양한 제약이 가해

졌죠." 아나운서는 상기된 어조로 말했다. "시행 초반에는 엔터테인먼트 업계와 인플루언서들의 반발도 거셌는데요, 본격적으로 시행된 지 십 년을 맞은 사회 갈등 조장 방지법이 우리 사회에 미친 영향에 대해 살펴보겠습니다."

첫번째 인터뷰 대상은 십 년 전만 해도 소위 '카푸어'였다고 밝힌 삼십대 직장인이었다. 신용불량자 신세까지 갔던 자신이 새 인생을 살게 된 데는 방지법 등장 후 바뀐 사회 분위기가 결정적인 영향을 미쳤다고 그는 고백했다. 어느 자영업자는 동경하던 연예인과 유튜버에 이끌린 모방 소비로 점철된 이십대를 보냈다고 밝혔다. 성형수술까지 감행한 뒤에 부작용으로 인해 재수술을 거듭해야 했다며 눈물을 흘리는 그의 모습은 자연스레 방지법 도입 이후 성형 산업과 명품 시장의 규모가 축소되었음을 방증하는 통계로 이어졌다.

관찰 예능 프로그램의 폐지가 반가웠다는 어느 중학교 교장의 발언을 들으며 이심은 의대 재학 시절, 한 내과 교수가 수업중에 비슷한 논지로 열변을 토했던 일을 떠올렸다. 교장은 곧이어 자기 학교의 교훈이 '분수에 맞게 살자'라며 사람 좋은 미소를 지었다. 형언할 수 없는 께름칙함을 느껴 프레임을 닫을까 망설이다 음성만 줄여두고 출근 준비를 하는 동안에도, 출근길 지하철 내부의 화면에서도 엇비슷한 논조의 보도는 계속 이어졌다. SNS 통제에 대한 불만과 과중한 벌금으로 인한 반발에 대해서는 맨 마지막에 삼십 초 남짓 짧게 언급될 뿐이었다. 자막으로 '지금까지 여의도 B타워에서 전해드렸습니다'라는 앵커의 멘트가 떠오르며 뉴스가 끝났을 때, 이심은 다시 한번 '분수에 맞게 살자'라는 교훈을 소개하던 교장의 얼굴이 떠올라서 도리질쳤다. 출근하자마자 최선생을 따라 탕비실로 향한 것은 그런 이유에서였다.

"항복할게요. 최선생님 말이 맞았어요." 이심은 목소리를 낮춰 말했다. "공영 뉴스만 보고 살면 진짜 바보가 될 것 같아요."

"아이 뭐, 항복까지 하고 그래. 항복은 부담스러워." 최선생이 웃었다. "어쨌든 좋지, 그래도 뉴스 채널 하나 추가하는 것뿐이니까 너무 큰 기대는 하지 말고."

최선생이 충혈된 눈을 문지르며 머그잔을 들고 일어나자 이심은 앉아서 쉬라는 손짓과 함께 그녀의 잔에 커피를 따라 건넸다.

"전에는 일단 뉴스만 제대로 들어도 사는 게 달라진다면서요."

"그럼. 집에 바퀴벌레 한 마리만 나와도 사는 게 달라지잖아." 최선생이 커피를 한 모금 마시며 말했다. "잡으면 일단 한숨 돌리지만, 마음이 찝찝하잖아. 바퀴는 한 마리만 보여도 이미 집에 수백 수천 마리가 있는 것이라니 말이야. 그래도 그냥 바퀴벌레 소굴에서 사는 것보다야 백배 낫지."

탕비실로 들어온 팀장이 뒷부분만 듣고 멈칫거렸으므로 이심은 벌레 얘기는 예시일 뿐이라고 안심시켰다.

"팀장님, 나라꼴이 아무리 이 지경이어도 설마 공공 의료센터 탕비실에서 벌레가 나오게 두겠어요?" 최선생이 웃었다. "제 말은, 부자들이 내 눈앞에 안 보인다고 해서 없어지는 게 아닌데, 전 국민한테 모르쇠 하고 살라고 만든 법이 웃긴다는 거예요. 이건 뭐 바퀴벌레 득시글거리는 집에서 눈만 꼭 감고 사는 꼴이잖아요."

팀장은 애매한 미소를 짓더니 자기는 못 들은 걸로 하겠다며 자리를 떴다. 최선생은 고개를 절레절레 저으며 부자와 자산가의 사전적 의미는 다르지 않다고, 그러니 방지법을 핑계로 형성된 '부자'라는 단어만 금기하는 분위기는 코미디라고 말했다. 이심은 맞장구를 쳤지만 점잖은 자리에서 욕설을 삼가는 것처럼 직장에서 '부자'라는 단어를 말하는 일에 저항감이 든다는 사실까지 부정할 수는 없었다. 최선생은 그런 이심의 어깨를 부드럽게 건드렸다.

"긴장할 거 없어. 내가 보는 뉴스도 이름이 게릴라라 그렇지 내용은 뭐, 그냥 상식선이라고."

탕비실에서 나오는데 마침 엄마에게서 저녁을 먹고 가라는 연락이 와서 이심은 속으로 유레카를 외쳤다. 본가에 가서는 최선생이 자신에게 그랬듯이 게릴라 뉴스 채널을 홍보했다. 우선은 탐사 보도의 질이 좋아 보인다는 점을 피력했다. 또 다양한 국내외 이슈에 관해 '외신 반응'이라며 뭉뚱그려 편집하지 않고, 각 국가마다 신뢰도가 높은 언론 기사의 전문을 한데 모아 비교해볼 수 있다는 점도 강조했다.

"그것도 다 음성 지원 된대." 이심은 말을 잇다 말고 고개를 갸웃했다. "왜 이렇게 반응이 없어? 엄마 무슨 고민 있어?"

엄마는 쓴웃음을 짓더니 "너는 마흔도 안 된 애가 벌써 깜빡깜빡하나보다. 나도 그 채널 한참 구독했었잖아. 전기세 때문에 여유가 없어지면서 끊어서 그렇지" 하고 해동된 피자를 식탁으로 가지고 왔다.

피자는 이탈리아와 미국의 중간쯤에서 타협을 본 듯한 맛이 났다. 엄마는 게릴라 뉴스도 그런 식이었다고 말했다.

"어찌됐든 중간은 갔거든. 너희 동료 말대로 그거 하나 본다고 능사는 아니겠지만 그래도 기본 이상은 됐으니까."

"그러니까, 엄마 계정으로 나랑 다시 보면 되잖아. 보안 때문에 싸게 보려면 가족 결합밖에는 방법이 없다면서?"

"나도 그러고 싶은데, 이번에 관리비가 올라서 아껴야 할 것 같아."

"그럼 내가 좀더 낼게."

"이번에 건강검진 결과 보니까 추가로 당뇨 약도 먹어야 되는 모양이고."

이심은 먹던 피자 조각을 접시에 내려놓고 그럴 리가 없다고 말했다. "엄마 검진 결과를 내가 몇 년째 체크하고 있는데 콜레스테롤이면 모를까, 당 수치가 그새 약을 먹을 만큼 올랐다고? 그리고 당뇨 약을 먹을 상황인데 지금 나랑 이런 걸 먹고 있다고?"

"나 말고, 너희 아빠."

그제야 이심은 엄마가 어째서 자신이 오는 시간에 맞춰 아빠가 산책을 나가도록 했는지 깨달았다. 만일 지금 아빠와 마주쳤다면 식습관에 대해 몇 번을 말했느냐고 화를 냈을 게 빤했다. 아빠는 그럼 병들어 죽게 내버려두라고 어깃장을 놓았을 것이다. 이심은 상상만으로도 가슴이 답답해졌다. 매달 추가될 약값을 계산해보면 뉴스 구독은 불가능하리라는 사실도 자명했다. 두 사람은 조용히 식사를 마쳤다. 엄마는 아빠가 귀가하기 전에 돌아가려던 이심을 붙잡더니 종이 서류를 하나 가지고 왔다.

"심아, 아픈 사람이 한 명 더 있어."

이심에게 있어 누군가 앓는 것은 매일 접하는 사건이었다. 날마다 겪는 동안 심신의 에너지가 고갈되는 것을 막기 위해 일정 부분 무뎌져야만 했고, 그러면서도 지나치게 무뎌져 기계적으로 임하지는 않기 위해 애썼다. 그래서 서류를 쥔 엄마의 떨리는 손을 본 순간, 이심은 평소 유지해왔던 심리적 방어선이 뭉그러지지 않도록 마음을 다잡아야 한다는 예감을 느꼈다. 엄마가 아픈 게 아니라면 그 누가 어떤 병을 앓고 있더라도 관여하지 않겠다는 마음이 든 것이다. 이 세상에서 현재 자신과 긴밀하게 연결돼 있는 사람은 엄마 외에는 달리 없지 않은가 싶기도 했다.

"너는 기억을 못할 수 있어." 엄마가 물잔을 들어 입술을 축였다. "엄마 옛날 동창 중에 서안이라고, 너 어릴 때 몇 번 만났었는데……"

"알아, 그 아저씨."

"기억하는구나."

"잊어버릴 수가 없지."

엄마는 고개를 주억거리더니 한숨을 쉬며 어깨를 늘어뜨렸다. "어디가 아픈지는 말을 안 하는데 상태가 좀 심각한가봐. 이미 의사 여럿한테 보였다는데 마지막으로 네가 한번 봐줄 수 없겠느냐고 그러네. 어릴 때부터 지병이 있었고, 성격이 워낙 침착해서 아직 일어나지도 않은 일을 겁낼 사람은 아니거든. 아무래도 오래 못 살 병이라도 걸린 게 아닌지 생각을 안 할 수가 있어야지. 그렇다면 아예 모르는 체할 수는 없겠다 싶어서 말이야."

이심은 언젠가 "심이가 우리 딸이었으면 좋겠다" 하고 자기 얼굴을 물끄러미 바라보던 서안의 얼굴을, 그가 엄마를 바라볼 때의 눈빛을 떠올렸다. 두 사람이 지금까지 만남을 지속해왔는지 이따금 안부만 물었는지는 알 수 없었다. 다만 여러 의사를 골라 진단을 받아볼 수 있었다는 것은 그가 자산가라는 방증이었다. 대부분의 사람들은 바라지 못할 혜택을 이미 받고 있을 것이었으므로 이심은 엄마의 부탁을 거절하는 데 가책을 느끼지 않았다.

"원칙적으로 네가 그 사람을 만나기 전에는 여기에 서명을 해야 한다고 하던데……"

비밀 유지 각서를 내미는 엄마의 손을 물리며 이심은 자신이 공공의라는 사실을 상기시켰다. "알잖아. 지금 여기서 엄마가 아프다면 내가 봐줄 수 있어. 우리 둘만 입 닫으면 되니까. 그 외에 다른 건 다 안 돼. 모르는 사람처럼 왜 그래?"

"그건 그 사람이 얼마든지 해결할 수 있대, 심아."

"그럼 먼저 해결하고 나서 연락을 하라고 해."

확실하게 선을 그었건만 비밀 유지 각서는 이틀 후에 팀장의 손에 들린 채 다시 이심 앞으로 돌아왔다. 최대한 협조하라는 지시를 받았다며, 심지어 오늘 진료 일정을 조정해두었으니 바로 출발하면 된다는 말까지 덧붙이는 팀장의 모습에 이심은 놀라움을 감출 수 없었다.

"우리 일에도 예외라는 게 있군요, 팀장님."

"그런 거 없어요." 팀장이 너털웃음을 지으며 대꾸했다. "그냥, 가끔 윗선에서 특별한 이유에 한해 허용하는 일은 신속하게 처리가 되기도 하죠. 그뿐이에요. 어디 안 그런 조직이 있답니까?"

"보통 그런 걸 예외라고 할 걸요."

"말뜻을 엄밀하게 따지는 건 나중에 메이드로 검색해보든가 하시고, 일단은 서둘러요. 십오 분 후에 건물 앞으로 차를 보낸다고 하니까 비밀 유지 각서도 챙겨두고."

팀장이 건넨 각서에는 만남에 앞서 지참하고 있는 통신기기 일체를 맡긴다는 항목을 시작으로 촬영 및 녹음을 엄금하며, 오늘 보고 들은 내용을 온라인상에 게시하는 행위를 금지한다는 조항이 적혀 있었다. 그 밖에 불필요한 사회적 갈등을 촉발할 수 있는 편향된 정보를 임의로 유포할 경우 방지법에 의거하여 혼란 요소의 확산 방지와 봉합을 위한 비용 일체를 부담한다는 내용도 이어졌다. 남에게 전해들었다면 설마 방지법으로 그렇게까지 단속하겠느냐며 웃어넘겼을 일이었다. 이심은 잠시 서류를 바라보다가 최소한의 방비를 위해 메이드의 프로텍트 기능을 최대치로 올렸다.

공공 의료센터 입구에는 독일제 세단이 대기하고 있었다. 거리에서 십여 년 만에 보는 고급 차종보다 더 생경한 것은 차 안에서 걸어나오는 검은 제복을 입은 기사였다. 기사는 신장이 족히 2미터가 넘어 보였다. 이심을 발견하자마자 허리 굽혀 인사한 뒤 구부정한 자세로 달려온 그는 한 손에 든 투명한 보관함을 열면서 요청보다는 애걸에 가까운 어투로 메이드를 그 안에 넣어달라고 했다.

"벌써부터 그렇게까지 해야 된다고요?"

"염치없지만, 이렇게 부탁드리겠습니다. 선생님의 홍채를 스캔해야만 열리니까 누가 건드릴까 걱정하지는 않으셔도 됩니다."

그는 자신의 체구로 상대가 위압감을 느끼는 일이 없도록 숨소리 하나까지도 통제하는 사람처럼 움직였다. 거대한 어깨를 옹송그린 채 차문을 열어주었으며 출발을 알리는 목소리는 간드러진 느낌마저 주었다. 이동하는 동안 불편한 점이 있다면 말해달라고 했지만 그럴 일은 없었다. 진의를 알지 못하는 만남을 앞둔 상황만 아니라면 잠이 들었을 것만 같이 차체는 미끄러지듯 움직였다.

사십 분가량 후에 어느 건물의 지하 주차장에서 내린 이심은 기사의 안내에 따라 주차장에서 곧장 건물 내부로 들어갔다. 그는 엘리베이터를 잡아 T 버튼을 누른 뒤 여기서부터는 혼자 가면 된다고, 내려서 소독을 마치고 나면 물길을 따라가라고 알렸다.

"소독이요?"

엘리베이터의 문은 질문과 동시에 닫혔다. 엘리베이터 내부 어디에도 현재 층을 표기하는 패널이 보이지 않았는데 이심은 두 귀가 먹먹해지는 것을 느끼고서야 그 점을 깨달았다. 어리둥절한 상황을 거듭 접하다보니 놀랄 일은 더 남지 않은 것 같았지만, 문이 열리자마자 정수리부터 전신에 빠짐없이 분사되는 미스트 타입의 소독제 세례를 받자 의견을 수정해야 했다. 부연 미스트가 걷히자 한 발짝 앞의 두꺼운 유리문이 좌우로 열렸다.

몇 층인지 알 수 없는 실내는 여느 건물의 두 개 층을 넘을 만큼 층고가 높았고, 텅 비어 있었다. 가구 하나, 오브제 하나 두지 않은 널따란 공간의 바닥 한가운데에 어른의 주먹 정도의 깊이로 파인 홈을 따라 물이 흐르고 있을 뿐이었다. 중앙을 가로질러 우측으로 꺾인 물길을 따라 걷자 방문이 열렸다. 얼룩 한 점 없는 새하얀 벽으로 감싸인 공간에 원목 테이블과 의자 두 개가 가구의 전부인 방안도 방금 전에 지나온 공간만큼이나 살풍경했다. 테이블 한가운데에 놓인 꽃병에는 한 손에 다 쥐어지지 않을 정도의 생화가 꽂혀 있었는데, 투명하고 윤기가 도는 꽃부터 안개꽃까지 오직 새하얀 빛깔로 가득했으므로 신경이 곤두섰다. 오지 않는 게 나았을까, 생각하며 가벼이 한숨을 쉬던 이심은 박하를 연상시키는 서늘한 향이 나는 방향을 향해 뒤를 돌아보았다. 향수 같은 사치품을 쓰는 사람을 만나는 것도 퍽 오랜만의 일이었다. 서안은 굳은 얼굴의 이심에게 손을 내밀며 미소 지었다.

"네가 이렇게 컸구나. 심아, 잘 왔다. 정말 잘 와줬어."

"아저씨는 그때랑 달라진 점이 별로 없으시네요." 이심이 말했다.

"아무렴 그럴까." 서안이 이심에게 의자를 빼주며 대꾸했다. "립서비스까지 하는 거 보니까 영주 딸이 진짜로 어른이 됐다는 실감이 나는데."

이심의 말에는 어느 정도 인사치레가 섞이기는 했지만 립서비스의 비중은 그리 높지 않았다. 이목구비가 또렷한 서안의 얼굴에서 보이는 노화의 흔적은 고작 눈가에 흐릿한 선이 몇 줄 더해진 정도였던 것이다. 새까맣고 윤기가 흐르는 머리칼하며 곧은 자세까지 그가 엄마와 같은 육십대라는 사실이 믿기지 않을 지경이었다. 게다가 어떤 특별한 시술이나 메이크업을 받은 것인지 더이상 백반증을 앓는 사람으로 보이지 않았다. 얼굴에도, 목이나 손 어디에도 희게 색소가 빠진 자국은 찾아볼 수 없었다.

"점심에 뭐가 좋을지 몰라서 일단 대기시켰는데 요즘 뭘 즐겨 먹니? 후식은 너 어릴 때 좋아하던 걸 준비했는데."

"뭐든 되는 건가보죠?" 이심이 웃었다. "식사를 하실 거였으면 엄마를 부르시지 그러셨어요. 저 여기 각서까지 쓰고 왔어요. 용건부터 얘기하세요."

"그래, 그러자. 이것참 어디서부터 얘기하는 게 좋을지……"

"저 그냥 발품 팔아서 왕진 도는 일개미예요. 그건 아시고 부르신 거죠?"

"가정의학과 전문에 내과랑 피부과, 정신의학과까지 어느 정도는 커버한다는 얘기는 들었지." 서안이 미소 지었다.

"DNA 검토까지 마친 진단명이 뒤집힐 가능성은 희박하다는 것도 아실 테고요."

"그래. 지금 기술로는 병명이 뒤집히는 일은 거의 없다지. 사람 인생은 병 때문에 얼마든지 뒤집히기도 하는데 말이야." 서안이 쓴웃음을 지었다. "내 인생은 팬데믹 때문에 뒤집혔거든. 갖은 공을 다 들여서 펜션을 열자마자 그 사달이 났으니."

그 말을 듣자 이심은 녹색 페인트가 묻은 셔츠를 입고 있던 서안의 모습이 기억났다. 볕이 좋은 오후에 엄마를 따라 글램핑장에 바비큐를 하러 갔을 때였다. 엄마의 동창 서너 가족이 모인 자리였는데 서안이 제일 늦게 나타났다. 그는 이심에게 비눗방울 총을 선물했다. 그의 셔츠에 묻은 페인트 자국에 관해 묻자 "아저씨는 요새 집을 짓고 있어. 다 지으면 심이도 엄마랑 놀러올래?" 하던 일도 기억났다. 엄마에게 달려가 언제 갈 수 있느냐고 묻자 분명히 말을 들었음에도 못 들은 척하는 엄마의 모습이, 재차 졸라도 평소와 달리 대답을 미루며 짓던

아리송한 미소가 얼마나 생경했는지도 또렷하게 떠올릴 수 있었다.

“아저씨도 그때는 여러모로 힘드셨겠네요.”

서안이 고개를 끄덕이며 그나마 당장 일할 데가 있었어서 다행이었다고 했다. 그의 동생이 당시 배달 대행업체를 운영하고 있었다면서.

“당시 일손이 달려서 허덕이는 몇 안 되는 분야였으니 당연히 나도 도왔지. 사는 세계가 달라지더구나. 아예 뒤집혔다는 게 맞을 거야. 펜션 시장을 조사하느라 부지런히 여행 다니고 오픈을 준비하던 때는 내가 남들보다 다양한 사람을 만나면서 사는 줄 알았는데, 실제로는 그렇지도 않았어.”

그 업체에서는 원동기 면허만 있다면 누구에게나 일을 주었다고 했다. 한창 배달원이 부족하던 시기에는 급한 불을 꺼야 하는 이들에게 몇백만원씩 가불까지 해주면서 인력을 확보했다. 대출도 마이너스 통장도 아니고 가불이라니. 사어로 여기던 단어가 그 세계에서는 흔히 쓰였다. 폭우 속에도 오토바이를 타고 빗길을 달리는 일을 마다하지 않을 만큼 위기에 몰린 이들도, 지독하리만큼 성실하게 일하는 가장도 셀 수 없이 보았다. 한편으로는 가불받은 만큼 일하고 나면 더 많은 가불을 해주는 곳으로 옮기며 도박으로 한탕을 노리는 양아치들이 발에 채였다. 일이 끊긴 예체능계 프리랜서와 지망생들, 사업이

망한 자영업자들의 사연도 물릴 만큼 들었다.

어쨌든 그때의 경험으로 사람을 부리고 인재를 적재적소에 배치하는 일에는 꽤 잔뼈가 굵어졌다고 서안은 말했다. 말을 마친 그가 상체를 기대고 있던 테이블에서 몸을 떼자 꽃병에서 하얀 꽃잎 하나가 테이블 위로 떨어졌다.

"그러니까, 지금 제가 여기에 면접을 보러 온 거라는 말씀이세요?"

"그건 식사하면서 마저 얘기했으면 하는데."

이심은 고개를 저었다. "저 메이드도 뺏기고 강제로 소독까지 당했잖아요. 지금은 뭐라도 먹으면 체할 것 같네요."

"그래, 왜 아니겠니. 면목이 없다. 이 건물 규정이라는 게 참……"

서안은 대신 목이라도 축이고 가라며 테이블을 두드렸고 그러자 아까의 기사보다는 조금 더 밝은 빛의 제복을 입은 남녀가 차와 디저트를 가지고 들어왔다. 서안이 말한 대로 이심이 어릴 적에 즐겨 먹던 것과 꼭 같은 형태의 와플 위에는 크기와 빛깔이 제각각인 베리가 과시적으로 가득 얹혀 있었다.

이심은 잠시 망설이다 가장 큼직한 딸기 한 알을 입에 넣었다. 과육이 입천장과 혀 사이에서 으스러지며 달콤한 즙이 퍼지는 동안 서안이 제안할 만한 일자리를 가늠해보았다. 어느 자산가가 주치의를 구하는 일을 서안에게 의뢰한 것일까? 하지만 그처럼 계층 이동을 가능하게 할 만한 경력은 가지고 있지 않았다. 성적에서 밀려서가 아니라 영리 병원에서 무급 인턴 기간을 버틸 여유가 없었기 때문이지만, 그 점을 굳이 피력하며 새로 시작해보고 싶은가 하면 답하기가 애매했다. 이심은 포크를 들어 디저트를 한입 맛보고 찻잔을 들었다. 제복의 남녀는 그제야 물러났다. 두 사람 모두 무중력 상태에라도 있는 것처럼 발소리를 내지 않고 움직였다.

방안에 다시 둘이 남자 서안은 차로 몸이 좀 데워졌으면 발코니로 나가서 마저 얘기하자고 권했다. 자리에서 일어선 그가 손끝을 벽에 대자 새하얀 벽이 미닫이문처럼 부드럽게 열렸다.

베란다 공간은 조명을 켜지 않은데다 널찍한 차양 아래로 커튼처럼 불투명한 막이 바닥까지 내려와 있어서 아무것도 보이지 않았다. 벽으로 된 문이 닫히자 마주선 서안의 표정마저 알아보기 힘들 정도로 어두워졌고, 이심은 두려움보다는 피로감을 더 크게 느꼈다.

"제가 지금 메이드를 착용하고 있었으면 심박수 이상으로 벌써 몇 군데 긴급 알림이 갔겠네요. 여기 불이라도 좀 켜주세요."

"심아, 불을 켜기 힘든 이유가……" 서안은 잠시 말을 고르는 듯 시간을 벌더니 입을 열었다. "이렇게 하자. 방문자가 오면 위치 정보를 숨기는 게 규정이지만 너를 믿으니까."

서안이 직접 차양 아래 늘어진 막을 걷기 시작하자 곧장 텁텁한 밤바람이 느껴졌다. 이심은 반짝이는 직육면체를 무수히 배열해놓은 듯 휘황한 도심의 야경을 높은 층에서 내려다보는 게 얼마만의 일인지 기억을 더듬어보았는데 못해도 십 년이 넘었다는 사실만 가늠할 수 있을 뿐이었다. 숱한 빌딩 사이의 몇몇 건물을 통해 이곳이 여의도라는 사실은 알 수 있었다. 청회색 반구형 지붕은 국회의사당, 그 옆으로 벽면에 뉴스를 띄운 건물은 여의도 B타워인 게 분명했다. 유일한 공영방송국이 위치한 건물이자 이십층 빌딩의 벽면 양쪽을 홀로그램 프레임으로 사용하여 마치 거대한 브라운관과도 같다는 B타워. 그 건물을 이렇게 가까이에서 볼 일이 있으리라고 이심은 미처 예상하지 못했다.

"원래도 그랬지만 뉴스를 이렇게 크게 보니까 울렁거리네요." 이심이 말했다.

"심아." 서안의 목소리가 떨렸다. "지금부터 내가 하는 말을 진지하게 들어줬으면 한다."

"말씀하세요."

"나는 이 구역으로 오면서 가족들을 다 버리고 왔어. 후회한다는 건 아니야. 그럴 만했거든. 아쉬운 건 영주도 데려올 수 없었다는 거지."

"우리 엄마하고 아저씨는 가족이 아니니까요."

"그래. 하지만 나는 영주를 잊은 적이 없어. 겨우 한 자리가 났을 때 영주가 너까지 데려오지 못하면 움직일 수 없다고 그랬었지만, 이번에는 반대야. 네가 결심만 하면 네 엄마까지 데리고 올 수 있어. 이리 넘어오면 영주에게 더 나은 약을 줄 수도 있겠지. 그러니까 오늘 이 법석을 떤 것은 너와 영주를 위해서였다고 여겨주렴."

이 사람은 엄마가 약을 더 먹어야 한다고 알고 있구나, 이심은 생각했다. 거기까지밖에 알 수 없었다. 엄마가 아빠를 위해서 거짓말을 한 것인지, 단지 경제적인 도움을 구하며 사정을 대충 얼버무린 것인지, 도움을 받았다면 어느 정도였는지 파악하고 있지 않았으므로 말을 아끼는 게 나을 것 같았다.

"제가 뭘 결심해야 되는데요?"

서안은 이심을 똑바로 바라보며 눈을 맞췄다. 그의 갈색 눈동자가 전하는 것은 비밀의 무게였고 이심은 충분히 알아들었다는 듯 고개를 끄덕였다. 서안은 입을 열기 전에 이심에게 바짝 붙어섰다.

"내년이면 무슨 수를 써서라도 경총이 돌아올 거야. 그러고 나면 전국에 격리 시설이 계속 늘어날 거고. 그중에는 아무래도 교도소가 많은데, 교도소 특성상 전담 주치의가 필요하다고 해. 경력은 지금 너 정도면 충분하고. 지금보다 대우가 좋을 건 말할 것도 없어."

"경총은 그렇다 치더라도 인구가 계속 줄고 있는데, 교도소가 갑자기 왜 늘어나요? 근거가 있는 말씀이세요?"

"너를 여기까지 불러놓고 내가 괜한 얘기를 할 이유가 어디 있겠어." 서안이 마른세수를 했다.

"경총이 다시 와서 치안을 망칠 만한 사태를 일으키기라도 할 거라는 말씀이세요?"

"치안이 그대로라도 범죄자는 더 만들 수 있어. 결국 범죄자가 늘면 치안도 나빠지겠지만."

"잠시만요, 일부러 범죄자를 늘린다고요?"

"반대 의견이 없었던 건 아니야. 지자체장들 중에도 경총이 총리직에서 내려온 사이에 어떻게든 브레이크를 걸어보려던 사람들이 있었으니까. 그렇지만 행정이 마비되도록 특별감사를 해대고 패가망신했다는 소리를 듣도록 소송을 걸어대는데 당해낼 수가 없지. 그 옛날 빨갱이라고 뒤집어씌우던 솜씨 그대로야. 일단 지목하고서 이유는 갖다붙이기 나름이거든. 방지법을 왜 만들었겠니. 작심하고 들이밀면 아무도 못 빠져나가는 법이 필요했던 거지."

"지금 하시는 말씀을 제가 어디까지 받아들여야 할지 모르겠어요."

"이거 하나만 확실히 알면 돼. 할 수 있는 건 다 해봤는데 못 막았다는 거." 서안이 이심의 어깨를 붙들었다. "심아, 지난 십 년보다 앞으로 십 년 동안 더 많은 게 바뀔 거야. 영주 데리고 이쪽으로 넘어와. 올 수 있을 때 와야 돼."

알래스카

오월의 초입에 최선생은 이심이 초등학생인 자기 딸보다 더 열렬하게 어린이날을 기다리고 있는 것 같다고 말했다. 이심은 팀원 모두 마찬가지 아니냐고 반문했다. 갑자기 지급이 늘어난 바우처로 인해 왕진 예약이 폭증했기 때문이었다. 박선생은 금요일인 어린이날부터 이어지는 사흘간의 휴일이 없었다면 진지하게 다른 일자리를 알아보았을 거라며 투덜거렸다. 월요일 조례 시간에는 팀장의 입에서조차 불만이 나왔다.

"정부가 새출발을 하면서 여든 넘은 노인들한테 선심 한번 쓰는 거야 그렇다 치겠는데, 그걸 칠순으로 내린 건 오버였다고 봐요, 나는."

"처음에는 차상위 계층 이하만 더 준다더니, 하루아침에 그

말 쏙 들어간 건 괜찮고요?" 최선생이 볼멘소리를 했다. "애당초 취임하자마자 이러는 거 빤하잖아요. 부가지능세 띄우더니만 입 싹 닫고 반대로 가는 거 덮어보려는 거죠. 기업도 기업인데 이제 부자들 상속세랑 증여세는 아예 없어진 거나 마찬가지래요."

팀장은 충혈된 눈을 비비며 잠자코 고개를 끄덕였다. 그가 최선생 입에서 나온 부자라는 말을 제지하지 않은 것은 그때가 처음이자 마지막이었다.

어린이날은 흐렸다. 아침은커녕 점심도 거른 채 침대 안에 널브러져 있다가 오후 네시가 다 되어 겨우 일어난 이심은 여전히 손 하나 까닥할 기운이 없었다. 그러나 라면을 먹고 씻고 나오자 어딘가 나가서 기분 전환을 하고 싶어졌는데, 비용이 들지 않는 방법은 좀처럼 떠오르지 않았다.

'칵테일 바에는 아마 어린이날 행사 같은 건 없을 거야. 안 그래요?'

별 기대 없이 메시지를 보낸 지 삼십 분쯤 흘렀을까, 모영은 꼭 그렇지도 않으니 일단 와보라는 알쏭달쏭한 답을 보내왔다. 혹시나 해서 메시지를 더 기다려봤지만 연락이 없었으므로 이심은 천천히 외출 채비를 하며 이달의 남은 생활비를 가늠해보았다.

에르데는 이전에 와본 그곳이 맞는지 의심스러울 정도로 왁

자한 분위기였다. 실내로 들어서자 가수나 곡명을 짐작할 수 없는 사이키델릭한 노래가 흘러나오고 있었는데 어지럼증이 일 정도로 음량이 컸다. 그다음에는 오페라가 이어졌다. 밑변이 긴 ㄴ 자 모양 바의 꼭짓점을 중심으로 둘러앉은 다섯 명 중 하나가 자기가 고른 바그너의 오페라를 들어보라고 으스대며 외쳤으므로, 이심은 그들이 일행이며 중구난방으로 나오는 곡들이 신청곡이라는 사실을 알게 됐다. 모영은 주문이 밀린 듯 이심에게 눈인사만 건네고 분주하게 움직이다가 음악이 다시 바뀌었을 때 길쭉한 잔에 담긴 투명한 빛깔의 칵테일을 건네며 시그니처 중에 '물'이라고 말했다.

"저 사람들이 사는 거예요. 시끄럽게 마시는 대신 내는 거니까 편하게 드세요. 이름은 물이지만 독하니까 천천히요."

고맙다는 인사조차 필요 없는지 그들은 이심 쪽으로는 눈길도 주지 않고 자기들끼리 잔을 부딪치기 바빴다. 그러다 얇은 칵테일 잔 하나가 깨지자 폭죽이라도 터진 듯 환호성을 질러댔다.

"깨지는 소리 한번 죽여준다!" 바그너를 논했던 남자가 손뼉을 치며 말했다. "아니 이렇게 제대로 된 거 쓰면서 브로큰 차지는 또 왜 이렇게 싼 거야? 아무튼 이 집 오면 정말 거저다, 거저야."

정말 그렇다고, 도대체 이렇게 싼 술을 어디에서 마시겠냐며 호탕하게 웃는 사람들을 보면서 이심은 그제야 그들이 자산가임을 눈치챘다. 이심은 모영의 설명처럼 맑지만 독한 술로 아랫입술을 축이며 그들도 거실 한가운데에 물길이 난 집에서 살고 있을까, 하고 생각했다.

생활감이라고는 느껴지지 않던 그 공간. 실내의 빛을 차단하여 어두운 발코니에서 B타워의 거대한 홀로그램이 내뿜는 빛을 등지고 선 채, 서안은 지난 십 년보다 앞으로의 십 년 동안 세상이 더 많이 바뀔 거라고 단언했다. 선출직 정치인과 관료가, 관료와 기업가들이, 입법부와 사법부가, 공공기관과 이익집단이 가까스로 유지하고 있던 최소한의 균형마저 기대할 수 없게 되어가고 있다고. 경총이 다시 돌아오면 금이 간 시스템이 본격적으로 무너질 일만 남았다고 호소했다.

"돌려보낸 비밀 유지 각서를 직장에서 다시 받았을 때, 심이 너도 이미 느꼈을 거야."

그날 집에 돌아와서 문을 열었을 때, 이심은 그간 더없이 소중한 안식처로 여겨온 자신의 방이 얼마나 좁은지 비로소 깨달았다. 침대에 누워서 낮은 천장을 보자 관 속 같다는 생각을 하지 않을 도리가 없었다. 한편으로는 서안의 집 또한 터무니없이 느껴졌고, 그에게서 들은 이야기 역시 마찬가지였다. 경총이 계획하고 있다는 공포정치의 밑그림이며, 자신과 엄마의 신분을 바꿀 기회라는 게 도대체 얼마만큼 사실에 입각한 것인지 알 수가 없었고, 비밀 유지 각서를 쓴 탓에 진상을 알아 볼 방법도 없었다. 다만 한 가지 분명하게 마음에 걸리는 것은 제복을 입은 거구의 기사가 보인 지독히도 비굴한 몸짓이었다. 그 모습을 다시 떠올리는 것만으로도 속이 거북해진 이심은 결국 서안의 집에서 먹은 디저트를 몽땅 토해냈다.

그만 독신생활에 종지부를 찍어야 한다고 느끼면서도 본격적인 절차를 밟는 일은 미루어왔던 이심이 집합가족 편입으로 마음을 굳힌 때는 바로 그날 밤이었다. 실제로 무도회에 참여하기까지는 시간이 걸렸지만 서안을 만나지 않았더라면 더 오래 미적댔을지도 모르는 일이었다.

지난해 있었던 일을 떠올리며 술잔을 기울이던 이심은 처음으로 참가한 무도회에서 인연을 맺을 가족을 만났다는 행운에 새삼 감사했다. 내일 소리네로 가서 저녁을 먹고 편입 서류에 전자 날인을 하면, 여생을 함께하며 서로를 부양하고 돌보는 의무를 나누어 질 가족이 생기는 것이다. 아마도 그들에게조차 서안에게 들은 이야기는 말할 수 없겠으나 이제 관처럼 좁은 집에서 지내는 날만큼은 끝이 보였다.

이심은 반쯤 남은 잔을 들어 그대로 비웠다. 모영의 말대로 평소보다 빨리 취기가 돌았지만 술 자체는 깊은 산의 골짜기에서 떠 온 차디찬 샘물처럼 맑게 느껴졌다. 실내에 평소와 같은 로파이 사운드가 흐른다 싶어 둘러보니 다섯 명의 일행이 떠날 채비를 하고 있었다. 바그너를 골랐던 남자는 모영에게 전보다 많이 나아졌다고, 하지만 아직도 칵테일맛에서 초짜 태가 난다고 일렀다. 모영은 조금도 민망해하는 기색 없이 깍듯한 태도를 유지했지만 그들이 매장에서 빠져나가자 혼이 쑥 빠진 얼굴이 되었다.

"대표 지인들이에요." 모영이 입모양으로 유추해야 할 만큼 작은 소리로 속삭였다. "저 사람들이 한 번씩 이렇게 매상을 올려줘서 에르데라는 랩실이 유지되는 건지, 애당초 여기를 저 사람들 편하게 마시라고 만든 건지 모르겠어요."

"부자들이란." 이심은 잠시 자기 입에서 부자라는 말이 나온 게 얼마 만인지 가늠해보았다. "부자면서 술맛은 볼 줄 모르네요. 이거 맛있어요. 지금까지 마셔본 것 중에 제일 마음에 들어요."

"정말요?"

"네, 프로가 만들어준 칵테일 그 자첸데요? 엄청 진한데 맑은 거, 어려운 거 아니에요?"

모영은 헤벌쭉 웃는 얼굴을 보였고, 민망한지 한 손으로 자기 얼굴을 가렸다. 그렇게 좋으냐고 이심이 묻자 그녀는 일하면서 칭찬을 받아본 경험이 워낙 귀했다고 말했다.

"앞으로도 별로 없을 테니까 지금 이 기분을 잘 기억해둘게요." 모영이 여전히 미소어린 얼굴로 말했다. "여기서는 이번

달까지만 일할 것 같거든요."

"다른 가게로 가려고요? 먼 동네로 가면 서비스 준다고 해도 가기 힘든데."

"전에 다니던 직장으로 돌아갈 것 같아요."

"전 직장에서 뭔가 일이 있었다고 했잖아요. 해결이 된 거에요?"

"음, 그 점에 관한 것도 뭐…… 제가 왜 시원하게 말을 못하는지는 아시겠죠?"

"그럼요." 이심이 허공의 벽을 밀어내는 듯한 손동작을 취하며 말했다. "살살 살아야죠. 저도 찝찝하게 사인해둔 각서가 좀 있어서 잘 알아요."

모영은 단박에 이해해줘서 고맙다고 하고는 다시금 이심에게 행운을 빈다고 말했다.

"나 결혼하는 거 아니고, 가족만 만드는 거예요. 커플 약정은 안 들어가는데?"

그러자 모영은 사람 일은 모르는 거 아니냐는 듯한 표정을 지으면서도 알겠다고 말했다. 그러고는 때마침 입장한 다른 손님에게 부드러운 미소를 지으며 인사를 건넸다. 매일 집에 돌아왔을 때 저런 미소를 보는 것도 좋았겠다는 마음이 들었으므로 이심은 물잔을 비우며 소리네와 그들의 집이 가진 장점을 차근차근 꼽아보았다. 그러고 나자 내일의 컨디션을 위해 미련 없이 자리에서 일어날 결심이 섰다.

이튿날 오전에 잠에서 깬 이심은 이제 정말 적절한 때가 되었다고 느끼며 안도했다. 더 일찍 결정했다면 자칫 메리지 블루와 비슷한 양상을 띤다는 편입 전 우울감에 시달렸을 것 같았고, 더 늦었다면 무도회에서 맛본 흥미로운 경험을 음미할 여유가 없었을지도 몰랐다.

가벼운 마음으로 준비를 마친 후에 이심은 지하철역으로 향했다. 하늘은 여느 때와 마찬가지로 흐릿한 황색이었으며 아직 오월이건만 이미 기나긴 여름이 서둘러 시작된 양 후텁지근한 날씨였다. 이심은 손부채질을 하며 지하철 내의 뉴스 화면에 시선을 던졌다. 혹서기인 칠월부터 전기세가 상향 조정된다고 했고, 원둣값 역시 인상을 앞두고 있었다. 복지부에서도 뭔가 또 시끄러운 일이 났는가보군, 하며 선잠이 들었다가 깼을 때였다. 화면에는 위조된 의료 바우처를 사용하는 수법의 경향이 바뀌었다는 뉴스가 흘러나오고 있었다.

이심은 아랫입술을 잘근잘근 씹으며 뉴스의 내용을 곱씹었고, 그러느라 내릴 역을 지나치고 말았다. 다음 역에서 하차하고서 맞은편의 플랫폼으로 향하지 않고 출구 밖으로 나온 것은 걸으며 사흘 전에 있었던 일을 차근히 곱씹어보기 위해서였다.

그날 일과가 끝날 즈음 들른 노부부 둘이 사는 집에서 벌어진 상황은 뉴스에서 보도된 수법과 일치했다. 우선 집안이 눈이 침침해질 만큼 어두웠다. 바우처의 QR코드를 읽히는 데 두 차례의 오류가 났으므로 전기세 걱정은 잘 알지만 불을 조금만 더 밝혀달라고 했는데, 마침 노부인이 차가 든 쟁반을 위태롭게 들고 오고 있었다. 할아버지는 보조기구 없이는 일어나기 힘들었으므로 이심이 직접 거실 형광등의 조도를 조절하고 왔다. 그사이에 QR코드가 읽힌 듯 리더기 화면은 진찰 가능 모드로 전환되어 있었다.

어떤 의심도 없었으므로 이심은 당시 테이블 위에 두었던 리더기의 위치가 바뀌었는지 그렇지 않은지 기억해낼 도리가 없었다. 노부부의 태도가 자연스러웠는지 아닌지를 따지는 것 또한 마찬가지였다. 할아버지가 자신과 제대로 시선을 맞추지 못한 것은 맞다. 그러나 그가 우울증을 앓고 있다는 사실을 되새겨보면 의심 자체가 가혹해 보였다.

이심은 잠시 멈춰 서서 재킷을 벗었다. 그러고는 공공 의료기관 근무자 규정집에서 위조 바우처 항목을 검색하여 훑어보았다. 바우처가 위조되었거나 중복 사용된 것을 알고도 묵인한 경우에 내려질 징계는 명시되어 있었지만, 부주의로 발견하지 못한 경우에는 그렇지 않았다. 엄중한 주의를 요구한다는 모호한 문구를 보고 이심은 한숨을 내쉬며 이마에 밴 땀을 닦았다.

초인종을 누르자 어김없이 들리는 로아의 상큼한 대답을 듣고 이심은 한번 더 안도감을 느꼈다. 몇 년쯤 함께 살면서 정말 서로를 깊이 믿을 수 있게 된 다음에는 방금 같은 상황이 닥쳤을 때, 해커들이 파는 위조 바우처를 산 환자를 만난 것인지 아닌지 걱정되는데 어떻게 생각하느냐며 의견을 구할 수도 있지 않을까. 그런 생각을 하며 집안에 들어서자 두 딸을 따라 현관으로 나온 세진이 이심에게 컨디션이 괜찮은지 물었다.

류머티즘에 우울증까지 앓고 있는 칠십대 환자를 부정 수급자로 의심하면서 걸어오느라 얼굴이 어두워 보일 거라는 말은 할 수 없었으므로 이심은 원래 더위를 탄다고만 답했다. 그러자 로아가 "엄마, 선풍기!" 하며 세진을 올려다보았다. 세진은 알았다며 이층으로 향했다.

"소리야, 잘 있었니?"

"네, 선생님. 동생이랑 같이 오늘을 기다렸어요." 소리는 로아의 손을 꼭 잡고 조그만 목소리로 말했고 로아는 "기다렸어요!" 하고 소리의 말을 따라하며 이심의 다리에 매달렸다. 로아의 귓가에는 토끼 모양 머리핀이 꽂혀 있었다.

아이들을 따라간 부엌에서는 누긋하고 맛있는 냄새가 났다. 호박을 썰던 정훈이 이심을 보고 꾸벅 고개를 숙이며 인사를 건넸다. 지난번 만남에서 그는 자기 형제들이 만든 식사를 대접하겠다고 호언했지만 식사 준비를 지휘하고 있는 사람은 역시 애월이었다. 능숙한 손길로 밀가루 반죽을 매만지던 애월은 "선생님, 칼국수 좋아하세요?" 하고 묻더니, 훈민 쪽은 돌아보지 않고도 안다는 듯 메이드 만지작거리지 말고 국물에 건조 마늘 분말을 더 넣으라고 주문했다.

소리가 "할머니, 선생님은 더우시대요" 하고 전하자, 애월은 망설이지 않고 "그럼 칼국수를 비빔으로 해드려야겠네. 정훈이는 그거 썰면 고추장 좀 꺼내 오고"라고 말했다.

"괜찮아요." 이심이 손사래를 쳤다. "괜히 저 때문에 한 종류 더 안 만드셔도 돼요."

"어머나, 괜히라니요. 선생님이랑 먹으려고 만드는 건데. 나 왕년에 요리 가르쳤던 거 얘기했죠? 비빔국수 양념은 금방 뚝딱뚝딱이에요."

로아는 애월을 따라 "뚝딱뚝딱"이라고 반복했다. 점점 더 신이 나는지 쿵쿵 뛰기 시작하자 소리가 양팔로 로아의 어깨를 감싸더니 거실에서 놀자며 데리고 갔다. 마침 선풍기를 가지고 온 세진을 향해 로아가 뛰어갔고, 소리는 선풍기 앞으로 오라며 이심에게 손짓했다.

소파에 걸터앉아 바람을 쐬는 동안, 이심은 잠시 눈을 감고 있었다. 선풍기의 날개가 돌아가는 나직한 소음 너머로 애월이 리드미컬하게 칼질하는 소리와 식기가 부딪치며 달그락거리는 소리가 들렸다. 로아와 소리가 까르르 웃었고, 이심은 앞으로 두 아이의 성장을 지켜보면서 전보다 더 웃을 일이 많아지리라는 기대감을 품었다. 얼마쯤 지났을까, 로아가 이심의 어깨에 작은 손을 짚더니 "뚝딱뚝딱 다 됐어요!" 하며 안겼다.

여섯 가족이 사는 집에서 쓰는 냄비와 양푼의 크기는 이심이 쓰는 것들의 열 배쯤은 되어 보였다. 무럭무럭 김이 오르는 칼국수와 양푼 가득한 비빔 칼국수 사이에 놓인 겉절이는 양배추와 양파로 만든 것이라고 했다.

"배춧값이 좀 올랐어야지. 그래도 아삭아삭한 맛으로 드셔보세요." 애월이 맨 먼저 이심의 그릇에 국수를 덜어주며 말했다. "옛날에는 참 여기에 바지락이랑 동죽 같은 거 팍팍 넣고 그랬는데."

"할머니 바지락이 뭐야?" 로아가 물었다.

"로아야 조개는 들어봤어?" 이심이 되묻자 로아가 고개를 저었다. "소리는? 소리도 조개 먹어본 적 없어?"

"책에서는 봤어요." 소리가 손으로 입을 가리며 말했다. "바다에 사는 연체동물이고 껍질이 있어요. 지금은 바다에도 조금밖에 안 남았대요."

"조개류가 연체동물이었어? 실컷 먹고 살 때는 모르다가 못 사먹게 되고 나서 알았네." 세진이 가볍게 한숨을 쉬자 애월도 고개를 절레절레 젓고는 말했다. "그래서 더 정성으로 끓였어요, 선생님 입맛에는 좀 맞으세요?"

"올해 먹은 것 중에 제일 맛있어요. 애월씨 한 분만 계셔도 이 집에 들어와서 살아야겠다 싶은데요."

"매일 요리하는데 이런 극찬은 또 처음 받아보네. 새 가족이 최고네요." 애월이 활짝 웃었다.

정훈은 로아에게 꼭꼭 씹어서 천천히 먹어야 한다고 잔소리를 한 다음 팔꿈치로 훈민의 팔을 툭 건드리며 "형은 앞으로 선생님을 보고 많이 배우면 되겠다"라고 했다. 훈민은 멍한 눈으로 동생을 보더니 대답 대신 연이어 하품을 했다. 그러고는 이심을 바라보더니 감사 준비로 정신이 없어서 어제 새벽까지 야근을 하고 왔다며 양해를 구했다. 훈민은 식사 내내 잠을 쫓으려는 듯 두 눈에 힘을 주며 끔뻑거렸고, 식사를 마치자마자 오랜만에 한잔해야겠다며 싱크대 앞으로 향했다. 한잔한다는 말에 이심은 으레 술을 떠올렸는데 형제가 일컫는 것은 커피였다.

"커피 드시면 오늘밤에도 제대로 못 주무시는 거 아니에요?" 이심이 묻자 훈민은 어떻게 아느냐는 듯 얼빠진 표정을 지으며 이심을 돌아보았다. "설문지에서 본 거죠. 아무래도 하는 일 때문에 건강이랑 체질 칸은 꼼꼼하게 보게 되거든요. 특이사항에 두 분 다 카페인에 민감하다고 적으셨잖아요."

훈민은 고개를 끄덕이더니 "오늘 같은 날 오랜만에 카페인

하이 좀 느껴보는 거죠, 뭐" 하고 도저히 못 참겠다는 듯 한번 더 하품을 했다.

커피 한 잔을 정훈과 나누어 마신 후에 훈민은 취기가 오른 사람처럼 상기되어 그때까지 본 적 없는 적극적인 태도로 대화에 참여했다. 이심이 "오면서 뉴스를 듣다가 졸았는데 복지부에서 또 뭔가 터졌나보던데요" 하고 지나치듯 언급했을 때에도 그가 맨 먼저 입을 열었다.

"일타 쌍피죠, 뭐. 경총네 집안 비리는 그 뉴스로 덮으면서, 복지부 흔들어서 예산도 깎고."

"도대체 뭘 먹고 그렇게 부지런할까?" 세진이 맞장구쳤다. "이러다가는 아주 복지부랑 기재부까지 다 없애겠어."

훈민이 고개를 끄덕였지만 애월은 둘의 이야기에 고개를 갸웃했다. "내가 잘은 모르지만, 그렇다고 복지부에 비리가 있는 걸 그냥 둘 수는 없는 거 아니야?"

"비리가 진짜 있다면 그렇죠." 세진이 대꾸했다. "애월씨, 전에도 얘기했지만 경총 말은 일단 반대로 들어야 된다니까요. 기업한테 부가지능세를 걷겠습니다! 하면 말만 그렇지 실상은 기업들 법인세 깎아주겠구나, 하고요. 경총 일가야말로 사돈의 팔촌까지 얼마나 화려하게 해먹고 있는데요."

"민영화로 돌린 회사마다 한 자리씩 싹 차지하고 있다고 하잖아요. 처가까지 합심해서 사돈의 팔촌의 팔촌까지." 훈민이 이어받듯 말했다. "우총이고 신찬석이고 털어보면 먼지 안 날 사람이 어디 있냐고들 그러지만, 경총네는 아예 차원이 다르다니까요. 아니, 이번 건만 해도 사실 복지부는……"

"아이고, 알았어. 다 썩었다는 얘기잖아." 애월이 훈민의 말을 자르며 나섰다. "이제 신찬석이도 흐지부지됐겠다, 어차피 경 아니면 우잖아. 다 썩은 거면 그나마 속 터지는 우보다야 경이 인심이라도 좋지, 뭐. 집합가족, 이것도 경이 밀어붙여서 인정된 거 아니야? 왕진 활성화시킨 것도 그렇고."

세진은 가볍게 고개를 저으며 "의료보험을 박살내는 대신 생색낼 게 필요했으니까요" 하고 운을 뗀 후 더 할말이 있는 눈치였으나 거실에서 로아가 엄마를 찾자 자리에서 일어났다. 곧이어 정훈이 화제 전환을 위한 기회를 놓칠 수 없다는 듯 발랄한 어투로 "커피 한잔 더 하실 분 계세요?" 하며 일어섰다. "다음달이면 원둣값도 더 오른다니까, 이번달에 많이 마셔두자고요."

훈민은 정훈을 빤히 바라보더니 "아니, 뭐 그렇게 오버를 해. 밖에서도 아니고 가족들끼리 모인 데서 이 정도 얘기도 그렇게 겁이 나냐?" 하고 정훈의 팔을 툭 건드렸다.

"나야 뭐, 원래 중립이잖아." 정훈이 변명조로 대꾸했다.

"이 맥락에서 웬 중립." 고개를 삐딱하게 기울여 정훈을 바라보던 훈민이 코웃음치며 말했다.

정훈은 자리에서 일어나더니 훈민을 등지고 서서 이심에게 커피를 더 마시겠느냐고 물었다. 그러면서 눈짓으로 훈민 쪽을 가리키며 우리 형이 또 시작이네요, 하는 표정을 지었다. 보아하니 분명 앞으로 곧잘 정훈과 이런 눈짓을 주고받게 될 것 같았다. 하지만 이번만큼은 그에게 공감할 수 없었다. 정훈의 모습에서 최선생의 한마디 한마디에도 벌벌 떠는 팀장의 모습이 겹쳐 보였던 것이다. 이심은 정훈에게 의례적인 미소를 지으며 빈 커피잔을 건넸다.

훈민이 자기도 더 달라는 듯 빈 잔을 흔들어 보였다. "이번에도 재취임하자마자 경총이 갑자기 바우처 뿌려서 고생은 선생님들이 다 하셨죠?"

"네, 정말 바빠 죽는 줄 알았어요." 이심이 웃었다. "그걸 빌미로 알래스카 모델을 또 파는데 기가 막혀서 정말."

"애당초 알래스카 모델이라는 게 말이 안 되죠. 거기에는 이름이 뭐더라?" 훈민이 이마를 긁적이며 기억을 더듬었다. "아무튼 유전이 크게 있었다면서요. 거기서 나온 돈으로 펀드도 만들고 배당금도 주는 거잖아요."

"그러니까요. 제 동료 중에 최선생님이라고 지금도 부자라는 말을 눈치 안 보고 쓰는 용자가 계신데, 그분은 그러세요. 알래스카 모델로 이룬 건 알래스카만큼 춥게 사는 것밖에는 없다고요. 그런데 그 유전 이름이 정말 뭐였죠? 네 글자였던 것 같은데."

"오, 선생님도 아시는군요." 훈민이 싱긋 웃었다. "사실 제가 세진씨랑 안면을 트게 된 것도, 이 얘기에 마음이 맞아서였거든요."

"그래, 무도회에서 겉돌던 형 얼굴이 갑자기 환해졌었지." 커피를 내리던 정훈이 알은체를 하며 애월을 향해 동의를 구하는 눈짓을 보냈다. "명절마다 알래스카 쪽으로 절이라도 올려야겠어요. 우리 가족이 이렇게 모이는 데 큰일을 해줬으니까."

훈민은 도대체 알래스카 쪽이면 방향이 어떻게 되는 거냐고 거실 쪽과 반대쪽을 두리번거리더니 정훈을 도와서 커피를 날라 왔다. 이심은 문득 이 자리에 엄마가 있었다면 어땠을까 떠올려보았다. 엄마는 메이드로 검색해보지 않고도 단박에 유전의 이름을 말해주었을 터였다. 아마도 세진과 척척 죽이 맞아서 더 깊은 이야기를 나누지 않았을까.

정훈이 건넨 커피는 엷고 씁쓸했다. 이심은 엄마가 자기 또래였을 때, 빚과 정에 얽매여 꾸역꾸역 가정을 지켰던 그때에도 무도회가 열리고 집합가족이 흔했다면 어땠을까 생각했다. 그랬다면 엄마는 지금 나보다 더 잘해냈을지도 모르는데. 이심은 속으로 중얼거렸다. 하지만 훈민에게 커피를 너무 많이 마시면 오늘밤에 고생하지 않겠느냐고 주의를 주는 애월을 보면서, 지난 시대를 탓하기만 할 수는 없다는 생각도 들었다. 애월은 엄마와 비슷한 연배지만 이 자리에 이렇게 함께 있으니까. 타고나는 시대를 고를 수는 없고, 시대의 보편성을 뛰어넘는 것은 말처럼 쉬운 일이 아니지만, 그러나 엄마도 보편성 안에 갇힌 삶에 균열을 내볼 수도 있지 않았을까.

잠시 뒤에 로아가 낮잠을 잔다며 세진이 돌아오자 훈민은 세진에게 커피를 건네면서 최대한 음미하라고 말했다.

"이제 커피 아니고 금피가 될 거라잖아. 세진씨도 커피 좀 줄여야 될지 몰라."

"아예 나 죽을 때까지 총리는 계속 경총이라고 하지, 왜." 세진이 오만상을 썼다.

정훈은 이심의 눈치를 살피며 둘에게 좀 밝은 화제는 없느냐고 눈치를 주었지만 이심은 괜찮다고 손사래를 쳤다. 정훈을 안심시키기 위해 하는 말이 아니었다. 염세적인 이야기를 나누는 세진과 훈민의 모습을 보면서 묘한 편안함을 맛보았기 때문이었다. 어색함을 견디며 앞으로 서로에게 적응해야 하는 관계가 아니라 오래전부터 같은 뉴스를 보며 함께 한숨을 쉬어왔던 사람들처럼 느꼈던 것이다. 세진은 뜨거운 커피를 식혀 마시려는 듯 연신 커피잔에 입김을 불어넣고 있었고, 이심은 식탁 앞에 둘러앉은 사람들을 찬찬히 바라보며 한번 더 결심을 다졌다. 커피를 마시고 나면, 전자 서류에 서명을 해야겠다고. 편입 절차를 마친 뒤에는 세진과 훈민에게 게릴라 뉴스를 함께 부담하여 구독하자고 이야기해보는 것도 좋을 것이다. 어쩌면 이들은 자신이 함께할 수 있는 최고의 가족에는 미치지 않을지 모른다. 하지만 현재로서는 최선의 선택을 한 것이 틀림없다. 이심은 그렇게 확신했다. 위층에서 다급히 뛰어내려온 소리가 "엄마, 로아가 이상해요!" 하고 외치기 전까지만 하더라도.

테스트

토사물은 문지방에서 한 뼘쯤 떨어진 곳까지 퍼져 있었다. 로아는 침대 끄트머리에 걸터앉아서 우르르 달려온 어른들을 올려다보았다. 눈가에 눈물이 맺혀 있었다. 애월은 멀거니 서 있는 정훈에게 걸레를 가지고 오라고 일렀다. 세진이 안아들고 입을 닦아주자 로아가 어깨를 들썩이며 울기 시작했다.

이심은 로아의 입술을 살피며 로아가 알레르기 반응을 일으킬 만한 음식물을 섭취하지 않았는지 물었다. 세진은 잠시 기억을 더듬더니 아니라고 말했다. 식사를 준비한 애월 역시 그럴 리가 없다고 단언했다.

"이럴 때는 입술이 부었는지 체크해주셔야 돼요. 입술이 부었으면 기도까지 부어 있기 십상이라서 호흡하는 데 지장이 생길 수 있거든요. 지금은 다행히 호흡이나 심박수에는 문제가 없어 보이네요."

"입술이요." 세진의 목소리가 떨렸다. "네, 명심할게요."

이심은 팔꿈치 안쪽과 목 뒤편의 연한 살이 접히는 부분을 살폈는데 붓거나 두드러기가 나는 기미는 보이지 않았다. 간지러운 데가 있느냐고 묻자 로아는 아랫입술을 비죽 내민 채 고개를 저었다.

"소리야, 혹시 로아가 구역질하기 전에 기침을 하지는 않았니?"

소리는 이심 앞으로 다가와 기침은 딱 한 번 했다고 말했다.

"평소랑 다른 점은 없었어?" 세진이 묻자 소리는 "좀 짜증냈어요. 그런데 엄마, 로아는 원래 짜증 잘 내니까……" 하고 이마를 긁적였다.

"맞아, 그렇기는 해."

세진은 피식 웃더니 이심이 살핀 대로 로아의 몸 곳곳을 다시 살폈다. 그러고는 마침표를 찍듯이 로아의 볼에 쪽 소리가 나게 뽀뽀를 했다.

"제가 보기에도 괜찮아요, 선생님. 예민한 애라 긴장하면 종종 배탈도 나고 토하기도 하고 그래요. 로아야, 맞지?"

로아는 창피한 듯 세진의 어깨에 얼굴을 묻었다. 세진은 로아의 머리칼을 쓰다듬었고, "우리 큰딸도 놀랐지" 하며 소리의 어깨를 감싸안았다.

"그래, 소리도 놀랐을 텐데, 이리와. 이제 괜찮아." 그때까지 문지방 너머에 서 있던 정훈이 말을 보탰다.

끙 소리를 내며 자리에서 일어난 애월은 "그럼, 여기도 할머니가 싹 닦았잖아" 하고 웃어 보이더니 한번 더 닦아둬야겠다며 새 걸레를 가지러 갔다.

정훈은 이심에게 그만 내려가자고 권했다. 훈민은 맨 먼저 일층으로 돌아간 듯 보이지 않았다. 이심은 그가 이층에 올라오기는 했었는지 의문이 들었다. 어릴 적에 숱하게 겪어온 일이 눈앞의 풍경과 겹쳐지고 있었다. 거실로 내려왔을 때, 이심의 눈에는 소파에 기대앉아 눈을 감고 있는 훈민의 뒷모습이 들어왔다. 그는 정훈이 옆자리에 앉자 눈을 끔뻑거리더니 이제 로아는 괜찮냐고 물었고, 세수라도 해야 기운이 나겠다며 일어났다.

훈민이 일어난 자리에는 애월이 와서 앉았다. 그녀는 이심에게 한 장의 사진을 건네며 선물이라고 했다. 초지와 텅 빈 도로 옆으로 불쑥 솟은 산과 멀리 흐릿한 한라산이 중첩된 사진이었다. 절반 위로는 온통 푸르른 하늘이 펼쳐져 있었다.

"별건 아니에요. 그냥 내 고향 사진 중에 제일 마음에 들어서, 우리 가족들한테는 다 한 장씩 줬거든. 좀 거창한 얘기지만, 나중에 내가 먼저 가더라도 내 고향 제주 하늘빛이 원래는 어땠는지 기억해달라고 말이에요."

"여기가 애월인가요?" 이심이 물었다.

"아니, 거기서 태어나기는 했는데 세 살도 되기 전에 제주 남쪽으로 이사를 갔어요." 애월이 중절모를 엎어놓은 모양으로 볼록 솟은 산을 가리키며 말했다. "이 산은 산방산이라고 해요. 내가 참 좋아한 산이지. 산이 작아서 조금만 떨어져서 찍으면 이렇게 사진 한 장에 쏙 들어왔답니다. 그런데 가까이서 보면 또 느낌이 달랐어요. 꼭대기는 이렇게 푸릇하지만 그 아래는 돌산이었거든. 그래서 강단이 있어 보인달까, 든든하달까."

제주에서 애월은 마음이 신산스러울 때면 산방산 중턱에 있는 절을 찾았다고 했다. 달리 종교를 가진 것은 아니라 기도를 드리지는 않고 다만 절에서 내려다보이는 바다를 바라보며 숨을 골랐다. 그렇게 있다보면 각박한 세상살이로 마음에 고이고 굳어가던 것들이 서서히 묽어져갔다.

"살면서 그런 장소를 가지는 게 그렇게 항상 오는 행운이 아니더라고." 애월이 말했다. "제주에서 떠나온 다음에 얼마나 그런 생각을 많이 했게. 어때요, 선생님은 그렇게 느끼는 자기만의 공간을 가지고 있어요?"

"아니요. 저한테도 생기면 좋겠네요." 이심이 대답했다.

애월이 그러면, 하고 다시 입을 열었을 때 이심은 그녀의 말을 부드럽게 자르며 오늘 먹은 식사가 입에 꼭 맞았다고 얘기했다. 그러고는 막 세수를 마치고 와서 턱에 남은 물자국을 소매로 쓱쓱 닦는 훈민에게 그가 우린 국물도 일품이었다고 칭찬했다.

"저야 뭐, 애월씨 분부를 따른 건데요." 훈민이 짐짓 겸손하게 대답했다.

"그래도 제가 했으면 그 맛이 안 났을 거예요. 저는 직접 국물을 내본 적이 없거든요. 뭐든 한 번도 안 해본 일에는 티가 나는 법이잖아요." 이심이 말했다. "이 기회에 하나 말씀드리자면, 저는 사실 제일 좋아하는 음식이 가끔 먹는 계란 요리인데, 혹시 다음에 다 같이 국수를 먹을 때는 국물에 계란도 넣어주실 수 있을까요?"

"아, 그건……" 애월이 끼어들려 하자 훈민이 말허리를 잘랐다. "그러시죠. 넣어드릴게요."

"정말요?"

"그럼요. 아끼는 것도 좋지만, 가족이 먹는 건데요. 설마 계란 한두 개 넣는다고 가계가 기울지는 않겠죠." 훈민이 기운다는 말에 맞춰 장난스럽게 한쪽 어깨를 기울이며 웃음 지었다. "선생님이 와주신다면 그깟 계란 한두 알 넣는 게 어렵겠습니까?"

"다 같이 먹는 음식에요? 거기에 계란을 넣으면, 로아가 못

먹게 되는데도요?"

훈민은 질문의 의도를 모르겠다는 듯 정훈을, 다음에는 애월을 바라보았다. 눈을 질끈 감았다가 뜨는 애월의 얼굴에 낭패감이 스쳤다.

"제가 받은 설문지에는 로아에게 계란 알레르기가 있다고 적혀 있었거든요. 훈민씨 외의 가족분들은 잘 알고 계신 것 같네요."

"아, 네. 그렇죠." 훈민이 얼빠진 표정으로 대답했다. "로아한테 알레르기가 있죠."

"원래는 훈민씨도 알고 계셨나보군요." 이심이 말했다.

"물론이죠." 정훈이 끼어들었다. "저희 형이 철야를 하고 오느라 정신이 없어서 그렇지, 원래 그렇게까지 엉망은 아니에요, 선생님. 아이들이 저희를 잘 따르는 것도 보셨잖아요."

"그러시군요."

"아이고, 당연하지요." 애월이 재빨리 맞장구쳤다. "훈민이도 집안일을 얼마나 많이 돕는데요."

"돕는다고요……" 이심은 대신 대답하려는 정훈에게 잠시 기다려달라고 손짓한 뒤에 훈민을 똑바로 바라보고 물었다. "저 오늘 여기 편입 서류에 사인하러 왔잖아요. 제 기준에는 이게 아주 중요한 문제라서 사인하기 전에 정확히 알아야겠어요, 훈민씨. 그래서 하나만 여쭤볼게요. 만약에 말이에요, 그런 일이 없어야겠지만 만약에, 로아가 유치원에 출석한 날에 선생님이 안 보는 사이에 친구들이 먹던 계란빵을 무심결에 같이 먹었다고 쳐요. 그래서 얼굴까지 이곳저곳 부풀어올랐다고 전화를 받으면 뭐라고 하시겠어요?"

"그러니까, 로아는 저기, 계란에 알레르기가 있다고요."

"아뇨. 그건 새로 오신 선생님에게 미리 알려야 하는 정보고요. 제가 드린 질문은 로아한테 이미 알레르기 반응이 나타나서 붓고 열이 나는 긴박한 상황을 전제하는 거예요. 그럴 때 어떻게 조치해야 하는지 로아의 가족이자 보호자인 성인으로서 파악하고 계신지 여쭤보고 있는 거예요."

훈민은 이미 물기가 마른 턱을 다시 옷소매로 문지르며 정훈에게 도움을 청하는 눈짓을 보냈다. 결국은 훈민이 문제가 될 줄 알았다는 것처럼 맥빠진 표정을 짓고 있던 정훈은 정신을 차리려는 듯 오른손으로 자기 이마를 툭툭 치더니 말했다.

"인정할게요, 선생님. 형은 아무래도 세진씨만큼은 로아하고 소리에 대해서 알지 못해요. 저도 어느 정도는 그렇겠죠. 생물학적인 어머니에 비할 수는 없을 겁니다. 하지만 물론 그게 당연하다는 얘기는 아니고요. 어, 저희는 나름대로 최선을 다하고 있다는 말씀을 드리고 싶어요. 어제 형이 철야를 한 것도 결과적으로는 우리 가족 전체를 위한 일이었다고 볼 수 있지 않을까요? 애월씨는 어떻게 생각하세요?"

“왜 아니겠어.” 애월이 이심의 오른손을 붙잡았다. “세무 공무원 일이 얼마나 지독한지 몰라요. 같이 살아서 그걸 아니까, 그저 여력이 있는 사람이 좀더 해서 그래요. 그냥 그 차이예요.”

이심은 자기 손등을 덮고 있는 애월의 손을 바라보았다. 칠순을 앞둔 사람이 흔히 그렇듯 애월의 설문지에도 몇 가지의 만성질환이 적혀 있었다. 따라서 이심은 두 형제에게 애월에 관해서도 물을 수 있었다. 그녀의 경우 매일 빠짐없이 복용하기만 한다면 문제될 게 없지만, 단 며칠만 걸러도 증세가 악화될 수 있는 약이 하나 있는데 혹시 알고 있느냐고. 식후에 먹는 약과 자기 전에 먹는 약이 있는데 함께 살면서 단 한 번이라도 챙겨준 적이 있느냐고. 작은 기대라도 있다면 물어봤을 것이다. 그러나 이심은 더이상 물어볼 필요조차 느낄 수 없었다.

“아마 애월씨 말씀이 맞을 거예요. 함께 일해본 적은 없지만 훈민씨는 분명 빈틈없이 일을 처리하실 것 같고, 그러면 더 긴 시간을 일해야 하는 것도 잘 알고요. 하지만……” 이심은 애월의 손에서 자기 손을 빼냈다. “죄송해요. 이 사진을 받을 사람은 제가 아닌 것 같아요, 애월씨. 저는 어릴 때 한집에 사는 가족 간에 당연한 짐을 나눠 지지 않는 게 어떤 원망을 낳는지, 원망이 쌓이다보면 관계가 어떻게 뒤틀리는지 보면서 자라왔어요. 그래서 가족한테 바라는 최소한의 선이 확실해요. 아픈 아이를 보고 방문 밖에 서서 걱정만 하는 건 가족 아닌 사람도 가능한 일이라고 생각하고요."

"그럼 어떻게, 무릎이라도 꿇고 빌까요?" 훈민이 충혈된 눈으로 이심을 바라보며 말했다.

"형! 이러지 마."

만류하는 정훈의 손을 밀치며 훈민은 쓴웃음을 지었다. "남일인 것처럼 굴지 말고 같이 빌어보자니까. 우리 탓인 거 같은데."

"아뇨, 제가 너무 성급했어요. 몇 차례나 시간을 뺏어서 죄송합니다. 편입 절차는 없던 일로 해주세요."

이심이 가방을 챙기자 얼굴이 하얗게 질린 정훈이 앞으로는 달라지겠다고, 자신이 책임지고 형까지 바꾸어놓겠다며 사정했다. 정훈은 무릎이라도 꿇을 기세였다. 그로서는 알 도리가 없었겠지만 그 모습은 역효과를 냈다. 자라면서 숱하게 보아온 아빠의 행동을, 지키지 못할 약속을 다급하게 남발하던 행태를 떠올리게 했던 것이다. 이심은 차분한 어투로 그에게 혹시 나중에라도 로아가 일을 그르쳤다고 자책하지 않도록 잘 설명해달라고 부탁했다.

현관으로 향하며 이심은 열려 있는 욕실 문 쪽으로 흘긋 시선을 던졌다. 문은 한 뼘밖에 열려 있지 않아서 샴푸의 요정이 보이지는 않았다. 그 순간, 어쩐지 앞으로도 샴푸의 요정이 있는 집에서 살 기회가 영영 오지 않을 것 같다는 예감이 스쳤다. 그러나 이심은 결심을 무를 수 없었다.

"마지막으로 이 말씀은 드리고 갈게요, 정훈씨. 훈민씨 걸음걸이가 아직도 불편해 보이던데요, 전에 얘기했던 한쪽 다리의 부종이 그대로 있는 것 같고요."

"심각한 문제인가요?"

"철야를 할 정도면 같은 자세로 앉아 있는 시간도 길겠죠. 연령대상 가능성이 높지는 않겠지만 단순히 부은 게 아니라 혈전이 생겼을 가능성도 완전히 배제하지 않는 게 좋겠어요. 바우처를 써서 제대로 검사를 받아보라고 하세요."

이심은 정훈 뒤에서 잠자코 고개를 끄덕이는 애월에게 인사를 건넨 뒤에 집을 빠져나왔다. 약간의 가책을 피할 수 없었지만 최소한 소리와 로아 앞에서 언쟁을 하고 등돌리는 모습을 보이는 일은 면했다는 데 안도했다. 몇 걸음을 디뎠을 때였을까. "선생님!" 하고 부르는 소리의 음성이 들리는 것만 같았다. 착각일 거라고 여겼지만 조금 더 커진 외침이 한번 더 들렸다. 이심은 몇 시간 전, 이 집에 도착했을 때 로아의 손을 꼭 잡은 채 "기다렸어요" 하고 말하던 소리의 모습을 떠올리지 않을 수 없었다. 뒤를 돌았다가는, 이층 창가에 서서 애타게 자신을 부르는 소리를 돌아보았다가는 결심을 원점으로 되돌리게 될 것만 같았으므로 이심은 더 바삐 앞만 바라보고 걸었다.

코끼리

"언니, 잠 깬 거 다 알거든? 저녁 먹게 그만 일어나."

이심은 모영의 말에 움찔거리는 모습을 들킨 후에도 그대로 누워 있었다. 잠든 지 얼마 되지 않은 것 같은데 그사이 꿈에서 장소를 옮겨다니며 무수히 많은 사람을 만났다. 여전히 눈을 감은 채로 피곤해 죽겠다고 투정을 부렸더니 모영이 스팀타월을 만들어왔다. 체온보다 살짝 높은 열기가 두 눈에서 관자놀이까지 감싸면 따듯한 물이 담긴 욕조 안에 있는 것처럼 순식간에 긴장이 풀렸다. 타월의 온기가 식기 시작하면 모영은 손가락 끝으로 이심의 이마 라인부터 꾹꾹 누르기 시작하여 정수리를 지압하는 것으로 마사지를 마무리지었다. 스팀타월을 걷어내는 순간에는 개운하다는 말이 절로 나왔다.

"아로마 오일 몇 방울만 추가하면 훨씬 더 좋은데." 모영이 말했다.

"충분히 좋았어." 이심이 나른한 음성으로 반박했다. "나 얼마나 잤어?"

"한 시간쯤?" 모영이 고개를 들고 벽시계를 확인했다. "내가 볶음밥 해뒀지. 일단 먹고서 얘기하자."

"오늘 저녁은 진짜 내가 하려고 했는데."

어차피 둘이 같이 먹는 건데 누가 하면 어떻느냐면서 모영이 이심을 잡아끌었다. 식탁 앞에 앉은 이심은 이번주 저녁을 모두 모영이 준비했다는 사실을 깨닫고 다음주에 만회해야겠다고 마음먹었다. 여느 때처럼 볶음밥을 한 술 입에 넣자마자 "맛있어?" 하는 질문이 날아왔으므로 입안에 든 것을 얼른 씹어 삼켰다.

"그럼! 넌 정말 마사지 천재에 볶음밥 천재라니까. 간도 어쩌면 이렇게 딱 맞아?"

"정말?" 수저를 든 모영이 되물었다. "그래도 진짜 김치가 있으면 더 맛있게 할 수 있는데."

이심은 김치 시즈닝만 가지고 이토록 감쪽같이 김치볶음밥을 해낼 수 있는 사람은 몇 없을 거라고 모영을 추켜세웠다. 내친김에 지난달에 동결건조 계란과 파만 넣고 만들었던 계란볶음밥도 환상적이었다고 덧붙였다. 모영은 뿌듯한 미소를 짓더니 비로소 볶음밥을 떠먹기 시작했다. 그제야 본격적인 식사가 시작된다는 느낌이 들었다.

두 사람이 집합가족을 이루어 함께 살기 시작했을 때, 이심은 한입을 제대로 맛보기도 전에 맛을 묻는 모영의 질문이 부담스러웠다. 한번은 씹기도 전에 물어보니까 노이로제에 걸릴 것 같다는 말을 무심결에 내뱉었는데, 모영은 그럴 법하다며 신경쓰지 말라고 해놓고는 이틀이나 처져 있었다. 몇 해가 지나는 동안 이심은 차츰 사소한 일에도 구체적으로 칭찬하는 습관을 들이게 되었다. 이런 것까지 말로 해야 하나 싶어서 귀찮음을 꾹꾹 억눌러가며 대답하던 시기가 어느덧 아득했다. 이제는 다 먹은 그릇을 설거지하는 정도의 품밖에는 들지 않을 만큼 익숙해졌다는 생각이 들어서 이심은 싱긋 웃었고, 그렇게 맛있냐는 모영의 질문에 물론이라고, 마지막 한 입까지 맛있다고 대답하고서 빈 그릇을 치웠다.

작은 아일랜드 식탁은 한 달에 한 번씩 '협상 테이블'이 되었다. 모영은 이심의 입에서 무심결에 나온 그 말이 마음에 든다며 이따금 이심과 의견이 대립되는 사안이 있으면 "이건 협상 테이블에 올려야겠는데"라고 말하기를 즐겼다. 그 말을 하는 것만으로 어느 정도는 스트레스가 해소된다고 했다. 그러다보니 매월 마지막 주말 밤에 둘이 머리를 맞대고 의논하는 것은 대체로 세금과 각종 공과금, 관리비를 조정하고 협의하는 일에 국한됐다.

삼월 말에 접어들며 짧고 탁한 봄이 끝나가고 있었고, 올해에는 전력 공급 업체를 바꾸어보자며 모영은 메이드의 홀로그램 프레임을 띄워 이심 앞으로 웹 전단지를 들이밀었다. 지금 가입하면 올해 혹서기 넉 달 동안 사용 금액 이십 퍼센트를 할인해준다는 광고 문구가 눈앞에서 반짝였다.

"잠깐만, 지금 쓰는 데 해약하면 위약금 있을 거 아냐."

"왜 안 나오나 했네, 일단 잠깐만, 하는 거!" 모영이 웃었다. "해약금 낼 시기 지났지. 우리가 이 회사 전기를 삼 년 넘게 썼잖아."

"그렇게 오래 됐어?"

"그럼, 이제 곧 사 년 되는데."

이심은 처음 이 집에 이사오던 날 얼마 만에 자기만의 방을 가지게 되었는지 모른다며 싱글거리던 모영의 얼굴을 떠올렸다. 싱글 침대가 전체 면적의 절반 이상을 차지하게 되는 좁은 방의 문을 열고 활짝 웃으며 더 바랄 게 없다고 모영은 말했다. 독신세의 압박에서 벗어나 드디어 주방이 있는 집에 살게 된 이심 역시 감개무량했었다. 이곳에서 만든 첫 요리가 무엇이었는지는 단박에 떠오르지 않지만, 모영이 공들여 양파를 볶았던 것만큼은 기억하고 있다. "태우는 거랑은 다른 거야" 하고 강조하던 모영의 목소리, 부엌 겸 주방의 좁은 공간을 매캐하게 채운 달착지근한 냄새를 맡으며 저녁을 기다리던 일이 어제의 일처럼 생생했다.

"작년 여름에 우리가 전기세로 얼마를 냈는지 좀 봐." 모영이 검지로 고지서를 가리켰다. "여기는 첫 가입에 삼 프로 더 할인해준다니까 올해 한 달쯤은 거의 공짜나 다름없는 거지."

"알았으니까, 잠깐만. 여기 회사 이름을 최선생님한테 들어본 것 같은데."

이심이 메시지를 보내자 최선생은 딸 선민과 입씨름중이라 바쁘다고 운을 띄운 뒤 '계양구 단전 사태'라는 짧은 답을 보내왔다. 이심은 더 설명할 것도 없다는 듯 모영에게 메시지를 보였다. 그러자 모영의 입에서도 아, 하는 탄식이 비어져나왔다.

"재수 없으면 우리도 태풍 직격으로 맞고, 한두 달씩 단전될 수도 있어."

"설마," 모영이 말했다. "작년에 그랬으니까 더 정비를 했겠지."

"아직도 소송중인 회사가? 피해 보상하겠다고 말만 하고 지금도 버티고 있다던데."

모영의 입에서는 망했다는 말이 나왔다. 전기세와 데이터세를 조금 더 아껴서 여름 한철이라도 식재료를 보충하고 아로마 오일도 사려고 했건만 희망이 사라졌다며 모영은 아일랜드 식탁 위로 엎드렸다.

“여유 나면 먼저 뉴스에 돈 쓰기로 해놓고는.”

“몰라.” 엎드린 채로 모영이 불퉁거렸다. “어차피 다 못하지, 뭐.”

협상 테이블에서는 반년에 한 번쯤 이렇게 모영의 정수리를 바라볼 일이 생겼는데 그럴 때마다 이심은 모영의 풍성한 머리숱에 새삼 감탄했다. 기운 내라고 머리칼을 쓰다듬으며 혹여나 줄일 만한 고정비가 있는지 헤아려보기는 했지만 무의미한 일이었다. 이미 지난달에도, 지지난달에도 허탕을 쳤기 때문이었다. 허리띠를 졸라매는 것도 한계에 도달했으므로 형편을 개선하기 위한 해결책은 하나뿐이었다. 수입이 있는 성인 가족을 더 받아들이는 것. 그런데 과거에 이심이 그랬듯 모영은 무도회에 참가하는 일을 미루고 있었다. 무도회 얘기가 나오면 번번이 배가 살살 아프다거나 편두통이 있다며 자리를 피하는 것이었다. 가족 구성원을 찾는 일에 걸릴 시간을 헤아리며 이심은 초조함을 억누르기 위해 애써야 했다. 한편으로는 경제적으로 빠듯하지만 않다면 가족을 더 늘려야 한다는 부담감을 아예 잊고 살았을 거라는 생각도 들었다. 모영과 둘이 지내는 생활은 가족이라는 관계에서 얻고 싶은 온기를 품고 있었으며, 온기가 발현되는 형태 또한 의논하고 조정할 수 있었다. 그리하여 서로가 원하는 방식으로 따스함과 쾌적함이 조화를 이룬 일상을 함께 만들어온 것이다.

"일단은 현상 유지 하는 걸로 하자. 우리 둘이 벌면 버틸 수 있다는 게 어디야. 여름까지는 무도회 가자는 말도 안 할게. 응?"

모영은 상체를 일으켜세우더니 고개를 끄덕였다. 표정이 여전히 시무룩해서 이유를 묻자 미안해서 그런다는 대답이 돌아왔다.

"나는 독신세까지 내면서 살아본 사람이잖아. 이해 못할 것도 없지, 뭐. 대신 등 마사지나 자주 해줘. 가족의 사랑을 느끼는 데는 그만한 게 없더라."

"그건 얼마든지 해줄게. 실은 내가 부탁할 게 하나 있는데 입이 안 떨어져서." 모영이 기어들어가는 목소리로 말했다. "일단 한 가지 확실하게 말할 수 있는 건, 우리 엄마는 다른 어른들이랑은 다르다는 거야. 진짜야."

집합가족 커뮤니티의 게시판에서 검색해본 결과에 따르면 다른 가족 구성원의 원가족과 교류한 경험은 좋은 기억을 남기지 못한 경우가 더 많았다. '최고의 교류는 교류하지 않는 것'이라고 단언한 글에는 수백 개의 댓글이 달려 있었다. 떨어져 살며 신경쓰지 않던 원가족의 민낯을 새삼 접하고 아예 접근 금지 신청을 했다는 사람의 글도 보였다. 그런 경우에 비하면 집수리를 하는 이틀만 신세를 지겠다며 온 모영의 엄마와 지낸 첫날은 기대 이상으로 조용히 지나간 셈이었다.

어제저녁에 귀가했을 때, 질문 공세를 예상하며 현관 앞에서 심호흡까지 했지만 실상은 달랐다. 모영의 어머니는 먼저 '모성지'라고 자신을 소개하며 '성지씨'라 불러달라고 했다. 다음에 이어진 말은 질문이 아니라 정중한 사과였다.

"우리 모영이 사는 집이야 전부터 궁금했지만, 이렇게 염치없는 부탁을 할 일이 생길 줄은 몰랐어요."

"댁에 누수 공사를 하신다면서요. 이틀인데요, 뭐. 편히 계세요."

그런 다음 이심이 씻고 자기 방으로 들어오면서 그날의 접촉이 끝난 것이다. 집에 낯선 사람을 들인 것은 처음이라서 잔뜩 긴장했다가 풀린 탓인지 오늘 아침에는 평소보다 이른 시각에 눈떴건만 푹 자고 일어난 기분이 들었다. 메이드 위로 돋아난 잔디에도 생기가 돌았다.

오랜만에 아침을 먹어볼까 싶어 방문을 열고 나가자 등받이가 없는 식탁 의자에 앉은 성지의 뒷모습이 보였다. 마치 누군가 등과 허리의 경계선을 양손으로 받쳐주는 것처럼 등줄기를 곧게 편 자세가 보기 좋았다. 이 모습이 담긴 사진을 왕진 가방에 챙겨넣고 낡은 소파에 구부정하게 앉아 허리 통증을 호소하는 사람들에게 보여주고 싶을 정도였다. 성지는 이심의 인기척을 느꼈는지 자리에서 일어나더니 아침식사를 하겠느냐고 물었다.

"네, 평소에는 시간이 없어서 잘 못 챙기는데 오늘은 먹으려고요. 일찍 일어난 김에요."

"잘됐네요." 성지가 미소 지었다. "오믈렛을 해드릴게요. 제가 유일하게 잘하는 요리거든요."

성지는 이것 보라며 열 개의 계란이 담긴 종이 상자를 꺼냈다. 기껏해야 두 알, 많으면 세 알씩 사서 먹던 계란이 다섯 개씩 나란히 두 줄로 늘어선 모습을 보는 것만으로도 호사스러운 기분이 든다고 이심은 말했다.

"딸네 집에 빈손으로 갈 수는 없다면서 지금 사는 가족들이 십시일반 모아준 돈으로 산 거예요."

"성지씨도 집합가족을 꾸리셨어요?"

"네, 아직 법적으로는 안 묶었는데 이제 절차 밟고 있어요. 젊을 때 한솥밥 먹었던 사람들끼리 같이 살기로 했거든요."

성지는 모영의 앞치마를 두르고 싱크대 하부 장에서 양푼을 꺼냈다. 욕실에서 나온 모영은 물이 뚝뚝 떨어지는 머리를 한 손으로 말아쥔 채 그녀 앞으로 달려가더니 계란 세 개를 넣자며 싱글거렸다. 성지와 이심의 입에서 동시에 아깝다는 말이 나왔지만 모영은 물러서지 않았다. 계란 세 개는 들어가야 모양도 식감도 완벽한 오믈렛이 나온다는 것이었다. 감당 못할 소비가 아니라면 때로는 분명한 형태의 행복을 느껴야 한다는 태도가 자못 비장하기까지 해서 이심은 그만 백기를 들었다.

"그러면 나도 이따 분명한 행복 한 회 진행해줘."

"오케이, 오늘 퇴근하고 오면 아예 전신 마사지를 해줄게."

모영이 머리를 말리는 동안, 성지는 계란물을 두른 프라이팬을 기울이고 손목을 리드미컬하게 움직이는 것으로 순식간에 럭비공 형태를 만들더니 "분명히 모영이가 자기 엄마는 요리에 소질이 없다고 했는데 어찌된 일인가 싶죠?" 하고 물었다.

이심은 그런 말은 들은 적 없다고 반사적으로 거짓말을 했지만 성지는 "설마, 몇 년을 살았는데 그 얘기를 못 들었을라고. 이건 옛날에 양식 조리사 자격증 따려고 연습한 거예요"라며 웃었다.

"맞아, 우리 엄마는 딱 오믈렛만 잘 만들어." 모영이 콧노래를 부르며 맞장구쳤다.

갓 만든 완벽한 형태의 오믈렛은 따끈따끈한데다 촉촉했다. 입안에 넣자마자 뭉그러지는 부드러운 식감 안에 버섯 시즈닝의 감칠맛이 담겨 있었다. 그렇게 맛있는 오믈렛을 먹으면서도 성지와 모영 모녀는 진짜 버섯이 있으면 더 맛있었을 거라는 말을 나누었다. 또한 성지가 요리에 선천적으로 젬병이라는 데, 반대로 성지의 전남편이자 모영의 생부가 요리에 가히 천부적인 소질이 있었다는 데 의견을 같이했다.

"프렌치 하던 사람인데 반찬도 잘하고 국밥 같은 것도 다

잘했잖아." 모영이 말했다.

"누가 아니래." 성지가 미간을 찌푸렸다. "대학로 시절에 그 사람이 말아주던 국밥! 내가 거기에 코 꿰였던 건데."

"아, 배우이셨다는 얘기 들은 기억이 있어요." 이심이 말했다. "어쩐지, 자세가 남달리 좋으시더라고요."

성지는 손사래를 치며 어릴 때부터 꿈꾸었던 배우 일은 몇 년 하지 못했다고 했다. 그렇지만 자기 인생의 굵직한 사건은 대체로 이십대 중반부터 작은 극단에 몸담았던 그 몇 해의 경험에서 뻗어나온 것 같다며 미소 지었다. 종일 붙어 있다시피 하던 동료에게 신종 플루를 옮아서 말 그대로 죽다 살아났고, 회복기에 지극정성으로 영양식을 해 나르던 남자에게 마음이 약해져 가정을 꾸렸고, 모영을 얻었고(당시에는 남편 성을 따랐으므로 진영이었다), 이혼한 뒤에 드디어 자기 성을 물려줬고, 팬데믹 시국에서 싱글 맘으로 버티는 일이 벅차 본가에 고개를 숙이고 들어갔고(이 시기에 호구지책으로 취득한 자격증들 중 하나가 양식 조리사 자격증이었다), 지금은 돌고 돌아 다시 그때 동료였던 사람들하고 살게 되었다면서.

"엄마까지 다섯 명이 같이 산다고 했지?" 모영이 물었다.

"나까지 여섯. 셋은 그럭저럭 연극판에서 오래 버텼고, 나 포함해서 나머지 셋은 일찌감치 접었는데 작년에 선우정심 선생님 장례식에서 다 같이 오랜만에 만났어."

"어머, 그렇게 유명한 분이랑 아는 사이셨어요?" 이심이 물었다.

"나는 그냥 멀리서 존경했고요. 우리 중에 하나가 선생님 수양딸처럼 마지막 가시는 길에 병시중도 들고 해서 집을 물려받았는데 끼워준 거예요. 어차피 집도 원체 크니 세금 나눠 낼 사람도 필요하다고 해서요. 그 덕에 샴푸의 요정이 있는 집에서 살아보게 됐으니 말년에 대박이 난 거죠."

"그게 제일 부러워." 모영이 빈 그릇을 한데 모으며 말했다.

샴푸의 요정이라는 단어가 화제에 오르자 이심은 소리네 집을 떠올렸다. 그곳에서 급히 나오며 울먹이는 소리의 음성에도 뒤돌아보지 않기 위해 걸음을 재촉했던 일, 마음을 찌르는 듯한 가책을 느꼈던 기억이 어느새 전생처럼 아득했다.

"요즘은 그럼 극단 생활 하시던 때로 돌아간 것 같은 기분이시겠어요."

이심이 말하자 성지는 하루가 멀다 하고 둘러앉아서 오늘은 체홉을 읽고, 내일은 뒤렌마트를 읽으며 그간의 한을 다 풀고 있다고 했다. 그녀가 체홉을 언급하자 모영은 지겨워 못 듣겠다는 듯 장난스럽게 귀를 막더니 늦겠다며 집을 나섰다. 성지는 현관 쪽으로 시선을 던지며 "재가 회사에서 겪었다는 일이 도대체 뭔지, 해결은 하고서 돌아갔는지, 혹시 좀 아시는 거 있어요?" 하고 물었다.

"아니요. 저도 그 이후에 친해져서 무슨 일이 있었다는 것 밖에는……"

"난 사실 내 딸이 무슨 일을 하는지도 제대로 몰라요. 아니, 듣기야 했지. 그런데 메이드랑 화살표 게임 같은 거 개발하는 회사에서 도대체 무슨 문제집을 만들고 있다는 건지 모르겠어. 옛날 사람이 돼서 못 알아먹는 건지, 원."

"아니에요. 모영이네 부서 사람들도 다들 무슨 맥락으로 만드는지 모르고 한다던데요."

이심은 모영과 집합가족 구성 절차를 밟는 동안 모영의 직장에 관해 들었다. 모영이 소속돼 있는 연구센터는 그 기업의 총수가 직접 지휘해 만든 곳으로 거기서 제작하는 각종 교육자료는 IT와는 하등 관계가 없는데다 어디에 쓰이는지 알지 못한다는 점도 차차 알게 됐다. 실체를 모르는 업무에 대한 갑갑함을 견디지 못해 뛰쳐나간 모영은 회사에서 소개한 몇 가지 직업 연수를 받았지만, 연구원 자리를 포기할 만한 일을 구하는 데 실패하고 제 발로 복귀했다. 당연하게도 달라진 것은 아무것도 없었다고 말하던 모영의 얼굴에는 그때까지 본 적 없는 일그러진 표정이 스쳤었다.

"복귀하면서 모영이가 여기서 하는 일이 도대체 어디에 쓰이느냐고 물어보니까, 팀장이 무명씨의 꿈을 이루는 방향이라는 것만 알면 된다고 얘기해줬대요."

"무명씨?"

"메이드 개발팀 수석이었던 사람이요. 그 여자는 생전에 어떤 인터뷰에서도 절대 자기 이름을 안 밝혔잖아요."

"스무 고개가 따로 없네. 어쨌든 그 여자 꿈이라면 전 국민이 메이드 없이는 못 살게 만드는 거 아니었을까요? 이루고 갔네요, 그럼."

"첫번째는 그건데, 다음 목표는 생로병사에서 해방되는 거였대요. 얄궂죠. 이름을 안 밝히고도 이름을 떨칠 만한 불세출의 천재도 진짜 꿈을 이루는 건 어렵나봐요. 막상 본인은 고작 사십대에 돌연사했다고 하니까요."

성지가 착잡한 얼굴로 고개를 끄덕였다. 어제 입은 옷을 그대로 입고 나간다면 아직 이십 분쯤은 여유가 있었으므로 이심은 찻물을 올렸다.

"제가 괜한 얘기를 했나봐요. 그래도 모영이가 요즘은 그럭저럭 회사 잘 다녀요. 너무 걱정 마세요." 이심이 찻잔을 내밀며 말했다.

"아니에요, 그런 게 아니라." 성지가 입술을 축인 뒤 입을 열었다. "옛날에 경총한테 들었던 얘기가 생각이 나서 그래요."

"경총이요?"

"네, 영이가 얘기 안 하던가요? 나 극단 있을 때 한동안 경총도 거기 들락거렸었다고요."

"들었던 것 같아요. 그러고 보니까 경총이 아역 배우 출신이었다고 들은 기억도 있네요. 설마 정말 진지하게 연극을 해보려고 한 건가요? 상상이 안 가는데요."

"아나운서 시험 보기 전에 발성 좀 잡고, 자소서에 쓸 스토리도 만들려고 왔다나 그랬어요. 그때는 연출이 하는 말이 법이었거든. 연출이 자기 고등학교 후배라면서 잠깐 데려왔었죠. 나는 말이에요, 지금까지 살면서 경총처럼 머리가 잘 돌아가는 사람을 본 적이 없어요. 그 옛날에 AI 면접 같은 거 없을 때는 압박 면접이라는 게 있었는데, 들어봤어요?"

"아니요."

"말 그대로 압박 수위를 높이는 거예요. 신입 사원을 뽑는다면서 경력직도 당황할 만한 상황에 몰아붙여놓고 이래도 네가 잘해낸다는 걸 보여봐, 그래야 붙여줄게, 하는 거죠. 그때까지만 해도 일반 회사에 취업하는 건 남의 일처럼만 여기던 나는 한 발짝 떨어져 구경하면서 도대체 그런 면접에서도 척척 살아남는 건 어떻게 생긴 사람들일까 했어요."

"경총이 바로 그런 사람이었군요."

"임기응변에 타고났거든요. 연기력은 꽝이었지만 즉흥극에서는 날아다녔어요. 아마 무슨 면접을 봐도 다 붙었을걸요. 딱 한 번 밥을 같이 먹은 적이 있었는데 그때 연출이 무슨 심부름을 시켜서…… 맞아요, 심부름하느라 극단 선배랑 둘이 경기도 어디 다녀올 때였어요. 그 선배한테 관심이 있었던지 자기가 태워주겠다고 나서더라고요."

저녁식사도 하지 못하고 출발했건만 돌아오는 길이 몹시 막혀서 세 사람은 서로의 꼬르륵 소리를 수없이 들어야 했다. 심부름을 마친 후 비로소 근처에서 아직 영업하는 감자탕집에 자리를 잡았을 때는 넓은 매장 안에 그들 셋뿐이었다. 케이블 채널에서 흘러나오는 연예 뉴스가 공간을 울리듯 크게 들렸다. 한 아이돌 그룹의 리더가 지방의 행사장에 몰린 인파 사이를 빠져나오면서 어린아이를 밀친 일에 관한 뉴스를 보고 규철이 히죽히죽 웃었다. 그러자 선배가 왜 웃냐며 정색을 했다. 아이가 보도블록 위에 넘어졌고, 자칫 그 위로 사람들이 걸려 넘어졌으면 큰 사고로 이어질 뻔했는데 웃을 일이냐면서.

"제가 경솔했습니다." 규철이 시선을 내리깔고 고개를 주억거렸다. "저 아이돌이 광고하는 회사 마케팅팀에 아는 형이 있는데, 늘 저를 갈구던 그 형이 당분간은 야근 좀 하겠구나 싶어서 그랬어요. 제 행동이 분별없었습니다. 사과드릴게요."

"나한테 사과할 일은 아니지." 선배가 규철을 슬쩍 흘겨보더니 "어린애들한테 인기 많은 팀이라 수습하려면 한 세월 걸리긴 하겠다" 하며 수저를 들었다.

규철은 반성의 의미로 식사는 자기가 산다고 하고는 지쳐서 대리를 불러야겠다고, 이 가게를 나서자마자 바로 부르겠다고 강조했다. "저는 불로장생이 최종 목표니까 위험한 일은 절대로 안 할 거거든요"라더니 소주도 주문했다.

식사를 마치고 아직 막차를 탈 수 있었던 선배가 급히 뛰어간 이후에 택시를 기다리는 동안 규철이 연신 잔기침을 했으므로 성지는 감기에 걸렸느냐고 물었다.

"원래 기관지 쪽이 좀 약해요." 규철이 다시 콜록거리며 대꾸했다.

"그래가지고 진시황 되기는 힘들겠네요."

"진시황이 되면 쓰나. 황제가 되어가지고는 쉰까지도 못 살고 죽었는데." 피로와 술기운으로 눈에 핏발이 선 규철이 두 눈을 껌뻑거리더니 느릿느릿 말을 이었다. "그 시절에는 황제라고 해봤자 기껏 불로초 구해오라고 들볶는 것밖에 못했지만, 앞으로는 불로초를 만들어내는 세상이 온다는 거 아닙니까. 그러니까 올라갈 수 있는 데까지 올라가서, 할 수 있는 건 다 해봐야 하지 않겠어요?"

"꿈이 정말 불로장생이신가보다. 그럴수록 조심해요. 아까 뉴스에서 본 아이돌처럼 아차, 하는 순간에 삐끗할 수 있으니까."

"아차, 한 다음에 어떻게 치고 빠지느냐에 달린 거예요. 코끼리를 냉장고에 넣는 방법 알죠? 냉장고 문을 연다. 코끼리를 넣는다. 냉장고 문을 닫는다. 그러니까 여자애를 밀쳐서 세상이 시끄럽다? 그러면 남자애도 밀치고, 노인도 밀친다."

"뭐래, 그건 자폭이고요."

"한 번만이라면 그렇겠죠. 펑펑 계속 터지는 건 다르고."

"어떻게요?" 성지가 되물었다.

"작년에 자살한 영화감독 있죠. 그 사람이 애초에 뭣 때문에 마포대교에 갔는지 알아요?"

"뭐였더라. 빚도 많았던 것 같고……"

"이렇다니까. 자기 밥그릇 걸린 일 아니면 사람들은 뉴스 터지는 거 끝까지 안 찾아본다고요. 자꾸 뭐가 시끄럽구나 하고 말지. 방어해줄 따까리만 확실하면 뭐, 해볼 만하죠."

"이미지를 버리잖아요."

"그럼 아예 새로 만들어야죠. 어릴 때 아버지 사업이 망해서 단칸방에 일곱 가족이 살다보니 잠버릇이 나쁜 큰형이 옆에서 뒤척이면 깔리곤 했다. 그때 호흡곤란까지 온 적이 있어서 반사적으로 내 앞으로 오는 사람을 미는 습관이 들었다. 습관은 반드시 고치겠다. 불행했던 가족사라 차마 공개하지 못했는데, 오히려 지금은 가난을 부끄럽게 여겼던 일이 부끄럽다. 게다가 지금도 빈곤에 시달릴 아이들을 위해 작은 일이나마 공헌해야겠다는 각성의 기회를 갖게 되어 전화위복으로 여긴다. 그러면서 어릴 때 가난하게 보이는 사진도 몇 장 골라서 공개하고, 어디 결식아동 지원 단체에 기부도 좀 때리고, 기사로도 내고."

"잠깐만요, 이게 진짜 그 아이돌 사연이에요? 아니죠?"

"코끼리 얘기죠." 규철이 피식 웃더니 턱짓으로 반대편을 가리켰다. "저기, 빈 택시 오네요."

주차장 쪽으로 걸어가는 규철의 뒷모습을 보며 성지는 그가 선배 앞에서 호언했던 것과 달리 대리 기사를 부르지 않았다는 사실을 깨달았다. 뉴스를 보고 히죽거리다가 선배가 지적하자마자 경솔했다며 굽실거리던 표정의 낙차는 곱씹을수록 연기 같았고, 그 순간 '연기'라는 말이 새삼스럽게, 아주 멀고 더없이 차갑게 느껴졌다. 앞으로 그가 극단에 계속 얼굴을 비춘다고 하더라도 되도록 접점을 만들지 않는 게 좋겠다는 직감이 들었으며 그즈음 때마침 규철이 아나운서 시험에 합격했다는 소식을 듣고 다행으로 여겼다. 특유의 순발력으로 방송계에서 활약하리라던 극단 사람들의 예상과 달리 주목받는 아나운서가 아니었으므로 몇 해 동안 그에 관해서는 잊고 살았다.

그러다 몇 해 뒤에 아나운서 출신의 예능 피디가 탄생했다며 세간의 주목도가 올라가던 때 성지는 찝찝한 불쾌감을 느꼈다. 결국 저런 사람이 살아남아 사람들의 관심을 얻는구나 싶어서 무명 배우로서 느끼는 질투심도 없지 않았으나 다시 유튜버로, 논객으로 입지를 다지는 모습에는 더이상 질투심도 일지 않았다. 경규철이라는 이름 앞에 붙는 타이틀을 끊임없이 갈아치울 만큼의 추진력과 에너지를 보건대 올라갈 수 있는 데까지 올라가서 할 수 있는 것은 다 하리라던 말은 빈말이 아니었구나, 하며 한편으로는 감탄했다. 다만 마주치고 싶지 않은 인물이라는 판단에는 변화가 없었는데 사는 세계가 달라졌으니 다행히 그럴 일은 없으리라고 여겼다.

"딱 한 번, 볼 일이 있기는 했어요." 성지가 빈 찻잔을 채우며 말을 이었다. "그때 심부름 같이 갔던 선배 아버지 장례식장에서."

당시에 성지는 배우로 살아남는 것을 반쯤 포기한 채 먹고 살기 위해 닥치는 대로 여러 직업을 전전하던 와중이었다. 오랜만에 옛 동료들을 만나자 밀려오는 씁쓸한 감정을 깨부수기라도 하듯 연출이 변함없이 쩌렁쩌렁 울리는 목소리로 요란하게 등장했다. 그는 테이블 한가운데 자리를 잡더니 자신은 권태에 관해 할말이 있다고 입을 열었다. 스스로를 삿된 세상이 알아보지 못하는 천재인 줄로 믿는 나르시시스트였던 그는 극히 소수의 인간만이 느끼는 고독의 형태가 있다고 강조했다.

"옛날에 촌에서 왜 노인을 공경했는지 알아? 언제 씨를 뿌리고, 논에 물을 대는지 오래 겪어봐서 아니까. 인간은 보통 겪어봐야 알아. 하지만 안 겪어보고도 아는 사람이 있지. 필부

필녀들의 간장종지만한 사고회로가 빤히 보이는 사람이 있거든. 그런데 자기들아, 세상 이치가 읽히면 편하기만 할 것 같지만, 실은 고독한 거야. 내 속을 까뒤집어 보일 데가 없거든. 알아듣지를 못한다고, 사람들이! 시대가! 그러니까 세상은 빤한데 저 사는 재미는 없지. 그럴 때 권태를 느끼는 거야, 인간은."

연출은 소주를 병째로 들고는 입안을 헹구듯 들이켠 후에 반쯤 눈을 감은 채로 규철이 곧 도착할거라고, 그도 바로 그런 케이스라고 말했다.

"걔는 그래도 이번에 지 살 길 찾았어. 앞으로 TV 토론 재밌어질 테니까 잘 보라고."

"TV 토론 연출한대요?" 연출의 맞은편에 앉은 이가 관심을 보였다. "유튜버로 잘나가서 피디 일은 관심 없는 줄 알았더니."

"맞아, 아나운서도 피디도 시시하대. 캠프에서 연락 와서 과외 선생으로 들어가는 거야. 후보를 옆에 딱 앉혀놓고 특훈에 들어갔다 이거지. 그러다 너 이 새끼 공천까지 받겠다, 그랬더니 웃더라고. 안 그래도 배지 한번 달아보는 것도 재미있을……"

갑자기 말을 멈춘 연출의 시선을 따라가자 언제 도착했는지 규철이 그들이 앉은 테이블을 내려다보고 있었다. 그는 한쪽 눈에만 살짝 주었던 힘을 풀며 미소 지었다. 주의를 기울이지 않으면 언짢은 기색을 내비친 것이 아니라 눈을 깜빡이는 것처럼 보일 찰나의 표정만으로 규철은 몇 해 전까지 극존칭을 쓰며 비위를 맞춰주던 연출의 입을 다물게 했다.

언제 눈을 부라렸냐는 듯 서글서글하게 웃는 얼굴이 징그러웠다고 덧붙이며 성지는 다시 한번 자신은 경충이 싫은 게 아니라 두렵다고 말했다. 이심은 고개를 끄덕였다. 그가 기어코 복지부를 복지청으로 격하시킨 이후에는 이심 또한 공포를 느끼지 않을 수 없었다.

성지와 인사를 나눈 뒤 집에서 나서는 길에 편두통이 일었고 퇴근할 즈음 두통이 다시 살아났다. 귀가를 서두른 이심이 저녁도 거른 채 죽상을 하고 누워 있자, 모영이 마사지를 해주겠다고 나섰다. 지그시 양어깨를 누르는 손길에 한숨을 내쉬자 모영은 오늘 일이 유독 고됐느냐고 물었다. 그저 피로가 쌓인 것뿐이라는 대답에 모영은 그렇다면 다행이라고 했지만 목소리가 침울했다.

"너야말로 회사에서 무슨 일 있었어?"

"나도 정말 알고 싶어. 회사에 무슨 일이 있는지."

"오늘은 최선생님까지 안부를 묻더라. 너 하는 일은 여전하냐고."

"나야 뭐, 출판사에 다니는 셈이라고 전해드려. 이번주에는 인류사에서 성공한 혁명하고 실패한 혁명이 뭐가 있고, 왜 일어났는지 정리했으니까. 그 자료 넘기면서 윤차장한테 도대체 B센터라는 말의 B가 무슨 뜻인지라도 좀 알려달라니까 뭐라는 줄 알아? 내가 사십이 일 전에도 똑같은 질문을 했었대."

"그걸 세고 있었대?"

"몰라, 자기 기억에는 오류가 있을 수가 없다나. 아무튼 전부터 쓸데없는 것까지 기억 잘하는 걸로는 알아줬어. 정작 물어보는 건 대답도 안 해주면서."

모영은 여전히 직장에서 코끼리 다리의 어디쯤을 더듬는 기분으로 일하고 있었고, 그래서 엄마가 회사에 관해 물으면 방어적으로 신경질을 내게 된다고 했다. 그러더니 시원하냐고 물어왔으므로 잠이 들락 말락 했던 이심은 겨우 목소리를 짜내 물론이라고 답했다.

"알아, 월급쟁이는 그냥 시키는 일 하고 생각을 안 하면 편한데 내가 피드백에 목숨 거는 사람이라 이런다는 거." 모영의 손길이 다시 어깨에 닿았다. "나도 내 성격이 피곤해. 이런 건 타고난 거겠지? 아닌가? 엄마 아빠는 나 같지는 않으니까 후천적인 문제려나?"

타고난 기질과 자라는 동안 구성된 성격을 구분할 수 있을까. 만일 여태 존재를 모르고 살던 쌍둥이 자매가 나타난다 해도 완벽한 비교군이 되어서 여기까지는 선천적인 영역이지만 여기서부터는 후천적인 네 탓이야, 하고 선을 그어주지는 못할 텐데. 그런 생각을 했으나 온몸을 덮치는 노곤함에 말로 옮기지는 못했다. 비교군이 될 만한 존재가 곧 두 사람 앞에 나타나리라는 점은 짐작조차 하지 못한 채로 이심은 거대한 코끼리가 등장하는 꿈속으로 빠져들어갔다.

백업

자취를 감추기 사흘 전에, 최선생은 이심에게 선민을 찍은 사진 한 장을 보여주었다. 금요일 이른 아침이었고, 아직 사무실에는 두 사람뿐이었다.

"얘가 이렇게 컸다니까." 최선생이 말했다. "이제 키도 나보다 더 커."

선민은 홀로 자기 방에 반듯이 앉아 있었으므로 이심의 눈에는 덩치가 훌쩍 커진 것보다 특유의 풍성한 곱슬머리가 더 띄었다. 어릴 적에는 자기 머리카락을 싫어해서 외출 전에 반드시 머리를 바싹 땋아주어야만 했던 모양이었다. 중학생이 되자마자 가발을 사달라고 조르곤 했었건만 어느새 태양빛처럼 사방으로 퍼지는 머리칼을 자연스럽게 드러내는 것을 즐기게 되었다고 최선생은 말했다. 사진 속 선민은 머리 모양과 샛노란 빛깔의 발랄한 잠옷과 대비되는 지극히 차분한 자세를 취하고 있었다. 두 눈을 감고 허리를 반듯하게 편 채 허벅지 위로 양팔을 뻗고 있는 선민의 모습이 명상에 익숙해 보인다고 하자 최선생은 왜 아니겠느냐며 한숨을 쉬었다.

"툭하면 내가 이렇게 사는 게 무슨 의미가 있냐고 하소연하는 아빠를 둔 거면 또 모를까, 명상하는 딸이 그렇게 한숨 쉴 일이에요?" 이심이 웃었다. "고등학생치고는 좀 튈지는 몰라도, 차분하고 좋은 취미잖아요."

"원래도 겁이 없는 애가 마음의 평화를 깨치더니 아예 겁을 상실했단 말이야. 어디로 튈지 모른다고."

"그래도 사고 칠 애는 아니잖아요."

"집에 남자애를 데리고 왔는데?"

"세다. 선민이 첫사랑이래요?"

"그런 상큼 발랄한 얘기면 내가 이러겠니."

이심은 그럼 어떤 맛이 나는 얘기냐며 웃었으나 최선생은 따라 웃지 않았다. 그녀는 지친 얼굴로 "이선생네는 별일 없어? 파트너는 이제 회사 다닐 만하대?" 하고 물었지만 때마침 사무실 안으로 들어오는 팀장의 인기척에 그대로 입을 다물었다. 황급히 두 팔을 뻗어 기지개까지 켜며 딴청을 부리는 모습이 최선생답지 않았으므로 이심은 나중에 무슨 일이라도 있는지 물어봐야겠다고 생각했다. 주중이면 아침마다 얼굴을 마주하고 종종 출퇴근을 함께한 지도 여러 해가 지났으므로 시급한 일은 아니었다. 그랬건만 주말을 지나 월요일 조례 시간이 돌아왔을 때 팀장에게서 최선생이 행방불명 상태라는 소식을 듣게 된 것이다.

"다들 많이 놀랍겠지만, 좀 침착하게 상황을 직면합시다." 팀장은 말했다. "최혜석씨가 평소에도 업무적으로 지나친 면이 있었다는 사실은 다들 아시죠. 그 점을 제가 항상 염려해왔다는 사실도 모두 잘 아실 테고요. 일단 업무 공백을 메우기 위해서……"

"팀장님, 잠시만요." 참다못한 이심이 자리에서 벌떡 일어났다. "지난주만 해도 멀쩡히 같이 일하던 사람이 도대체 언제부터요, 왜 행방불명인 건데요?"

"제가 함구하는 일은 보통 더 알려줄 수가 없는 일이라는 거, 이제 이선생님도 아실 때가 됐다고 보는데."

"결근이 아니라 행방불명이라면서요. 이걸 어떻게 그냥 넘어가요."

이심의 의견에 동조하는 반응이 나오자 팀장은 기다려달라는 듯 손바닥을 들어 보였다. 그러고는 규정집을 확인해보더니 최선생은 현재 수배중이라고 말했다. "방지법 위반으로요. 제 권한으로 전할 수 있는 내용은 여기까집니다."

수배라니. 이심은 팀장의 말을 그대로 믿어야 하는지 혼란스러웠으나 달리 확인해볼 도리가 없었다. 수년간 얼굴을 맞대고 일했지만 이심은 그녀 가족의 연락처도, 집 주소도 알지 못했던 것이다. 팀장은 그런 이심의 생각을 꿰뚫어보기라도 한 듯 최선생에게 연락을 취하는 일뿐만 아니라 환자 및 외부인에게 최선생에 대해 언급하는 일은 금지돼 있으며, 혹여 최선생이 연락을 해오면 자신에게 의무적으로 알려야만 한다고 강조했다.

"가혹한 처사라고 저도 생각합니다만, 규정이 그렇습니다." 팀장이 말했다. "의심이 가는 분 계시면 규정집에서 방지법 관련 부분을 검색해서 확인해보세요. 자, 그보다 오늘 더 중요한 공지사항이 있어요. 이것도 기밀 사항인데, 복지청 서버에 해킹이 시도되는 바람에……"

이심은 오전 내내 평소보다 신속하게 진료를 보았다. 오후 업무가 시작될 즈음에는 메이드가 '두 가지 이상의 잠재적 유발 요인으로 삼십 분 이내에 편두통이 발생할 확률이 구십 퍼센트 이상'이라고 알려왔으므로 두통약 한 알을 삼켰다. 네 시간 후, 원래 최선생 몫이었던 환자를 만나러 갈 타이밍에 알림이 한번 더 왔다. 편두통이 발생할 확률은 칠십 퍼센트로 조금 줄었지만 이번에는 세 가지 이상의 잠재적 유발 요인이 감지

된다고 메이드는 알려왔다.

이심은 잠재적 유발 요인을 확인하겠느냐는 안내 창을 닫은 뒤 곧장 약 한 알을 더 복용했다. 수배라든가, 행방불명 같은 단어가 다시금 떠오르며 불길한 긴장감을 더했으므로 유발 요인이야 빤했던 것이다. 상황이 어찌됐든 환자에게는 평소와 같이 충실해야 해. 그 점을 잊으면 안 돼. 이심은 주문을 외듯 자신을 다독이며 바삐 발걸음을 옮겼다. 시간이 촉박해서 마지막 세 집을 남기고는 뛰다시피 했다. 그렇게 업무를 마치고 나자 왕진 가방을 반납하고 오는 일마저 잊었다. 집에 거의 다 와서야 그 사실을 깨달았는데, 도저히 센터로 돌아갈 기력이 나지 않아 팀장의 힐난을 각오하고 그대로 집으로 향했다.

이튿날에는 아예 잠에서 깨자마자 두통이 닥쳤다. 메이드 위로 돋아난 잔디는 시들어 축축 처진 상태였고, 그 위로 두통뿐만 아니라 안구 통증과 근육통이 예상된다는 알림이 떴다. 진통제를 삼키며 이심은 하루만 쉬었으면 좋겠다고 생각했다. 현관 앞에 섰을 때에는 오후 출근만 해도 더 바랄 게 없겠다고 여겼다. 아니, 한 시간만 늦게 출근할 방도는 없을까 궁리하며 엘리베이터를 기다리던 와중이었다. 기척 없이 다가온 누군가의 손이 이심의 입을 가로막았다. 손은 부드러웠고 열이 나는 듯 체온이 높았다.

이제 손 놓을 테니까 비명 지르지 마세요.

눈앞에 홀로그램으로 반짝이는 문장이 나타나더니 사라진 자리에 등장한 화살표를 따라 뒤를 돌아보자 큼지막한 티셔츠의 후드를 뒤집어쓰고 얼굴을 절반 이상 가린 두 사람이 보였다. 그중 하나가 후드를 벗자 풍성한 곱슬머리가 드러났다.

"듣던 대로네. 선민이 너, 정말 많이 컸구나."

익숙한 일인 양 목소리를 낮춰 말하는 이심을 향해 선민이 씩 웃어 보이더니 검지를 들어 조용히 집안으로 들어가자는 동작을 취했다. 선민의 손 위로 다시 홀로그램 문장이 반짝거렸다. *우리 엄마랑 직접 만나는 게 아니니까 규정 위반 걱정은 안 하셔도 돼요.*

현관문이 열리자 선민은 마치 전에도 와본 사람처럼 거침없이 거실 겸 주방의 아일랜드 식탁 앞으로 가서 앉더니 놀라게 해서 미안하다며 깍듯하게 사과했다.

"엄마를 피신시키고 나니까 시간이 너무 촉박해서요."

도대체 최선생이 무슨 이유로 수배를 당한 것인지 물으면 과연 답을 들을 수 있을까. 이심은 알 수 없었다. 선민이 어째서 자신을 찾아온 것인지, 집주소는 어떻게 알았으며 옆에서 잠자코 있는 사람은 누구인지 또한 짐작되지 않았다. 물 한 잔을 천천히 마신 후에 이심은 짐짓 심상한 얼굴을 한 채 선민의 손목 쪽으로 시선을 던졌다. "네 메이드는 좀 다른가보다? 어떻게 프레임도 없이 홀로그램 메시지를 띄우니?"

"아, 커스텀한 거죠. 희수가 그런 걸 잘해요." 선민이 대수롭지 않다는 듯 대답했다.

"계산할 거 있으면 네가 다 해주니까 쉬웠어." 선민 옆에 선 희수가 뒤집어쓴 후드를 벗고는 이심을 응시했다. "그거 아세요? 조금 전에 삼 초만 더 그러고 있었으면 선생님 메이드가 심박수 이상으로 긴급 알람을 울리고 신고했을 거라는 거?"

이심은 그들의 얘기에 집중하고 싶었으나 희수라는 남자애의 얼굴 때문에 쉽지 않았다. 창백한 피부, 얇은 쌍꺼풀과 붉은 기운이 거의 드러나지 않을 만큼 가느다란 윗입술, 한쪽만 더 짙게 도드라진 팔자주름까지 몇 해 전에 사망한 어느 기업의 총수와 빼닮은 모습이었던 것이다. 얼굴뿐만이 아니라 뉴스 화면을 통해 보았던 튼실한 어깨와, 정수리 쪽이 살짝 꺼져 보이는 독특한 머릿결까지 같았다. 총수가 숨겨둔 손자였다고 해도 납득될 만하다고 이심은 생각했다.

"희수 보니까 도시 괴담 생각나서 그러시죠?"

"그래. 아니라고는 못하겠다."

"얼굴에 바로 티가 안 나서 그렇지 제 처지도 마찬가지였어요. 엄마가 거둬주지 않았으면, 전 여태 살아 있지도 못했을 거예요."

"난 최선생님이랑 너도 평범한 집합가족으로 만난 줄 알았는데."

"엄마가 그렇게 둘러댔나보더라고요."

선민이 싱긋 웃었다. 마치 날씨 얘기를 하는 듯한 어투로 털어놓은 선민의 말에 관해 이심은 일단 판단을 유보할 수밖에 없었다. 출근을 앞두고 구체적인 질문을 던질 만한 시간이 없기도 했다.

"자초지종은 도무지 파악이 안 되지만 그래, 최선생님이 누군가를 살렸다는 건 놀랄 일도 아니지. 그런데 선민아, 여기에 무슨 일로 왔는지는 모르겠다만 난 너희 엄마처럼 용감한 사람이 못 돼."

"당연하죠." 둘이 거의 동시에 실소했다. 희수는 무미건조한 어투로 "원래 사람들은 자기가 당장 피해를 입는 일이 아니면 금방 잊는대요. 기본 교재에서도 그랬고, 실제로도 그렇던데요" 하고 덧붙였다.

"복지부가 무너지면 나라가 망할 것처럼 욕을 하던 사람들이 이렇게 금방 조용해진 것 좀 보세요." 선민이 한숨을 쉬었다. "우리 엄마 최혜석씨가 내린 결론은 이거예요. 뉴스는 다른 뉴스로 금방 희석되니까 뭔가 저지르려면 한 번에 전부 터뜨려야 승산이 있다고요. 그러면서 누구도 해치지 않아야 하고요. 저도 처음에는 말려보려고 했는데. 아시잖아요, 누구도 못 말리는 사람인 거."

선민은 마치 자신이 최선생의 보호자라는 듯한 태도를 취하고 있었다. 또한 여태까지 일어난 일과 지금 벌어지는 일의 전체를 들여다보고 있다는 인상을 주었다. 피신을 시켰다면 최 선생은 무사한 거냐고 묻자 선민은 조용히 고개를 끄덕인 뒤 한번 더 시각을 확인했다.

"저희가 여기 온 이유는 세 가지예요. 우선 그 팀의 다른 사람들은 아마 저희 얘기를 들어보려고 하지도 않을 테니까."

"공공 의료센터 내부 사정에 대해서 말할 수 없는 건 나도 마찬가지야."

"그쪽 정보라면 엄마가 모아놓은 걸로 충분해요." 선민이 이심 쪽으로 더욱 바짝 붙어앉으며 말했다. "선생님 가족, 모영씨한테 전할 말이 있어요. 그분이 다니는 회사에서 벌어진 일에 대해서 들어보셨어요? '백업'에 관해서는요?"

"백업?" 하고 되묻자 팔짱을 낀 희수가 매서운 눈초리를 보였다. 선민은 달래듯 "아직은 그럴 수 있는 시점이니까" 하더니 살그머니 이심의 손을 쥐었다.

"연락처를 하나 두고 갈게요. 만약에 이 집에서 누구에게든 곤란한 일이 생기면 저랑 의논하시면 돼요."

현관 앞에서 닿았을 때와 마찬가지로 선민의 손끝에서는 후끈거리는 열기가 느껴졌다. 어딘가 앓고 있기라도 한 것일까. 이심은 자신이 겪고 있는 일이, 선민의 입에서 나오는 말이 아득하게만 느껴졌다.

"그러니까 네 말은, 도와달라고 온 게 아니라 언젠가 도움을 줄 수 있다는 말을 하러 왔다는 거구나."

"서로 돕는 거죠." 선민이 말했다. "물론 선생님이 도와주실 일도 있어요. 때가 되면 자연히 아시게 될 거예요."

"내 생각에는 최선생님이 너희가 직접 나서서 위험에 처하는 상황을 원하지는 않을 것 같다. 그래서 본인이 쫓기는 상황을 자처했을 거고. 안 그러니?"

희수는 반박할 말이 없다는 양 한숨을 지었지만, 선민은 달랐다. 결국은 자기한테 협력하게 될 거라는 듯이 자신만만한 미소를 짓고는 어쨌거나 백업이라는 말만큼은 기억하라고, 그에 관해서 알게 되는 것이 있으면 언제든 연락달라고 한 뒤 전철역까지 뛰어가면 간신히 지각을 면할 수 있을 거라고 일러주며 자리에서 일어났다.

선민의 계산대로 이심은 출근 시각을 딱 일 분 남기고 사무실에 도착했다. 고개를 한쪽으로 비스듬히 기울인 채 팔짱을 끼고 있던 팀장은 "이선생님," 하며 이심 쪽으로 몸을 틀었다가 이내 신경쓸 것 없다는 듯 손을 내저으며 고개를 돌렸다. 얼굴에 근심이 가득해 보였다. 그러나 알은척을 했다가 괜한 잔소리만 들을 것 같아서 이심 역시 잠자코 있었다. 오늘의 방문처는 어제보다 세 집이나 더 많았으므로 다른 일에 신경쓸 여유도 없었다.

밭은 시간 때문에 초콜릿맛 단백질 바 한 개로 점심을 때우고 나선 오후 진료에서는 유달리 실랑이를 벌일 일이 많았다. 기왕 온 김에 자신의 배우자도 한번 봐주고 가면 안 되겠느냐고 고집을 부리는 노인은 순박함을 가장했고, 증상과 관련 없는 진통제를 처방해달라고 조르는 노인은 몇 분 동안 같은 말을 수십 번 반복하는 집요함을 보였다.

퇴근 시간을 훌쩍 넘겨 그날의 마지막 집에 들어섰을 때는 이미 해질녘이었다. 엘리베이터가 없는 건물의 사층에 위치한 집의 현관문이 열리자 좁은 현관에 발 디딜 틈 없이 겹쳐진 신발 무더기가 눈에 들어왔다. 문을 열어준 백발의 남성은 다른 집에 잘못 찾아온 게 아닐까 싶어 주춤거리는 이심을 보고서도 의아해하는 기색 없이 인사를 건넸다. 그의 어깨 너머로 좁은 거실의 소파와 바닥에 나뉘어 두 줄로 앉아 있는 사람들은 얼핏 봐도 열 명이 넘었는데 거구의 한 남성을 제외하고는 대체로 십대 초중반의 아이들이었다. 과거의 병원 복도를 떠올리게 하는 모습이었다. 한 가지 차이가 있다면 이곳에서 진료를 기다리는 사람들은 여러 사람이 모여서 나는 소음이 벽을 타고 넘어가지 않도록 목소리를 최대한 낮추어서 속삭이듯 말한다는 점이었다.

그러니까 최선생은 지금껏 이런 식으로 몰래 환자들을 더 돌보았던 것이다. 왕진을 간 곳에서 인정에 이끌려 한 장의 바우처로 두세 명씩 사정을 봐주는 풍경을 예상했으나 실제로는 모종의 절차까지 마련해서 규정 외의 진료 행위를 펼쳐왔던 것이다. 오랜 의문 하나가 풀렸지만 이심에게는 새로운 질문이 생겼다. 인공지능이 분배한 환자의 목록은 당일 아침에 전달되는데 이 사람들은 어떻게 미리 알고 여기에 모여 있는 것일까. 혹시 팀장이 겉으로는 최선생을 단속하면서 뒤에서는 돕고 있기라도 했던 것일까.

"서두르셔야죠."

문을 열어주었던 남자가 채근했다. 그러나 이심은 왕진 가방을 그대로 든 채 한 걸음 뒤로 물러났다.

"같은 기관에서 나왔지만, 저는 최선생님하고는 입장이 다릅니다. 정식으로 접수되지 않은 진료 행위는 하지 않고 있어요."

그러자 왼쪽 구석에서 웅송그리고 있던 한 남자가 못 참겠다는 듯 벌떡 일어났다. 주위에 있는 소년들이 붙잡아보려 했지만 그를 막기는 역부족이었다. 이심은 언젠가 자신을 서안에게 데려다주었던 제복 입은 운전사를, 살면서 만난 사람 중에 가장 몸집이 커다랬던 사람을 떠올렸는데, 남자의 덩치가 더 컸다. 눈앞으로 다가온 그는 어깨 너비가 여느 성인 남성의 두 배는 되어 보였고, 발끝을 조금만 들면 머리가 천장에 닿을 듯했다. 다만 그 거대한 몸의 중심축이 왼쪽으로 기울어 불안정하게 절뚝였다. 이심은 그가 근육위축증을 앓고 있을 가능성을 떠올렸다.

"선생님." 이심과 마주선 남자가 입을 열자 씩씩거리는 숨소리를 억누르는 통에 잇새로 바람 새는 소리가 났다.

"제가 비명을 지르거나 심박수가 치솟는 상황이 벌어지지 않는 게, 모두에게 좋을 거예요." 이심이 그를 향해 메이드를 내보이며 말했다.

"알다마다요." 남자가 낮은 목소리로 대꾸했다. "저희는 여기 올 때마다 발소리 기침소리까지 조심하는 사람들이에요. 감히 선생님을 위협할 만큼 사리분별이 안 되는 사람은 아무도 없습니다. 하지만 그냥 가시는 건 곤란합니다. 대단히 곤란해요."

이심은 맹수를 마주하고 선 듯한 위압감을 느꼈지만 그와 동시에 기우뚱하게 서서 이를 악물고 있는 남자의 얼굴에 밴 두려움을 읽을 수 있었다. 그는 한 손으로 자신의 다른 손을 쥐고 있었는데 떨림이 예사롭지 않았다. 금단증상에 시달리고 있느냐고 묻자 그의 입에서는 제발 도와달라는 대답이 나왔다.

문을 열어준 백발의 남자는 과거 자신이 약국에서 보조로 일한 경험이 있고, 지난 몇 해 동안 쭉 최선생을 보좌해왔다고 밝히며 노트 한 권을 펼쳐 보였다. 최선생이 손으로 쓴 차트였다.

"바이오 데이터는 없지만 진료 이력이 있으니 선생님의 시간을 오래 빼앗지는 않을 겁니다. 대체로 길항제 위주로 처방해주셨고요, 항불안제를 같이 주시는 사람도 좀 있습니다. 여기 이 친구는 지난번 오셨을 때부터 약 용량이 바뀌었으니까 그 점만 좀 살펴봐주시면……"

"도와드리고 싶어도 저는 여러분에게 드릴 약을 가지고 있지 않아요." 이심의 입에서 쉰 목소리가 나왔다.

소파 한쪽에 몸을 묻은 채 고개를 푹 숙이고 있던 소녀가 자리에서 일어서며 "아니요, 있을 거예요!" 하고 말했다. 소녀는 달려들듯 이심 앞으로 다가왔으나 뼈마디가 불거져 보일 정도의 마른 몸 때문에 위협적인 느낌은 들지 않았다. 안으로 말려 붉은 기운이 거의 느껴지지 않는 가느다란 윗입술, 한쪽만 더 짙게 도드라진 팔자주름을 보면서 이심은 희수를 떠올렸는데 그사이에 소녀는 왕진 가방을 낚아챘다. 이심이 가방의 다른 쪽을 잡아당기자 소녀는 악을 쓰고 싶은 마음을 구겨 넣은 듯 험악한 표정을 짓더니 "그럼 직접 꺼내세요. 안주머니 한쪽이 찢어져 있을 테니까" 하고 말했다.

소녀의 말은 사실이었다. 왕진 가방의 안주머니는 손가락 두 마디 길이쯤 찢어진 상태였으며 그 사이로 손가락을 넣자 가방의 내피와 외피 사이의 틈에서 비닐로 칭칭 감싼 알약들이 집혔다. 아침에 잠시 집에 들였던 단 몇 분 동안 선민이나 희수가 한 일이 분명했다. 이심을 바라보는 사람들은 여전히 숨죽인 채 자리를 지켰지만 그들 전부가 언제 돌변한다 해도 놀랍지 않을 만한 긴장감이 거실 전체를 장악하고 있었다. 언젠가 도움을 줄 때가 오면 자연히 알게 되리라던 선민이 가리킨 그때가 바로 오늘을 말한 것이었다는 사실에 이심은 허를 찔린 기분이었다.

"알겠어요. 그 차트 줘보세요."

백발의 남자에게 차트를 받고 나서 그 집을 나서기까지는 이십여 분밖에 걸리지 않았다. 그동안 이심은 애초에 이 많은 사람이 고가의 마약류 진통제를 어디서 어떻게 구해서 중독에까지 이르렀는지 의문이 들었으나 더이상 관여하는 일을 피하기 위해 굳이 묻지 않은 채 그곳을 나섰다. 건물 밖으로 나오자 왕진의가 된 이래 처음으로 규정을 어겼다는 실감이 밀어닥쳤다. 죄책감은 일지 않았지만 두려운 감정은 막을 도리가 없었고, 피로감은 더욱 짙었다. 손가락 하나 까딱할 기운 없이 지친 이심의 머릿속에 택시라는 단어가 떠올랐다. 십 년쯤 전만 하더라도 이렇게 기력이 달릴 때는 스스로에게 선심을 쓰는 기분으로 택시를 불렀을 것이다. 지금은 택시가 눈앞에 와서 선다고 하더라도 손사래를 치기에 바쁠 것이다. 그런 터무니없는 지출을 하는 사람으로 보였나 싶어 의아해할지도 모른다.

이심은 어제와 같은 실수를 거듭하지 않기 위해 제대로 왕진 가방을 돌려놓은 뒤 무거운 몸을 이끌고 집으로 돌아왔다. 겨우 겉옷만 벗고 침대 위로 몸을 뻗었을 때 문득 그동안 잊을 만하면 최선생이 모영의 안부를 묻던 일이 떠올랐다. 당시에는 당연히 의례적으로 가족의 안부를 물었던 것이라고 여겼으나 그게 아닌 모양이었다. 언젠가 선민과 함께 무도회에서 마주쳤던 일도 기억났다. 그날 무슨 이야기를 나누었는지는 기억나지 않지만 최소한 최선생의 행동은 어색하지 않았다.

어쩌면 최선생은 필요에 따라 감쪽같이 연기를 할 수 있는 사람인지도 몰랐다. 속았다는 생각이 들었다. 그와 동시에 안 그래도 조직에서 예의 주시되던 최선생이 짐작하던 것보다 몇 배나 외롭고 막막했겠다 싶기도 했다. 게다가 지금은 수배를 받는 처지라니. 세상에 수배라니.

신산스러운 마음에 그간 최선생과 나눈 메시지를 살펴보고 있던 와중에 모영이 돌아왔다. 현관에서 신발을 벗자마자 오늘 회사에서 있었던 기운 빠지는 일을 습관처럼 늘어놓는 모영에게 "너희 회사에서 혹시 백업에 뭔가 특별한 의미라도 있어? 아, 참! 혹시 B센터의 B가 백업을 말하는 거야?" 하고 물었을 때였다. 모영은 입을 꾹 다문 얼굴로 감정의 동요를 숨기려는 듯 재빨리 시선을 피하며 갑자기 그런 질문은 왜 하느냐고 되물었다. 목소리가 떨렸다.

"아니 뭐, 그냥 팀장 잔소리 때문에. IT 계열에서 자료 백업하는 걸 좀 보고 배우라길래 한번 물어본 거야."

이심은 반사적으로 거짓말을 꾸며냈다. 판도라의 상자를 건드렸다는 느낌이 들어서였다. 판도라의 상자가 어떤 위험 요소를 품고 있을지 짐작되지 않았으므로 빗장을 건 것이다. 어떤 경우에라도 자신과 가족의 안전을 최우선 순위에 둘 수밖에 없었고, 가책이 들지도 않았다. 다만 열흘쯤 지난 어느 날, 이심은 모영이 급작스러운 위기 상황에 직면했을 때 자신과는 다른 원칙을 가지고 결정을 내렸다는 사실을 알게 되었다.

그날 역시 최선생의 부재를 메우느라 늦은 밤에 퇴근한 자신을 맞이한 모영이 늘어놓는 말을 이심은 단박에 이해할 수 없었다. 모영은 당장이라도 울 듯한 얼굴을 하고 일단 함께 보고 이야기하자며 자기 방의 문을 열었다. 그러자 이심이 맞닥뜨린 존재는 막 초등학교에 들어갈 나이로 보이는 여자아이였다. 아이는 모영이 낳았다고 해도 믿을 만큼 꼭 닮은 얼굴을 하고 이심을 올려다보았다. 뒷걸음질치는 이심의 어깨를 양손으로 붙잡으며 모영은 말했다.

"선택의 여지가 없었어. 차근히 설명할게, 언니. 일단은 내 얘기를 좀 들어줘."

착오

모영은 얼마간 이심이 건넨 찻잔을 물끄러미 바라보다가 이윽고 고개를 들었다. "올 것이 왔다는 느낌 있잖아. 인사부에서 호출이 왔을 때, 딱 그런 기분이었어."

물론 호출을 바랐던 것은 아니지만, 복귀 후에도 변함없이 맥락과 쓰임새를 알 수 없는 업무의 질과 양을 보건대 언제든 조직에서 방출될 법하다는 불안감은 늘 있었다고 모영은 덧붙였다. 후련해질 때까지 울고 싶은 기분이었으나 결코 눈물을 보이지 않으리라고 결심했다. 이럴 때만큼은 어린 시절의 서러운 경험도 도움이 된다는 생각이 스쳤다.

사촌들의 차가운 시선을 모영은 여전히 어제 일처럼 기억했다. 거의 하루도 빼놓지 않고 듣던 '민폐 덩어리'라는 말. "너희 엄마랑 같이 빨리 우리집에서 나가!" 하며 어깨를 밀고 머리카락을 잡아당기던 손길. 어른들의 눈을 피해 이루어지던 괴롭힘으로 울음이 터질 것 같은 순간에 두 눈을 부릅뜨고 참아 넘기는 일에는 도가 텄다. 다만 긴장 상황을 앞두고 있을 때면 손끝과 발끝이 얼음물에 담그고 있는 것처럼 차가워졌다. 모영은 자신의 양손을 번갈아 주무르며 면담실 안으로 들어갔다.

테이블 위 살구색 조명 아래 놓인 태블릿에는 입사 이래 세 번째로 접하는 비밀 유지 각서가 띄워져 있었다. 이곳에서 보고 들은 것을 외부는 물론이고 사내에서도 발설하지 않을 것이며 위반시 법률적 책임을 질 수 있다는 점에 동의한다는 바이오 사인을 하기 위해 화면 위에 오른손 검지를 가져다댔다. 다음 화면에서는 소송 발생시 예상되는 청구 비용을 확인했다는 의미로 같은 동작을 한번 더 취했다. 그러고 나자 뜨거운 차와 체온보다 조금 더 높은 따스한 온도의 차, 그리고 아이스티 중에 어떤 것을 원하느냐는 질문이 등장했다. 모영은 입고 있던 카디건을 벗어두고 아이스와 따스한 것 사이에서 망설이다 따스한 쪽을 택했다. 몇 초 차이에 불과하겠지만 비밀 유지 각서를 작성하는 것보다 차의 온도를 고르는 데 시간이 더 걸렸다는 사실을 의식하면서.

곧이어 면담실의 문이 열렸다. 한차장은 먼저 한 뼘가량 열린 문틈으로 빠끔히 고개를 기울여 눈인사를 건네더니 "모주임, 우리 오늘 정말 진솔한 얘기 해야 돼요" 하고 들어와서 찻잔을 내려놓았다.

"차장님 전에도 그 말씀 하셨었는데."

"오늘 건은 그때 일하고는 비교도 안 돼. 이게 진짜 얼마나 중요한 문젠지 모른다니까." 한차장이 손등으로 이마를 훔치는 시늉을 했다. "심지어 오늘 건은 나하고도 관련이 된 거예요. 그냥 하는 소리가 아니라 내가 진짜, '당사자성'을 가지고 얘기하는 거라니까요."

찻잔을 든 모영은 동작을 멈춘 채 한차장이 내뱉은 당사자성이라는 말을 입안에서 굴려보았다. 해고되는 사람은 나만이 아니라 여럿이고, 그중에 한차장도 포함되는 것일까. 반가운 소식이라고는 할 수 없었지만 얼마간 위안이 된다고 인정하면서 모영은 싱거운 차를 한 모금 삼켰다.

"사실 차 마시면서 할 얘기가 아닌데." 한차장이 눈웃음을 지었다. "술이라도 한잔 하면서 할 얘긴데 말이야. 그러고 보니까 우리 모주임은 휴직중에 바텐더였다면서요?"

"네, 아로마 테라피 연구하는 쪽에도 잠깐 있었어요. 아예 다른 일을 해보고 싶어서요."

"이야, 근사한 거 많이 하셨네. 어떻던가요? 확 다른 쪽 일 해보니까."

"재주가 없어서 돌아왔죠, 뭐. 그래도 지금 같이 사는 사람은 좋았다던데요."

"왜 아니야. 이게 참, 만사가 그래요." 한차장이 너털웃음을 지었다. "필드에서 아주 이 꼴 저 꼴 보는 사람 따로 있고, 가만 앉아서 노 나는 사람 따로 있다니까. 그 결정체가 뭔 줄 알아요? 여기, B센터. 오늘은 우리 센터의 본질에 관해서도 본격적으로 한번 얘기를 해보자고요."

"차장님, 저는 B센터의 뜻도 모르는데요."

"나는 자기가 이래서 좋더라. 할말은 딱 한다니까, 내빼지 않고. 이제 와서 얘긴데, 그때 협조문 받아들자마자 사직서 낸 사람이 우리 회사에 다섯 명도 안 돼. 그중 하나가 모주임이라는 거 아닙니까."

한차장은 모영의 됨됨이와 결단력을 한껏 추켜세웠다. 모영은 겸연쩍은 기분이 들었는데 당시에 일단 휴직계를 내고 재교육을 받을 수 있는 제도부터 이용해보라던 한차장의 회유에 한발 물러섰지만 결국 제 발로 다시 돌아왔기 때문이었다. 그럼에도 사직서를 제출한 이가 다섯도 안 되었다는 사실은 충격적이었다. 느닷없이 직원들의 생체 데이터를 수집하고 연구에 활용할 수 있다는 방침을 알린 회사와 그런 방침마저 군말없이 받아들이는 동료들을 어떻게 받아들여야 할까. 받아들이지 못하니 내쳐지는 것일까. 모영은 한숨을 내쉬었다.

한차장은 모영의 마음을 들여다보기라도 한 듯이 회사를 너무 단정적으로 재단하지 말라고 강조했다. 이곳에서 일어난 일은 기실 업계 전체에서 일어났으며 심지어 조금 늦게 시작한 편이라는 명목이었다.

"우리 경쟁사만 해도 그래요. 아니, 솔직히 우리끼리 얘기지만 거기가 뭐 우리랑 경쟁이 돼? 거기 내부에서는 메이드 나온 뒤부터는 우리랑 도저히 게임이 안 된다고 경쟁사가 아니라 '우월사'라고 부른대. 그러니까 뭐, 우리 쪽에서도 실은 '하등사'라고 불러주는 게 격이 맞지." 한차장은 하등사라고 말하며 양손 검지로 따옴표 모양을 만들 때는 싱긋 웃더니 이내 진지한 표정으로 "거기 오너 일가가 선천적으로 호흡기 쪽이 약하다는 얘기는 들어봤죠?" 하고 물었다.

"전 국민이 아는 사실 아닌가요?" 모영은 반문했다. "경총도 마찬가지고요."

"그렇지, 그거 모르는 사람이 어딨겠어요."

한차장은 바로 그 지점이 이후에 일어난 숱한 문제의 시작이었다고 덧붙였다. 예의 하등사의 오너가 갈아끼울 수 있는 장기를 얻기 위해 비밀리에 직속 바이오센터를 지었는데, 몇 년 사이에 괄목할 만한 성과가 났다는 소식이 알음알음 퍼져나가자 알 만한 그룹의 오너들 사이에서 유사한 센터를 세우는 게 일종의 붐이 되었다고 했다.

"아시다시피 경총도 호흡기 쪽이 시원찮다보니까, 세금까지 팍팍 깎아주면서 밀어주더래요. 그러니 대기업 중에는 비밀리에 센터 하나 안 가진 데가 없었다는 거 아닙니까. 돌아가는 사정도 엇비슷했고."

"그런 일이랑 제가 하는 업무가 어디에서 어떻게 이어지는지 모르겠어요." 모영이 중얼거렸다.

"모주임, 바로 그 점이 우리 회사의 차별점이고, 무명씨가 브릴리언트한 이유라니까요. 대표님이 우리 회사도 어서 센터를 만들자고 눈이 돌아갔을 때 무명씨 첫마디가 이랬답디다. 생로병사에 집착할 이유가 없다고. 왜냐면 거기서 벗어나는 게 자기 목표니까. 육체는 살아남기 위한 임의적인 수단이고, 임시적인 저장소에 불과하다는 점을 명심해라, 자기는 잠깐 쓰는 그릇에는 별 관심이 없고, 중요한 건," 한차장이 검지로 자기 머리를 톡톡 건드렸다. "내용물이다. 자, 좀 감이 와요?"

모영은 고개를 끄덕였다. 그간 흘려들었던 도시 괴담이 생각나 소름이 돋았다. 거리에서, 인터넷상에서, 무도회에서 사람들은 수군거렸다. 법으로 막고 있다고 하지만 암암리에 인간 복제가 제한 없이 연구되고 있다더라, 평범한 쌍둥이처럼 보이는 사람들 중에 상당수는 사실 복제 인간이라더라, 유전자 편집을 통해 더 건강하고 우수하게 디자인된 인간들이 만들어지고 있다더라…… 무명씨라면 자기 두뇌 속 내용물을 새로운 육체라는 그릇에 담는 일에 거부감이 없었을 법했다. 어릴 적부터 수학 신동이었던 여성이라는 점 외에는 아무것도 공개하지 않아 수많은 억측이 난무하게 두었던 생전의 행태도 육체나 신상 정보 따위는 언제든 갈아끼울 수 있는 그릇에 불과하다고 여겼기 때문일지도 몰랐다. 모영은 의자 등받이에 걸쳐두었던 카디건을 다시 입으며 이 회사에 돌아온 일을 후회했다. 차디찬 손끝을 주무르며 한차장이 자신에게 왜 갑자기 이런 얘기까지 꺼내는지 추측해보려 했지만 좀처럼 단서가 잡히지 않았다.

"여기서부터가 정말 중요한 얘기인데," 한차장은 운을 떼고서 모영이 체크한 비밀 유지 각서를 한번 더 확인했다. "회사에서 모주임을 믿으니까 가감 없이 전하는 거예요."

무명씨는 이른 나이에 돌연사할 본인의 미래를 내다보기라도 한 것처럼 자진해서 자신의 체세포를 제공했으며, 두뇌에 담긴 정보를 데이터화하고 회사의 중앙 서버에 백업해두는 작업에도 열을 올렸다. 공유와 다운로드가 가능해진 그 데이터 덕분에 그녀의 급작스러운 사망에도 부재로 인한 타격을 최소화할 수 있었다. 그러자 핵심 개발자와 엔지니어 중 인사고과에 민감한 일부가 자발적으로 자기 기억을 데이터화하겠다고 나섰다. 물론 강한 거부감을 보이는 소수도 있었으므로 협조하지 않을 수는 있되, 비밀 유지 의무 위반시 법률에 따라 배

상금 청구뿐만 아니라 구금형에 처할 수 있다는 내용이 명시된 각서를 받아들여야만 했다. 또한 협조하는 경우에는 자산가 그룹 안에서도 화제가 될 만한 파격적인 보상이 주어진 모양이었다.

"어차피 인공지능이 행동 패턴을 읽어서 회사가 직원들 알고리즘 다 가지고 있는데 거리낄 게 뭐가 있냐는 식으로 분위기가 바뀌는 데 얼마 안 걸리더라니까." 한차장이 말했다.

"아예 법 없는 세상에 사는 것 같네요." 모영이 중얼거렸다.

"천만에. 정부에서 세금 감면에 지원금까지 주면서 밀어줬다니까요. 흔히들 잘 모르는데 이런 문제는 총리실이 직속으로 운영하는 생명윤리위원회에서 관장하거든. 경총이 처음 들어섰을 때, 그전까지는 치료 목적으로만 묶어두던 걸 특별법으로 다 처리해줬다는 거 아닙니까. 그런데 무슨 바람이 불었는지 이번에 재취임하면서는 갑자기 그간의 연구 결과 싹 보고하고, 정리할 건 빨리 정리하라는 거예요. 테크노 비엔날레 앞두고 조심한다는 얘기도 있고, 복지청 해킹 건으로 꼬리가 밟혀서 입 닦는 거라는 설도 있는데, 아무튼 난리야. 나도 참 당사자지만 요즘 죽겠어, 정말. 여기 좀 봐요."

한차장은 고개를 기울여 가르마 옆으로 난 손가락 한 마디 길이의 흉터를 내보였다. 데이터 칩을 심으며 생겼다며 만져봐도 된다고 권했지만 모영은 거절했다. 그러자 그는 싱긋 웃으며 안 만져볼 줄 알았다고 말했다.

"왜 저한테 이런 얘기를 하시는 건지 알고 싶어요, 차장님."

"그래, 말 나온 거 다 까서 얘기합시다. 이유가 뭐 있겠어. 인공지능이 보고한 모주임 행동 패턴 때문에 그렇지. 입사한 이후 지금까지 축적된 행동 패턴을 보면 맥락이 읽히지 않거나 납득되지 않는 일을 받아들이는 데 거부감이 크고, 진상을 알아보고자 하는 욕구는 강한 것으로 보고됐어요. 사람이 참 입체적인 게, 그러면서도 위험을 무릅쓰면서까지 뭘 해내거나 규정을 위반할 위험성은 극도로 낮은 안전주의자이고, 같은 정보도 인공지능한테 통보받는 것보다는 사람한테 듣는 편을 더 신뢰한다고요. 그러니까 시간을 들여서 사정을 설명해주고, 양해를 구하기로 솔루션이 나온 거지."

"우리 회사는 이제 아예 전 직원이 동원되기라도 하나요?" 모영이 물었다. "그래서 먼저 차장님이 칩을 심으셨고요?"

"아니, 칩 방식은 플랜 비 쪽인데, 임원들은 쏙 빠지고 차장급 몇 명 수술시키더니만 이제 안 한답디다. 뇌라는 게 좀 복잡해? 나는 다행히 편두통 정도인데 부작용이 심하게 오면 아주 죽지 못해 사는 모양이더라고." 한차장이 고개를 절레절레 저으며 헛웃음을 지었다. "내가 아무리 당사자로서 같은 입장이라지만 회사를 대신해서 이런 말 전하는 게 참 입이 안 떨어지는데…… 저기 그게, 우리 모주임 경우는, 이미 사용이 됐어요."

"사용이라니요?"

"미안합니다. 본인 생체 데이터를 사용한다는 말은 아무래도 거북하겠네. 뭐라고 하는 게 나을까…… 아직 정리가 안 돼서 매뉴얼도 없이 전하라고만 하니, 원. 아무튼 중요한 건, 회사에서 계획적으로 진행한 일은 아니라는 거예요. 어디까지나 전산상 착오지. 그럼 왜 그런 착오가 생겼느냐, 그건 알고리즘이 워낙 복잡해서 인간한테 설명할 방법이 없다고 하더라고."

"명확하게 말씀을 해주세요, 차장님!"

모영이 목소리를 높이자 한차장은 직접 보면서 설명하는 게 이해가 빠르겠다며 태블릿으로 손을 뻗었다. 그가 'CLASS'라는 아이콘을 클릭하자 화면 위로 세 명의 어린아이가 앉아 있는 교실이 나타났다. 그때까지만 해도 설마, 하면서 손끝을 주무르던 모영은 한차장이 왼쪽 아이의 얼굴을 확대하여 화면 중앙에 드러낸 순간 비명을 내지르고 싶은 심정이 되었다. 그러나 악몽을 꿀 때처럼 좀처럼 목소리가 나오지 않아 주먹을 쥔 손으로 가슴을 두드렸다. 한차장은 그러다 호흡곤란이 올 수 있다며 천식 환자들이 쓰는 흡입기를 건넸다.

초등학생 때의 모영과 똑같은 얼굴을 한 아이가 방긋 웃으며 번쩍 손을 들고 있었다. 조바심을 내며 "저요! 선생님, 저요!"라고 외치는 어투와 목소리, 선생님에게서 주목을 끌기 위해 안간힘을 쓰는 태도는 지극히 익숙한 것, 바로 모영 자신의 모습이었다.

그 순간의 충격이 워낙 컸기 때문인지 이후의 기억을 되짚으면 모영은 직접 겪은 게 아니라 한참 전에 전해들은 일을 떠올리는 것처럼 아득한 거리감을 느꼈다. 이를테면 한차장의 입에서 나온 '인도주의적 처사'라는 말이 그랬다. 그는 정부에서 인간 복제 연구에 대한 지침이 갑작스럽게 변경된 이후에 연구중이던 개체들을 사실상 교도소와 다름없는 재활원으로 일괄 이주시킨 회사가 대다수라고 전했다. 따라서 다소 뒤늦게나마 당사자에게 직접 진상을 알리고 이후의 양육비를 지원하겠다는 우리 회사의 입장은 엄연히 인도주의적인 처사라고 강조했다. 그때 모영은 오너 일가의 구성원들 역시 스스로를 복제했고, 그 존재와 대면해보았으리라고 짐작했다. 회사에서 평소 기대할 수 없던 제도나 지원책이 생기면 대체로 오너 일가가 직접 겪어본 일과 연관이 있었기 때문이었다. 오너 일가에 대해 묻자 한차장은 노코멘트라며 웃었다. 겸연쩍게 미소 지었던 것 같기도 하고, 허를 찔린 사람처럼 당황을 감추며 웃었던 것 같기도 하다. 거듭 떠올려 볼수록 기억은 흐릿해졌다.

한 가지 확실한 것은 모영이 바로 그날, 아이의 책상에 놓인 인쇄물을 보고서 입사 이래 늘 궁금했던 업무의 실체를 비로소 파악하게 되었다는 점이었다. 사측은 복제 인간들을 교육하기 위한 교재의 기본 틀은 인공지능이 만든 것으로도 가능하다고 여겼지만, 사회적인 맥락이 담긴 해설과 참고 자료를 제시하는 일은 사람에게 맡기는 편이 낫다고 여긴 모양이었다. 또한 자신이 업무를 시작한 시점과 아이의 연령대를 가늠해보건대 회사가 직원들의 생체 데이터를 사용하겠다는 협조문을 하달하기 전부터 복제 인간을 만들어왔다는 사실에도 의심의 여지가 없었다. 모영은 호흡기를 집어들었다.

"모주임, 지금은 우리가 냉정해져야 돼. 인공지능이 착오라고 인정하는 것도 실은 우리 인지의 범위를 넘어서는 결괏값이라고 하잖습니까. 어떻게 이런 착오가 났는지 완벽하게 이해할 방도가 없으니까 괜한 생각 해봤자 속만 문드러진다고. 그래도 산 사람은 살아야 하지 않겠어요? 연구 초반에 도망친 몇 명 때문에 애들은 여태 바깥세상 구경도 아예 못하고 자랐어. 앞으로 얼마 안 남은 시간이라도, 모주임에게서 나온 애가 모주임하고 정 좀 붙이고 지낼 수 있으면 좋지. 인도주의적인 처사라는 게 근거 없는 소리가 아니에요." 한차장이 아이를 달래듯 상냥한 어투로 말했다. "모주임, 앞으로 보름 안에 결정을 내려줘야 돼요."

보름이라는 말을 들은 모영의 눈빛이 매서워지자 한차장은 자리에서 일어나더니 바닥에 무릎을 꿇었다.

"차장님, 이러신다고 될 일이 아니잖아요. 일어나세요."

한차장은 고개를 숙이고서 가족 중에 천식 환자가 둘이나 있다고 말했다. 의료 바우처는 늘 모자라고 약값은 매해 오르니 자신이 여기서 쫓겨나면 당장 길바닥에 나앉을 수밖에 없다고, 모영이 회사의 제안을 받아주기만 하면 한 명이 아니라 여러 사람을 살려주는 셈이라고 읍소했다. 같은 당사자이자 피해자끼리 도와달라며 그가 머리를 조아릴 때마다 숱이 적은 머리칼 사이로 붉은 흉터가 들여다보였다. 모영은 그 흉터를 더 보고 싶지 않아서 한차장을 자리에서 일으켰다. 그는 다시 자리에 앉은 후에도 집안 사정을 한번 더 읊더니 마지막으로 법적인 문제에 관해 일러둬야겠다고 말했다.

"회사 상대로 소송을 걸어도 승산이 없어요. 그건 아셔야 돼. 이제야 하는 말이지만 그전에 협조문 돌린 건 재확인 절차였거든요. 우리 회사는 불가피한 경우에, 직원에게 생체 데이터를 제공받을 수 있다고 처음부터 명시해뒀었어요. 인공지능 면접 마치고 최종 면접 전에 읽어보라고 사규를 나눠줘도 다들 그때는 정신없어서 그런지 제대로 안 살펴보더라고."

그쯤에는 이미 기진맥진한 상태가 된 모영은 면접 당시를 떠올릴 기력도 나지 않아서 그랬었느냐고 겨우 되물을 뿐이었다. 그러자 한차장은 검지로 정수리를 톡톡 두드리며 물론이라고 대답했다.

"그럼요. 우리 모주임은 지원 동기를 대답할 때 긴장해서 목소리가 다 갈라졌었잖아요. 머리는 지금보다 한 삼 센티미터 길었고. B센터 뜻이 뭐냐고는 윤차장한테만 일곱 번을 물어봤고요. 업무 관련해서 내 기억은 틀릴 수가 없어요. 데이터로 저장되고 공유도 되니까. 그러자고 내가 열 시간 들여서 뇌수술까지 받았다는 거 아닙니까."

테러

이 주간 주어진 유급휴가 기간에 모영은 종일 아이 옆에 붙어 있었다. 양육자로서 온화하고 일관성 있는 모습을 보이고 싶다며 불필요한 통제는 하지 않으려 애썼고, 사소한 일에도 아이의 취향과 의사를 묻고 존중해주었다. 아이는 스스로 "저는 말썽쟁이가 아니에요. 말썽쟁이 싫어요"라고 말했으며, 실제로도 차분하고 얌전한 편이었다. 그럼에도 모영은 깨어 있는 시간이 전보다 두 배쯤 빠르게 가는 것 같다고 했다. 아이가 잠들고 나면 몸을 의자 위에 비스듬히 늘어뜨리고 한참을 꼼짝하지 않았다. 때로 멍한 얼굴로 거실을 서성이는 밤도 있었다. "전산상 착오로 생긴 일이라는 게, 그 과정은 어차피 들어도 이해 못할 거라는 게 도대체 말이 돼?" 하고 거듭 되뇌는 모영에게 이심은 그간 그녀가 자신에게 해준 대로 따스한 차를 건네거나 스팀 타월을 만들어주었다.

이러한 형태로 새 식구를 받아들이게 될 줄은 상상조차 하지 못했으므로 이심 역시 혼란과 불안을 느꼈다. 회사가 양육수당을 지급하겠다고 했지만 이미 신뢰가 깨진 조직의 약속을 곧이곧대로 신뢰할 수는 없었다. 또한 언제라도 모영이 도저히 이런 회사에 남고 싶지 않다고 호소할 가능성도 없지 않았다. 만일 그런 일이 생긴다면 혼자 번 수입으로 세 식구가 얼마나 버틸 수 있을까. 누군가 아프기라도 한다면…… 막막한 예측이 종잡을 수 없이 뻗어나갈 때면 이심은 어깨를 곧게 펴고 심호흡했다. 모영이 받은 충격과 배신감을 고려하면 자신만은 평정심을 유지해야 한다고 스스로를 다잡았다.

월말에 모영이 받아온 급여는 약속대로 평소보다 1.5배가량 늘어난 액수였다. 모영은 '아이가 살아 있는 동안'이라는 전제를 굳이 명시한 서류에 외출은 최대한 자제한다는 조항을 필두로 이십여 가지 항목이 꼼꼼히도 나열되어 있었다며 치를 떨었으나, 양육 수당에 기대어 이심은 매주 하루씩, 자신은 이틀씩 근무일을 줄이고 집에 아이와 함께 머물 수 있게 된 것은 다행으로 여겼다. 아이는 모영에게 찰싹 붙어 있다시피 했지만 이심에게는 아직 낯을 가렸다. 그래서인지 식사를 챙겨주고 필수 교육 과정을 대체하는 학습지를 살펴볼 때 외에는 크게 손이

가지 않아, 이심은 주에 하루씩 휴가가 생긴 기분이었다.

오늘 낮에는 설거지를 마치고 아이의 수학 숙제를 봐주고서 아주 오랜만에 종이책으로 소설을 읽다가 깜빡 잠이 들었다. 내리 두 시간을 자고 일어난 이심은 앞으로 상황이 어떻게 바뀔지 알 수 없는데다, 최선생은 수배중이건만 자신은 이렇게 속 편히 있는다는 데 부끄러움을 느끼면서도 낮잠의 나른한 여운에 취해서 겨우 눈만 뜨고 있었다. 그리고 늦은 오후의 뭉근한 햇살로 감싸인 고요한 방안에서 한 가지 사실을 깨달았다. 그것은 성인이 된 이후 평일 오후에 낮잠을 자고 여가생활이라고 말할 수 있는 시간을 가진 게 처음이라는 사실이었다.

"그렇게 열심히 일했는데도 항상 쪼들리면서 살았는데, 이치에 맞는 건가 싶더라고." 그날 밤, 아이가 잠자리에 든 후 이심은 모영에게 토로했다. "우리 어렸을 때만 해도 이 정도는 아니었던 것 같은데. 다들 빡빡하게 사니까 그러려니 하다가 새삼 자각이 됐다고 해야 되나."

모영은 이런 날 마시려고 아껴둔 거 아니냐면서 냉장고 안쪽에 두었던 캔맥주를 가지고 왔다.

"나도 오늘 회사에서 기가 막힌 얘기를 들었거든. 옆 부서에 얼마 전에 갑자기 휴직을 신청한 사람이 있는데 말이야, 그 사람이 자기는 어떤 팬데믹에도 천하무적이었다고 자랑했었대. 지금까지 단 한 번도 걸린 적 없다면서. 나도 호흡기성 전염병에 걸린 적이 없잖아."

"한 번도? 가볍게 앓고 지나간 적도 없었어?"

"응, 없어. 심지어 우리 엄마가 신종 플루에서 회복되고 얼마 안 돼서 나 가졌거든. 그러니까 내 유전자가 어떻길래 전염병에 강한 건지, 엄마가 신종 플루 직후에 임신한 게 이유인지 그런 걸 연구해보고 싶었던 것 같아. 천재들을 백업해놓는 프로젝트에 내가 끼어들어갔다면 이유는 그것밖에 없어."

"그럼 전산상 착오라는 말은……"

"거짓말이지, 뭐." 모영이 코웃음쳤다. "보통은 거짓말을 하면서 말이 되게 하려고 최소한의 성의를 보이잖아? 그런 고민 없이 찍 하고 갈긴 거라 오히려 거짓말인 줄 짐작을 못했던 거야. 체세포는 어떻게 구했을까? 먼지 떼어주는 척하면서 머리카락이라도 뽑아갔을까?"

"그 정도 규모의 일을 감행하는 조직이면 건강검진 때 해결하지 않았을까 싶은데. 입사하면서 직장 건강검진 받지 않았어?"

"아, 그때."

별다른 표정 없이 듣고 있던 모영은 별안간 숨을 크게 몰아쉬더니 앉은자리에서 벌떡 일어나 벽 앞에 섰다. 머리를 찧을 것처럼 뒤로 젖혔다가 다시 한숨을 몰아쉰 뒤에 삐딱한 자세로 기대선 모영은 여러 번 숨을 크게 내쉬었다. 들썩거리는 그녀의 어깨를 감싸안은 채 등을 쓸어주면서 이심은 모영의 마음을 어지럽히고 있을 감정의 편린을 그려보았다. 동의를 구하지 않고 자신을 복제한 회사의 결정은 누구든 결코 납득할 수 없을 것이다. 다만 어처구니없는 사측의 결정이 자신의 생체 데이터를 탐해서가 아니라 탁월한 능력을 높이 산 결과였더라면 지금보다 한결 수월하게 받아들였을 터였다. 게다가 모영은 이 같은 상황에서도 그런 비교를 떨쳐버릴 수 없는 자신의 지긋지긋한 일면을 미워하고 있을 것이다.

"회사 건물에 불이라도 질러버리면 속이 좀 시원할 것 같아. 랩실이고 뭐고 전부 싹 다."

전에 들은 적 없는 과격한 말을 내뱉는 순간에도 모영은 잠든 아이가 깰 것을 염려하여 한껏 목소리를 낮춘 채 소곤거리는 것을 잊지 않았다. 이심이 아이를 향한 그녀의 배려심에 감탄하자 모영은 "남한테 잘하는 게 배려잖아. 남이 아닌데, 뭐" 하며 맥없이 웃었다.

이튿날 아침에 모영의 방문을 열었을 때 나란히 이불을 차낸 채로 잠든 둘의 모습을 보면서 이심은 남이 아니라던 모영의 말을 떠올렸다. 모영과 아이는 모로 누워 무릎을 살짝 구부리고 있었는데, 끌어안고 있는 게 베개냐 인형이냐만 다를 뿐 그 위로 왼팔을 두른 모양마저 일치했다. 세상에 어떤 모녀도 이만큼이나 닮을 수는 없을 것이고, 그 어떤 부모도 모영이 아이에 관해 속속들이 알고 이해하는 것만큼 자신의 아이를 알지는 못할 것이다. 이심은 문득 며칠 전에 아빠가 보내온 메시지가 떠올라 선 자세 그대로 두 눈을 감았다 뜨며 감정을 가라앉혔다.

때로 아빠가 느닷없이 쏟아내는 메시지는 오물을 뒤집어쓴 듯한 기분을 주었다. 오물은 치워버리는 것이지 찬찬히 들여다볼 만한 것이 아니므로 입씨름을 하지 않고 바로 지워버리는 게 평소 원칙이었지만 이번은 달랐다. 모영이 아이를 대하는 태도와 아빠의 모습이 비교되어 화가 치밀어오른 탓이었다. 이심은 아빠에게 그런 질문의 답은 남이 주는 게 아니고, 그중에서도 자식에게 물어볼 질문은 더더욱 아니라고 보냈다. 이제 자기 연민과 한탄이 줄줄 이어질 것이라고 예상했는데 한참 뒤에 도착한 답신의 내용은 엄마를 잘 부탁한다는 것이었다. 새삼스럽게 무슨 소리냐고 물었지만 메시지는 이어지지 않았다.

이심은 조용히 심호흡을 하면서 아빠 생각은 이제 그만하자고 되뇌었다. 애초에 무엇을 가지러 이 방의 문을 살그머니 열고 들어왔는지 기억나지 않아서 이심은 식기 세트 속 스푼과 티스푼처럼 보이는 둘 위로 이불을 덮어주었다. 방에서 나와서는 어제 만들어둔 주먹밥을 꺼냈다.

데운 주먹밥을 손에 들고 습관처럼 메이드의 홀로그램 프레임을 열어 공영 뉴스를 재생시켰을 때였다. 이심은 화면 하단에 볼드체로 적힌 테러라는 단어를 보고 깜짝 놀라 쥐고 있던 주먹밥을 접시 위로 떨어뜨렸다. '테러?' 총리 주재로 모인 여야의 당대표들이 피로한 듯 침통한 표정을 짓고 있는 화면 아래로 테러 위기의 대응 방안을 논하는 긴급 대책 회의가 이루어졌다는 문구를 보고서도 어떤 상황인지 감이 오지 않았다. 경총은 딱딱하게 굳은 얼굴로 주요 국가기관과 국가 기반 산업을 겨냥한 잇따른 해킹과 더불어 생명 윤리의 근간을 뒤흔드는 가짜 뉴스가 맞물리며 사회 갈등이 증폭되고 있다고 전했다. 짧은 침묵 후에 그가 화면을 정면으로 쏘아보며 테크노비엔날레라는 국제적 행사를 앞둔 시점을 노린 게 분명한 작금의 상황을 테러로 규정한다고 말했다.

"이에 정부는 테러와의 전쟁을 선포합니다."

이심의 입 밖으로 긴 탄식이 비어져나왔다. 이 뉴스에는 얼마나 많은 사람이 속아넘어갈까. 차라리 모른다면 마음이 편할까. 하지만 오랜 시간 세간을 떠돌던 도시 괴담의 실체와 한집에 살고 있는 자신은 경총이 가짜 뉴스라고 일컫는 사안이 실제로 벌어지는 일이라는 사실을 모를래야 모를 수 없었다. 그 사안을 법률적으로 승인해준 최종 결정권자가 시치미를 떼고 테러를 운운하는 모습을 마주한 심정은 고통스럽기보다 비위가 거슬릴 정도로 역했다. 이심의 메이드가 뉴스 화면 위로 오늘 오전 중에 두통이 발생할 확률을 예고하는 알림을 띄웠다.

"국가의 질서를 뒤흔들고 사회적 갈등을 조장하는 테러 행위를 정부는 결코 묵과하지 않을 것입니다. 테러 행위의 주동자는 물론 단순 가담자 또한 예외 없이 테러리스트로 간주, 불관용 원칙으로……"

이심이 급히 뉴스의 볼륨을 줄인 것은 방에서 나온 아이의 기척을 느꼈기 때문이었다. 아이는 꾸벅 인사한 뒤에 세수를 하고 왔고, 이심은 아이 몫의 주먹밥을 데워주었다. 태어나 줄곧 단체생활을 한 여파인지 아이는 삼시 세끼를 늘 같은 시간에 남기지 않고 먹었다. 반찬 투정은 단 한 번도 없었다.

"버섯도 잘 먹는구나?" 이심이 묻자 아이는 입에 든 것을 삼킨 후에 입을 열었다. "네! 맛있어요."

"어쩌면 이렇게 식사 예절을 잘 배웠는지 몰라. 혹시 제대로 안 지키면 누가 막 무섭게 혼냈던 건 아니지?"

별 뜻 없이 물었던 터라 이심은 대답을 기다리지 않고 그릇을 치우기 위해 일어났다. 아이는 이심이 식탁 앞으로 돌아오자 겨우 들릴 만한 목소리로 안 된다고 말했다.

"뭐가 안 되는데? 그 얘기 하면 안 되는 거야?"

아이가 고개를 끄덕였다. "말하지 않기로 약속했어요."

"누구랑?"

"그것도 말하면 안 돼요."

평온한 얼굴로 대답하는 아이에게서 겁에 질린 기색은 보이지 않았다. 이심은 아이의 입가에 묻은 밥알을 보고 티슈를 뽑아들었다가 내려놓고 곁으로 다가가 직접 떼어주었다. 그러자 아이는 이심이 농담이라도 건넨 것처럼 쿡쿡 웃었다. 그 순간 이심은 아이를 꼭 끌어안아주고 싶어졌으나 어쩐지 바로 행동에 옮기지는 못했다. 다만 하나 더 먹겠느냐고 물으며 아이의 조그마한 뒤통수를 쓰다듬어보았다. 아이는 모영의 몫이 남아 있는지부터 확인하더니 그러겠다고 대답했다. "착하기도 하지." 이심의 말에 아이는 기뻐하며 미소 지었다.

설거지를 시작하며 이심은 최선생을 떠올렸다. 그녀가 있었다면 아이의 일을 터놓고 얘기할 수 있었을 텐데. 그러나 최선생의 행방은 알 도리가 없었고, 최선생에 관해 이야기하는 일마저 금지돼 있었다. 심지어 오늘 뉴스에 따르면 최선생의 행방을 묻고 아이에 대해서 발설하는 것만으로도 테러리스트가 되는 상황이었다. 미리 진통제를 먹었음에도 불구하고 관자놀이 주변으로 두통이 번져갔다.

이후로 며칠간 이심은 자주 두통약을 삼켰다. 목에 가시가 걸린 채 생활하는 것처럼 테러라는 단어가 수시로 존재감을 드러내며 몸의 이곳저곳을 찔렀다. 그러다 금요일 퇴근길에 엄마에게 메시지를 받고서야 다소나마 숨통이 트였다. 비밀이 새어나갈 걱정 없이 무엇이든 토로할 수 있는 사람은 최선생뿐만이 아니라는 사실을 왜 떠올리지 못했을까. 다만 오늘 들를 수 있겠느냐는 엄마의 메시지에 긴박감이 담겨 있었으므로 전화를 걸었다. 아빠가 사라졌는데, 일단은 와서 얘기하자는 엄마의 목소리는 떨리고 있었다.

이심을 맞이하자마자 덥석 두 손을 잡는 엄마는 눈가가 젖어 있었는데 슬픔보다 분노 때문에 눈물을 쏟은 듯 두 눈에 핏발이 서 있었다.

"전에도 몇 번 이랬잖아. 그냥 말없이 나가서 아직 안 들어온 거 아니야?"

심각한 분위기를 누그러뜨릴 요량으로 이심은 애써 밝게 말했다. 그러면서 집안에 흐릿하게 남은 묘한 향기를 의아하게 여기고 있었다. 엄마와 아빠에게는 향수를 뿌리는 취향도 여유도 없었다. 게다가 이심은 언젠가 이 향을 맡아본 적이 있었다. 엄마가 건넨 물잔을 받아든 이심은 곧이어 그 향을 맡아본 장소의 하얀 벽과 바닥을 떠올릴 수 있었다.

"엄마, 그 아저씨랑 둘이 있는 모습을 아빠한테 들키기라도 했어?"

"그 반대니까 오해하지 마. 그 사람은 내가 기함하니까 잠깐 왔다가 간 것뿐이야."

엄마가 손에 쥐고 있던 것을 테이블 위에 꺼내놓았다. 손목

시계처럼 뭉툭한 모양을 한 아빠의 구형 메이드였다. 전원을 켜자마자 날카로운 심벌즈 소리 같은 경고음이 울렸다.

건강 위험 경고

5단계

라고 적힌 적색의 알림이 작은 화면 위로 깜빡이고 있었다. 클릭하자 세 가지 이상의 전조 증상 및 유전적 취약성을 종합하면 한 달 이내 뇌경색이 발생할 확률이 90퍼센트 이상이라는 안내 문구가 등장했다. 화면을 옆으로 넘기면 유사시에 방문할 집중 치료 센터와 이동 수단을 예약할 수 있었다. 그러나 아빠가 한 일이라고는 딸에게 엉뚱한 메시지를 보낸 것뿐이었다. 겁에 질려서, 무기력한 심정이 되어 보낸 구조 요청을 전혀 알아채지 못했다는 점에서 이심은 별수없이 죄책감을 느꼈다. 동시에 분명한 구조 수단을 눈앞에 두고도 투정 섞인 메시지부터 던져놓고는 증발해버린 아빠의 처신에 진저리를 쳤다.

"이 알림이 나한테는 왜 안 왔지?" 말을 내뱉고 나서야 이심은 자신의 목소리도 떨리고 있음을 알았다.

"설정을 바꿔놨나봐." 엄마가 이마를 짚으며 대꾸했다. "나도 모르겠다. 그 멍청한 인간이 어떻게 그런 건 할 줄 알았는지, 언제 바꿨는지."

엄마가 두통약을 가지러 간 사이에 이심은 다시 설정을 전체 정보 가족 공개로 전환하여 아빠가 이전에 받았던 건강 위험 경고 내역을 확인했다. 주의를 요하는 3단계의 경고는 지난해 초입에 맨 처음 고지되었다. 올해에는 즉각적인 조치를 촉구하는 4단계 경고가 온 게 이미 다섯 차례였다. 메이드가 주기적으로 주의와 경고를 주는 동안, 아빠는 건강을 회복하지 않겠다는 결심이라도 한 사람처럼 일관적으로 대응을 하지 않았다. 운동 및 식단 처방을 받겠느냐는 질문을 흘려보냈으며, 진단의 정확성을 위해 망막을 촬영해달라는 요구에도 응하지 않았다. 바우처를 사용하여 공공 보건의의 방문을 받으라는 권유도 무시했다. 그러니 끝내 사망의 위험성이 급격히 치솟았다는 5단계 알림을 받은 것은 놀랄 만한 일이 아니었다. 이심의 손에서 떨어진 메이드가 탁자와 부딪치며 둔탁한 소리를 냈다.

"알림을 받자마자 아빠가 5단계 생존율이랑 뇌경색 사망률을 검색해봤어. 그뒤에 나올 내용은 엄마도 알잖아."

"완전히 정신이 나가버렸겠지."

"그러고서 나한테 메시지를 하나 보냈어."

"뭐라고?"

쉰 목소리를 고르듯 헛기침을 하며 엄마가 물었다. 굳이 알 필요가 없는 얘기라고 이심은 자책했는데 엄마는 뭐라고 적었더냐는 질문을 반복했다. 문득 이심의 눈에 엄마가 입은 낡은 면 셔츠가 들어왔다. 잔뜩 일어난 보풀, 닳아서 해진 소매 끝을 바라보며 이심은 더이상 숨길 게 무엇이 있겠냐는 쪽으로 마음이 기울었다.

“아빠가 인생을 잘못 산 거냐고, 솔직하게 대답해달라고 하더니, 엄마를 잘 부탁한다고 하던데.” 이심이 대답했다.

엄마의 입이 기가 막힌다는 듯 벌어졌다가 아무런 말도 뱉지 않은 채 닫혔다. 이심은 아빠가 마지막으로 보낸 메시지의 의미를 그 순간 비로소 알게 되었다. 그간 메이드의 거듭된 경고를 받고도 적절한 조치를 취하지 않은 탓에 위급 상황이 벌어지면 막대한 의료비가 부과되리라는 사실을 인지한 아빠는 가족들에게 짐을 남기지 않을 유일한 방법을 택한 것이었다.

자포자기와 마지막 배려 중 어느 쪽이라고 여기며 집을 나섰을까. 이심은 알 수 없었다. 경고 5단계를 선고받은 몸으로 느닷없이 사라지면서 남긴 메시지를 곱씹으며 딸의 마음이 어떤 방향으로 뒤틀릴지에 대해서는 전혀 생각하지 않았을까. 혹은 도리어 그 점을 노렸을지도 모르는 일이었다. 어떻든 하염없이 버티기만 하다가 자기 마음이 내키는 대로 감행했다는 점에서는 아빠다운 선택이라는 생각을 하지 않을 수 없었다. 엄마 앞에서 눈물을 보이고 싶지 않았으므로 이심은 엄마의 어깨를 끌어안고 두 눈을 질끈 감았다.

실종 신고를 마친 뒤 지하철 막차를 타고 집에 돌아오는 길에 이심은 어린 시절 아빠가 했던 약속들을 떠올렸다. 가족 여행을 떠나자던 약속, 아빠의 빈자리를 서안이 채운 여행을 다녀온 이심의 손에 새끼손가락을 걸며 내년 여름에야말로 더 좋은 데 데려다주겠다던 속삭임, 안방에서 다투는 소리로 잠을 설친 이심의 머리를 쓰다듬으며 다시는 엄마와 싸우지 않겠다고 거듭하던 다짐. 아빠는 번번이 지키지 못할 약속을 했으나 늘 진심처럼 보였다. 이심은 옆자리에 앉은 사람도 눈치채지 못할 만큼 조용히 흐르는 눈물을 닦아낸 후에 집안으로 들어갔다.

"집에 무슨 일이 있었어?" 부리나케 현관 앞으로 나온 모영이 물었다.

"거두절미하고 얘기하자면 갑자기 엄마 거취를 결정해야 할 상황이 됐어."

"어머니 거취라면 아버지한테 무슨 일이 생겼어?"

"응." 늘 쓰던 의자가 문득 낯설고 딱딱해 보여서 이심은 벽에 기대 맨바닥에 다리를 뻗고 앉았다. "자세한 얘기는 나중에 할게."

모영은 언제든 편할 때 얘기해달라고 하더니 이심의 옆에 앉았다. 한동안 말없이 곁을 지키던 모영이 이윽고 "나는 말이야," 하고 입을 열었다. "오늘 애 앞에서는 진짜 조심해야 된다는 걸 다시 한번 확실히 알게 됐어."

"무슨 일이 있었는데?" 이심이 갈라진 목소리로 물었다.

"이실직고할게. 애가 보는 데서는 게임 안 하기로 했으니까 여태 참았는데, 오늘 저녁 먹고서 잠깐……"

"아유, 그놈의 화살표 게임!" 이심이 모영의 허벅지를 찰싹 때렸다. "갑자기 왜 거기 빠져서 그래?"

"언니도 전에 한창 해봤으니까 알잖아. 원래 되게 단순한데 중독성 있는 게 무서운 거야."

"그걸 알면서 애 앞에서 했어?"

"대놓고는 아니고, 씻으러 가길래 그사이에 진짜 딱 한 판만 하려다가 들킨 거야. 처음에는 자기도 한 판만 하고 싶다고 그러더니 자기 전까지 계속 더 하고 싶다고 졸라서 재우느라 혼났어. 더 떼쓰면 네 이름을 화살표라고 부를 거라고 해서 겨우 진정시켰다니까."

"이름 가지고 협박은 좀 너무했다." 이심은 어깨로 모영의 어깨를 밀었다. "이름 정하는 건 아직이래?"

"매일 고민하는 모양이니까 이제 얼마 안 남았을 거야."

랩실에서 일련번호 끝 세 자리 숫자로 불렸던 아이는 자기 이름을 직접 지어도 된다는 말을 듣고 교재에서 본 역사 속 인물이 된 것 같다며 한껏 상기되어 있었다. 모영은 아이가 이번 주 내내 위인전을 살폈으니 위인의 이름을 조합하여 지으리라고 예상했다. 이심의 생각은 달랐다. 아이는 아마 모영과 비슷한 이름을 지을 것이다. 근거는 없지만 그저 그렇게 느꼈다.

아이가 잠들어 있던 방의 문이 열린 것은 그때였다. 모영이 자리에서 벌떡 일어나며 "어머, 우리 말소리 때문에 깼어?" 하고 물었다.

"배가 아파서요."

"배가?" 이심이 물었다. "어디 좀 보자. 저녁에는 뭐 먹었는데?"

"그냥 조금 아픈 건데……" 잠이 덜 깬 아이가 얼버무리더니 모영을 향해 말했다. "제 생존 키트 좀 주세요. 조금 아플 때는 거기 있는 약을 먹으면 된다고 했어요."

모영은 아, 하더니 랩실에서 챙겨준 소아용 진통제가 있다며 갈색 병을 가지고 왔다. 모영이 병을 건네자 아이는 두 알을 집고 물도 없이 입에 넣었다. 의아해하는 이심의 시선을 느낀 모영이 젤리 타입이라고 설명하며 전에도 먹은 적 있다고 말했다.

젤리 타입으로 된 영양제라면 모를까 진통제는 낯설었으므로 이심은 아이에게 약을 좀 보아도 되겠느냐고 물었다. 아이는 자신의 진정한 보호자는 모영이라고 여기는 듯 모영을 바라보았고, 모영이 고개를 끄덕이자 비로소 이심에게 약통을 건넸다. 반투명한 갈색 통에는 성분이나 기전을 짐작할 만한 어떤 표식도 없었다. 통 안에 든 젤리 또한 마찬가지였다. 약의 종류를 표시하는 영문자 없이 오렌지 빛깔과 향을 내고 있을 뿐이었다.

"젤리 형태라, 내가 직접 처방해본 적은 없는 약인데 어디더라? 전에 그런 진통제가 있다고 들어본 것 같기도 하고."

"그래? 랩실 자체 제작인 줄 알았는데 아닌가보네."

모영은 그렇게 대꾸한 뒤, 들어가 눕는 아이를 보고 방문을 닫아주었다. 이심은 그제야 퍼뜩 놀라 모영을 흘겨보았다.

"약이라도 그렇지, 젤리를 먹었는데 그냥 재우면 어떡해. 양치질을 시켜야지."

"자다가 말고서 하겠어?"

"정 안 되면 물로 헹구게라도 해야지, 참."

모영은 앞으로는 명심하겠다면서 켕기는 게 있음이 분명한 묘한 미소를 지었다. 곧이어 이심의 입에서 "너도 안 했구나?" 하는 말이 나오자 잘 자라는 말을 허공에 흩뿌리듯 날린 채 쏜살같이 자기 방으로 들어갔다. 이심은 칫솔질을 하며 내일은 셋이 마주앉아 게임과 양치질에 관한 원칙을 분명히 세워야겠다고 마음을 다잡았다. 그리하여 내일 꼭 할 일은 엄마에게 넌지시 거취를 묻는 것, 아이가 혼나는 느낌이 들지 않으면서도 양치질의 중요성을 수월하게 받아들이도록 당부하는 것, 그리고 오렌지빛 진통제에 관해 알아보는 것이라고 스스로에게 되뇌며 잠을 청했다.

이튿날 아침은 평소보다 이르게 찾아왔다. 이심은 식은땀을 흘리며 잠에서 깨어났다. 아이가 복용한 약의 정체가, 십여 년 전에 그 약이 횡행했던 이유와 금지된 이유가 떠올랐기 때문이었다. 테러는 멀리 있지 않았다. 아홉 살 아이에게 그 같은 약을 복용시킨 처방이야말로 테러와 마찬가지라는 생각에 이심의 몸이 떨렸다.

오렌지

처음으로 가족이 다 함께 외출하는 일정이 생기자 모영은 아이에게 이제 슬슬 이름을 결정하면 좋겠다고 말했다. 보호자가 둘이나 함께하니 그럴 일이야 없겠지만 만에 하나 잃어버리기라도 한다면 부르면서 찾을 이름이 있어야 한다는 이유에서였다. 아이는 차분히 고개를 끄덕였다. 하지만 평소처럼 소리내 대답하지 않는 태도와 모영의 시선을 피하는 얼굴을 보건대 시간이 더 걸리리라고 이심은 예상했다.

외출하기 전날 밤, 아이는 이심의 추측대로 어깨를 잔뜩 웅송그린 채 아직 못 정했다고 토로했다. 모영은 맥 빠진 표정을 숨기지 못했지만 혼내는 것은 아니라며 아이를 감싸안았다.

"하긴 나 같아도 결정이 어려울 것 같아. 이름이 이상하면 사람들이 놀릴까봐 겁나서 그러지?"

"아니요." 아이는 고개를 가로저었다. "아직 진짜 마음에 드는 걸 못 찾아서요."

"정말?" 모영은 웃음을 터뜨렸는데, 웃음이 잦아들었을 때는 눈가에 눈물이 맺혀 있었다. "남 눈치 보느라 그러는 게 아니라니. 세상에, 확실히 네가 나보다 낫다. 이런 것도 일종의 진화로 볼 수 있으려나."

모영은 판단의 기준이 외부보다 스스로의 만족에 있는 아이의 태도를 환영하는 것과는 별개로 안전을 위한 방비에는 철저해야 한다는 입장을 분명히 했다. 언젠가부터 소위 슬럼이나 다름없다고 치부되는 동네로 향하는 여정인 만큼 지하철역에서부터 목적지까지의 동선을 대로 위주로 짰으며, 아이에게는 특별한 미션을 주겠다고 일렀다. 이름을 짓기 전까지는 집밖에서 수줍음을 잘 타는 아이처럼 굴라는 것이었다. 미션을 잘 수행하면 다녀와서 특별한 간식을 주겠다고 하자 아이의 두 눈이 반짝였다.

"집밖에서 누가 말을 걸면 그냥 내 뒤로 숨으면 돼." 모영이 입을 앙다물며 시선을 내리깔았다. "나처럼 이렇게 조금 창피한 것 같은 표정을 지으면서. 손으로 내 옷을 살짝 쥐면 더 자연스럽겠다. 연습을 좀 해보자."

이심이 연습까지 할 필요가 있느냐고 반문하자 모영은 아이의 시선을 피해 상체를 틀더니 입 모양으로만 "불안하단 말이야!" 하고 뻥긋거렸다. 그런 다음 이심에게 자기와 마주보고 서라고 했다. 이심은 알겠다고 대답하며 일어났지만 때마침 엄마에게서 집을 내놨다는 메시지가 도착하자 도로 자리에 앉았다. 드문 확률로 아빠가 생존해 있고, 마음을 바꾸어 집으로 돌아오고 싶다고 하더라도 이제는 돌아갈 곳이 사라진 것이었다.

담당 수사관은 이런 식으로 메이드를 놓고 증발한 사람들의 말로는 빤하니 실종자의 신변 정리를 해두도록 권했다고 했다. 처음 실종 신고를 접수받은 경찰의 반응도 엇비슷했으므로 놀랄 일은 아니었다. 놀라기는커녕 어릴 적부터 지금껏 이심은 엄마가 아빠를 놓아버리기를 바라왔다. 그랬는데도 '이쯤 하면 내 몫은 다 했구나 싶다. 여기까지 하련다'라는 메시지를 읽고 나자 무어라 형언할 수 없는 기분이 들었다. 아빠가 택한 죽음의 형태 때문일까. 아니면 이렇게 결단을 내릴 수 있었던 엄마가 여태 미룬 채 흘려보낸 세월이 허망해서일까. 향후의 거취에 관해 엄마는 서안의 집으로 가는 것은 아니라고 못을 박았다. 이심은 방으로 들어와서 통화 버튼을 눌렀다.

"거기로 가는 게 아니라고?"

"그래. 대강 들었는데도 거기로는 못 가겠더라. 일단 한번 들어가면 하나 있는 자식도 내 마음대로 못 본다더라고. 널 만나려면 사전 승인을 받아야 된다나 뭐라나. 그러다 내가 어느

날 갑자기 쓰러지기라도 해봐라. 너랑 눈도 한번 못 맞추고 가는 수가 있겠더라니까? 이제 와서 그렇게는 못 살지."

"그럼 어디로 갈 건데."

"내 걱정 마. 옆집 모녀 기억나지? 그 집 딸이 먼저 저세상 간 다음에 남은 엄마가 편입한 가족이 있는데, 거기서 나도 받아준대. 너한테 부담 줄 걱정도 없고 감사한 일이지, 뭐."

이심은 모영의 엄마 성지씨를 떠올렸다가 이내 고개를 저었다. 그녀에게 주어진 기회는 아주 드문 행운이었다. 기본적으로 고령자가 혼자서 집합가족에 받아들여지는 확률은 극히 낮았다. 그럼에도 이심은 한숨 놓았다는 엄마의 말에 쉬이 맞장구를 칠 수 없었다. 옆집 아주머니를 제외하면 일면식도 없는 가족 사이에 끼어드는 것은 결코 녹록지 않을 터였다. 간호사였던 경력 덕분에 받아주었다니 엄마에게 바라는 점이 분명할 테고, 그 사실을 엄마 또한 잘 알고 있을 것이다. 하지만 이심은 엄마를 말릴 수 없었다. 설령 아이가 없었다 하더라도 고민 없이 엄마에게 손을 내밀 능력은 되지 않았다. 그럴 능력을 갖추는 게 과연 가능하기는 한 것이었을까 싶은 생각에 이심은 통화를 마친 후에도 한동안 불 꺼진 방에서 망연히 앉아 있었다.

방에서 나온 이심에게 모영은 무슨 일이 있느냐고 입모양으로 물었다. 이심 또한 입모양으로 아이가 잠든 후에 다시 얘기하자고 답하자 모영은 고개를 끄덕였다. "알았어. 그럼 언니,

거기 그대로 서서 물어봐. 애기야, 이름이 뭐니, 하고."

"얘, 이름이 뭐니?" 이심의 목소리가 떨렸다.

모영은 얼른 자기 등뒤로 몸을 숨기고는 허리춤을 꼭 붙잡는 아이를 대견스러워했다. 다녀오면 제일 먼저 해야 할 일은 무엇이냐고 이심이 이어 물었을 때, 아이는 곧장 "손 씻고 양치하는 거요!"라고 대답했다. 모영이 잘 대답했다면서 큼직한 사탕 한 알을 건네자 아이는 손뼉까지 치며 환하게 웃었다. 감정을 숨김없이 드러내는 아이의 얼굴은 안에 든 액체의 빛깔을 그대로 비춰 보이는 맑고 투명한 잔 같았다. 그렇게 맛있느냐고 물으며 이심은 아이를 꼭 끌어안아보았다. 그러자 까르륵 웃는 소리와 함께 달콤한 사탕 냄새가 나는 숨결이 느껴졌다.

'수줍은 척하기 연습'은 이튿날 아침에도 이어졌다. 귀찮아하며 마지못해 돕던 이심은 지하철에 오르자마자 모영의 조심성이 지나친 게 아니었다는 사실을 인정할 수밖에 없었다. 지하철 내부의 뉴스 화면 위로 또다시 테러라는 단어가 떠올라 있었던 것이다. 공영 뉴스의 아나운서는 경찰국이 보름 앞으로 다가온 테크노 비엔날레를 대비해 비상 태세에 돌입했다며 테러와 관련되는 사항은 무엇이든 신고하는 시민 정신을 발휘해달라고 강조했다. 화면 하단에 고지된 테러 신고 핫라인은 뉴스의 꼭지가 바뀌어 테크노 비엔날레 참석차 한국을 방문할

예정인 각국의 재계 인사들이 소개되는 동안에도 사라지지 않았다.

"이상해." 모영이 팔짱을 낀 채 화면을 응시하며 말했다. "요새는 국빈이라는 말을 막 쓰는 거 같지 않아? 옛날에는 외국에서 대통령이나 와야 국빈이라고 했었는데."

"경총 입장에서 생각해봐. 외국 대통령보다는 CEO들이랑 할 얘기도 더 많고, 해먹을 것도 더 많지 않겠어?"

이심의 말이 끝나기 무섭게 화면 한가운데에 경총이 등장했다. 그는 증폭되는 가짜 뉴스에 지친 국민들을 위로하기 위해 오월 한 달간 모든 국민에게 데이터세를 30퍼센트 감면해주기로 했다는 소식을 직접 알렸다. 몽롱한 얼굴로 화면을 바라보던 사람들이 한시바삐 데이터를 사용해야겠다는 듯 자신의 메이드로 손을 뻗었다.

개찰구를 빠져나왔을 때 모영은 아이의 손부터 잡았다. 이심도 아이 옆으로 바짝 붙었다. 암모니아 냄새가 코를 찔렀고, 출구 쪽으로 향하는 에스컬레이터는 이미 한참 전부터 가동을 멈춘 것으로 보였다. 계단 곳곳에 굴러다니는 쓰레기에는 주삿바늘도 섞여 있었다. 외설적인 그라피티를 지운 흔적이 거칠게 남아 있는 벽을 보며 이심은 아이의 눈을 가려주어야 하나 고민했는데 역 밖으로 나가자 상황은 더욱 암담했다.

시선이 닿는 곳 어디나 약물에 중독되어 제 몸을 가누지 못하는 사람들이 보였다. 앙상한 가로수의 그늘이나마 찾아서 기대어 있는 사람은 그나마 나은 축이었다. 쓰레깃더미를 베고 늘어져 있는 이들은 오월과 함께 시작된 더위 속에 살갗이 따갑도록 내리쬐는 뙤약볕을 피할 생각조차 못하는 듯했다. 듬성듬성 이가 빠진 남자가 뭉개진 발음으로 히죽거리며 말을 걸어왔는데 무슨 말을 하는지 한 단어도 알아들을 수 없었다.

무료 급식센터 건립 후 벌어진 일에 관한 소문은 들었지만, 고작 몇 년 사이에 이 지경이 되었을 줄이야. 이심은 자신이 이 근처에서 살 뻔했다는 사실을 떠올리며 경악했다. 한때는 진지하게 편입을 고려했었던 가족들이 살던 곳, 단정한 이층 주택이 이어지던 말끔한 동네는 여기서 고작 역 하나 떨어져 있었고 도보로 이십 분이면 닿을 거리였다.

"우리 조금만 더 빨리 걷자."

길 건너를 향해 눈짓하는 모영의 시선이 닿는 곳에 굵은 쇠꼬챙이를 쥔 채 어슬렁거리고 있는 일군의 무리가 보였다. 이심도 아이의 손을 잡았고, 셋은 뛰다시피 걸음의 속도를 높여 목적지로 향했다.

덜컹거리는 엘리베이터와 거울에 적힌 난삽한 욕설을 보며 예상한 것과 달리 약물중독 지원센터 내부의 분위기는 화사했다. 냉방이 되는 실내에는 부드러운 재즈 피아노의 선율이 흘렀다. 아치형 눈썹에 발그레한 볼을 가진 비서 안드로이드는 자신의 이름을 '순'이라고 소개했다. 아이는 순을 보자 재빨리 모영의 허리춤을 붙잡으며 뒤로 숨었고, 모영은 머리를 쓰다듬어주었다. 순을 따라 상담실 안으로 들어서자마자 센터장의 입에서 맨 먼저 나온 말은 "생각보다 일찍 오셨네요"였는데 차가운 어투는 아니었다.

"놀라셨을까봐 그래요. 세시 정각이면 순찰차가 도니까, 일부러 그때 맞춰 오십사 말씀을 드린 거라서요."

센터장은 백발이 더 많이 보이는 잿빛 단발 아래 얇은 면으로 된 가운을 입고 있었다. 순은 찻잔이 든 쟁반을 가지고 왔는데 센터장이 한쪽 팔을 흔들며 눈짓하자 "안 까먹었어요. 아무튼 성격이 왜 이렇게 급하신지 몰라" 하고 웃으며 이심에게 손바닥만한 바구니를 건넸다.

왼쪽 팔목의 메이드를 작동 중지시키고 벗자 팔목에 주변보다 피부색이 한 단계 옅어진 띠가 보였다. 근래에 집밖에서 메이드를 벗었던 적이 있기는 하던가. 이심은 흐릿한 기억을 더듬으며 바구니 안에 메이드를 넣었다.

"협조해주셔서 감사합니다." 바구니를 돌려받은 순이 물러나자 센터장이 입을 열었다. "순이는 누가 염탐하러 오면 어련히 메이드 말고 다른 장비를 숨겨오지 않겠냐고 그러지만, 저는 이렇게 해야 마음이 놓이더라고요."

"조심해서 나쁠 거 없죠." 이심이 동의했다.

센터장은 빙긋 웃으며 아이와 눈을 맞췄다. “머릿결이 참 곱구나. 이름은 지었니?”

아이는 연습한 대로 입을 꾹 닫은 채 모영의 팔에 기대며 얼굴을 묻었다. 앉아 있는 터라 나름의 요령을 발휘한 것이었다. 모영은 “여기는 안전한 곳이니까……” 하고 입을 열었다가 혼란을 줄 게 염려되었는지 말끝을 흐린 채 가만 아이의 어깨를 감싸안았다.

“네, 조심해서 나쁠 거 없겠죠.” 센터장이 사정을 알 만하다는 듯 말했다. “그간의 복용량은 얼마나 되나요?”

이심이 가방 안에서 약통을 꺼내 건네자 센터장은 뚜껑을 열어 안을 확인한 후 안도의 한숨을 내쉬었다.

“두어 번 정도 먹은 게 다네요. 천만다행입니다.”

“랩실 안에서는 한 번도 복용한 적 없다고 해요.” 이심이 말했다.

“그랬을 거예요. 나올 때만 쥐여주는 식이니까요.”

센터장은 일찍 발견해서 다행이라고 강조한 뒤 아이가 알약을 삼키는 일을 어려워하지는 않는지, 알레르기는 없는지, 잊지 않고 매일 같은 시간에 약을 챙겨 먹을 수 있는 환경인지 체크했다.

“원래는 살필 게 더 많은데, 이 댁에는 이선생님이 계시니까 걱정이 없어요. 얘야, 이제 어른들끼리 잠깐만 얘기할게.

나가서 순이랑 아이스크림 먹을래?"

아이는 아이스크림이라는 말을 듣고 꿀꺽 침을 삼켰지만, 다시 한번 모영의 팔을 양팔로 끌어안았다. 때마침 문을 열고 들어온 순이 미소 지으며 두 팔을 내밀었으나 세차게 고개를 저었다.

"같이 가면 안 돼요?"

"금방 나갈 텐데, 뭐. 잠깐만 아이스크림 먹고 있으면 돼."

모영이 달랬으나 아이는 연신 싫다고, 무섭다고 칭얼거리며 모영에게 매달렸다. 수줍어 보이도록 노력하는 행동으로는 지나쳤다. 좀처럼 투정을 부리지 않는 아이가 안드로이드 앞에서 처음으로 떼쓰는 모습을 보자 이심은 아이가 랩실에서 겪었을지도 모르는 일에 관해 섬뜩한 추측을 하게 되었다. 그래, 애가 얌전해도 너무 얌전하다 싶었어. 이심은 한숨을 속으로 삼켰다.

"언니, 내가 데리고 나가 있을게. 그게 좋겠어."

모영이 자리에서 일어나자 아이도 냉큼 서서 그녀에게 찰싹 달라붙었다. 두 사람이 상담실 밖으로 나가자 센터장은 이심이 염려하고 있는 바가 무엇인지 알겠다고 말했다.

"그런 걱정은 안 하셔도 돼요. 랩실 안에서 나고 자란 애들의 환경이 행복했다고는 못하겠지만, 학대받는 일은 없거든요. 랩실을 만든 사람들하고 자진해서 유전자를 제공한 사람들이 다른 건 몰라도 애들 인지 발달이나 기억력에 해를 끼칠 일은 절대로 안 만드니까요. 어린 시절에 겪는 폭력이나 가혹 행위가 인지 발달에 악영향을 미친다는 것쯤이야 뭐, 상식이 잖아요? 팰로앨토 합의도 무시 못하고요."

"다행이라는 말은 뭣하지만 그나마 다행이네요." 이심이 길게 숨을 내쉬었다. "랩실에서 그런 일들이 일어났어도 팰로앨토 합의는 지켰군요."

"다른 건 안 무서워도 보험료 무는 건 무섭다 이거죠. 그것도 참 기가 막힌 일이네요."

"이런 사정을 아시면, 센터장님도 혹시……"

"네, 저도 랩실 소속이었던 시기가 있어요. 변명 같지만, 유전자 편집 연구 파트는 아예 분리된 곳이어서 본관에서 일어난 일은 나중에서야 알았죠."

"제 가족도 비슷한 경우였던가봐요."

몇몇 랩실에서 탈출 사건이 벌어진 직후는 끔찍했다고 센터장은 말했다. 물론 당시에 자진하여 랩실을 해체시킨 회사도 없지는 않았다. 아이들을 입양해가는 재벌가도 있었다고 전해 들었다. 그러나 흉흉한 소문이 더 많았다. 사람들 사이에서 도시 괴담이 입에 오르자 랩실 관계자는 자기 마음대로 회사를 그만둘 수도 없었다.

"사직서 들고 갔더니 당장 회사를 그만두는 건 방지법 위반이라 안 된다는 거예요. 법으로 불가하다니 그럼 여길 벗어나는 방법은 어디서 뛰어내리는 수밖에는 없는가보다 하고 있을 때 손을 내밀어준 게 최선생님이었어요. 저더러 그러다 수배자 처지가 되지 말고, 몇 달 조용히 버티다가 인사부 쪽에 딜을 넣어보라고 하시더라고요."

"저는 이제 최선생님 관해서는 무슨 얘기를 들어도 놀라지 않을 것 같아요." 이심이 말했다.

"알 만하네요." 센터장이 미소 지었다. "그런 최선생님도 이 동네가 이 지경이 되었을 때는 놀라는 눈치였어요. 처음에는 그저 급식센터를 크게 짓는다 싶더니 무료 식사 쿠폰을 거의 무한정 뿌려댔거든요."

"무한정으로요?" 이심이 놀라며 물었다.

"공영 뉴스에는 안 나오니까 이 동네 사람이 아니면 모르죠. 서울 전역의 노숙자가 모였는데 나중에는 경기도나 강원도에서도 걸어왔답니다. 그런데 경비를 강화하기는커녕 하루 두 번 순찰차가 돌 때 아니면 이 동네에 경찰이 있기는 한가 싶다니까요. 아예 망치려고 마음을 먹었는지 경찰 조직에서 도려내야 할 인사들은 죄 여기로 배정된다고 하고요. 정부가 손을 놨다는 소문이 나면서 약 거래 하는 인간들까지 꼬이다 보니까 손쓸 수 없는 지경이 된 거예요, 고작 몇 년 만에요." 센터장은 약통을 집어들더니 말을 이었다. "실은, 랩실에서 돌려받은 아이들이 버티는 시간도 대체로 그 정도랍니다. 고작 몇 년이요. 그나마도 랩실에서 쥐여준 진통제를 자주 복용한 아이들한테 남은 시간은 그보다 더 짧고요."

모영의 회사에서 양육 수당을 지급하며 강조한 '아이가 살아 있는 동안'이라는 문구를 떠올리며 이심은 이마를 짚었다. 센터장의 손에 든 갈색 병 안에 든 젤리는 한때 북유럽 일부 지역에서 만성 통증 완화에 도움을 주는 건강보조제로 인기몰이를 하다 미량의 마약 성분이 검출되어 판매가 중지되었고, 한국에는 수입된 적도 없는 제품이었다. 직접 볼 일이 생기리라고는 짐작하지 못했던 그 오렌지빛 젤리의 정체를 깨닫고 난 후에 이심이 상의할 사람이라고는 최선생의 딸, 선민뿐이었다. 선민은 이 센터를 알려준 뒤에 몇 가지 주의 사항을 덧붙였다. 우선 처음 한두 번은 아이를 데리고 가야 한다는 것. 동네가 험하니 셋이 함께 움직이는 편이 낫다는 것. 그리고 당분간은 최선생이 맡던 진료를 이어서 해달라는 것.

모종의 불길함을 느끼면서도 한집에 사는 아이에게 닥친 위험을 모르는 척할 수는 없었으므로 이심은 순순히 선민의 뜻을 받아들였다. 동시에 최선생을 대신해서 진료를 하러 갔을 때 이대로 자기들을 두고 갈 수는 없다며 몸을 떨던 아이들의 눈빛을 떠올렸다. 본래부터 공식적으로는 존재하지 않는 사람이나 마찬가지인 처지의 아이들은 진통제인 줄 알고 복용한 젤리로 자신도 모르게 중독에 빠진 것이었다. 한집에서 따라 먹은 가족이 함께 중독된 경우도 왕왕 있을 터였다. 그들은 그 점을 빌미로 언제든 사회에서 완전히 격리될지 모른다는 위기감마저 안고 있다고 센터장은 말했다.

"여기서 도보로 삼십 분쯤 걸리는 오래된 시영 아파트가 작년에 헐렸거든요. 새로 올린 건물이 급식센터다 아니다 소문이 무성했는데, 얼마 전에야 알게 됐죠. 열 동짜리 건물 전체가 다 소년원이라는 사실을요."

창밖에서 유리 깨지는 소리가 나더니 산산조각을 내는 듯 연이어 내리치는 날카로운 파열음이 이어졌다. 익숙한 일인지 센터장은 창 쪽으로 고개조차 돌리지 않고 찻잔을 들었다.

"센터 안은 안전하니까 걱정 마세요. 보험 접수는 안 하면서 상황 정리하는 데는 순이만한 고수가 없답니다."

센터장은 낡은 캔버스 백에 아이에게 줄 것과 진료시에 쓸 몇 가지 약을 넣어주며 미량이라 하더라도 이미 마약 성분에 오래 노출된 아이들이 원인 불명의 고통 없이 지내기는 불가능에 가깝다고 선을 그었다. 하지만 남은 삶에서 조금이나마 덜 괴로운 시간을 보내고 눈을 감을 수 있도록 돕는 일은 가능하다고 강조했다. 이심은 캔버스 백을 끌어안은 채 한숨을 내쉬었다.

"최선생님은 괜찮으신 건가요?"

"아시잖아요. 그분은 아마 이 자리에 계셨으면 내 걱정 할 때가 아니라고, 그럴 여유가 있으면 자기 일을 좀더 적극적으로 도와달라고 했겠죠." 센터장이 이심을 응시하다가 가벼이 고개를 끄덕였다. "그러다가도 부담스러우면 됐어, 나한테는 선민이가 있잖아, 하고 씩 웃었을 거고요. 자기 뜻을 강요하는 사람이 아니니까."

센터장은 자리에서 일어나려는 이심에게 잠시 기다렸다가 다음 방문자들과 함께 나가라고 권했다. 남매인 그들은 이 동네 출신이라 지름길로 안내할 거라면서 그녀는 차를 더 따라주었다.

남매는 마침 역 근처의 물류 창고에 갈 계획이었다며 이심네를 역까지 배웅해달라는 부탁을 흔쾌히 받아들였다. 모영은 물류 창고에 가면 물건을 직접 살펴보고 살 수 있는 거냐고 흥미를 보였다.

"그게 이 동네의 유일한 장점이긴 한데, 물건이 많지는 않아요. 기본적으로 더 보관하는 게 손해인 것만 싸게 팔아치우는 거니까요." 이마에 흐르는 땀을 훔치며 남동생 쪽이 말했다.

모영은 역과 가깝다니 금상첨화라고, 아이의 옷을 사서 가자며 반겼는데 이심은 썩 내키지 않았다. 센터장에게 전해들은 이야기의 잔상 때문인지 불길한 일이 일어날 것만 같은 예감이 들었던 것이다. 그러나 괜스레 남매의 기분을 상하게 할 것 같아서 굳이 입 밖에 내지는 않았다.

"가자, 언니. 이렇게 더운데 아직 얘 변변한 여름옷 하나 없잖아. 가서 딱 얘 여름옷만 좀 사자고. 다른 건 눈길도 안 줄게."

이심은 별수없이 그러마고 동의했지만 이십 분 후, 목적지에 근접했을 때 누나 쪽이 한 가지 주의 사항이 있다는 말을 꺼내자 다시금 불안감에 안절부절못하게 되었다.

"물류 창고 입구 주변에서 어슬렁거리는 애들한테는 눈길을 주지 마세요."

"위험한 아이들인가요?" 이심이 물었다.

"불쌍한 애들이죠." 남동생이 쉰 목소리로 대답했다. "가출한 애들이 앵벌이를 하거든요."

"뭘 한다고요?" 잘못 들었다는 듯 모영이 걸음을 멈춰 서서 되물었다.

"창고에서 나올 때 빵 한 봉지만, 쌀 한 봉지만 사서 나눠 달라, 데이터를 조금만 나누어 달라면서 엉겨붙는 식이에요." 누나가 쯧쯧 혀를 차며 대꾸했다.

잿빛 컨테이너 수십 채를 이어붙인 모양의 창고 근방에 다다랐을 때 구걸하는 아이들은 보이지 않았다. 다만 입구에서 몇 미터쯤 떨어진 곳에 한 무리의 청소년들이 있었고 그들은 서넛이 짝을 이루어 화살표 게임을 하는 중이었다. 시시덕거리는 모습은 얼핏 천진해 보이기도 했다. 그러나 열 명 남짓 되는 그들 사이에는 이르게 찾아온 더위를 고려해도 노출이 지나친 아이들이 눈에 띄었다. "앞만 보시는 게 좋아요." 동생이 그렇게 말한 것과 거의 동시에 앙상한 허벅지를 훤히 드러내는 핫팬츠를 입은 소녀가 함께 게임을 하고 가라며 야릇한 미소를 지었다.

"말씀드렸잖아요." 누나가 손바닥을 들어 이심의 시야를 가리며 말했다. "아예 시선을 주지 마시라니까요."

이심은 뭔가 할말이 있는 것처럼 입술을 달싹였지만 이내 고개를 끄덕였다. 몇 마디가 더 오가면 견디지 못하고 상대에게 짜증을 내고 말 것같이 날이 무척 습했다. 이제 겨우 오월이 시작되었건만 이미 한여름 날씨였다. 창고 안에 들어섰을 때도 사정은 마찬가지였다. 흐릿한 먼지 냄새가 이는 실내는 푹푹 쪘다. 더이상 적재할 가치를 잃은 상품을 할인 판매하는 F 구역의 위치를 알리는 안내 방송이 나왔고, 팔 부분이 반질반질하도록 닳은 구형 안드로이드가 물건을 훔치다 적발될 경우에 원 가격의 스무 배에 해당하는 벌금을 부과한다는 경고를 반복하며 느릿느릿 실내를 누볐다. 천장 가까이로는 납작한 박스를 매단 드론이 이동하고 있었다.

"그럼 장 보세요." 누나가 손부채질 하며 말했다. "이따가는 후문 방향으로 나가시면 길만 건너서 바로 역이에요."

남매와 일별하자 모영은 분위기를 전환하려는 듯 밝은 음성으로 물건을 직접 보고 고르는 게 얼마 만인지 모르겠다며 미소 지었다. 어릴 때는 엄마의 휴일 전날 밤마다 함께 마트에 왔다는 말을 덧붙이자 아이가 신기해했다.

"배달은요?"

"배달도 있었지만, 직접 나와서 쇼핑을 하기도 했어." 모영이 대답했다. "여러 가지 중에서 뭘 먹을지, 뭘 입을지, 내 눈으로 보고 결정하는 거야. 재밌겠지?"

아이는 고개를 끄덕였지만 습관적으로 모영의 말에 맞장구를 친 것에 불과한지 어리둥절한 표정을 짓고 있었다. 아주 잠깐만 이십여 년 전의 마트나 백화점에 데려다놓을 수 있다면 단박에 알아들으리라고 이심은 생각했다. 다가올 계절을 끌어당기듯 한 템포 이른 옷들로 장식되던 쇼윈도, 끊임없이 새로운 기능을 더해가며 최신이라는 말을 갱신해가던 가전제품 코너, 매대와 쇼케이스를 빈틈없이 채우고 있던 갖가지 식품, 와글거리는 가족들로 넘치던 푸드코트를 한 바퀴 빙 둘러보기만 해도 카트를 가득 채우며 느끼던 포만감을 맛볼 수 있으리라고.

물건을 채운 카트를 연상한 순간, 이심은 익살스러운 미소를 짓던 아빠의 얼굴을 떠올렸다. 엄마가 허락하지 않아서 얌전히 제자리에 돌려놓으려던 젤리를 몰래 롤 휴지 아래로 밀어넣으며 웃던 아빠. 그득그득한 물건들 사이를 누비던 일도, 아빠와 함께 웃고 장난을 치던 기억도 어찌나 멀리 느껴지는지 어린 시절 직접 겪은 게 아니라 누군가에게 전해들은 이야기만 같았다. 이심의 입에서는 한번 더 한숨이 새어나왔다. 앞서가던 모영이 돌아보자 이심은 반사적으로 미소를 지어 보이고는 상품 검색대 쪽으로 시선을 옮겼다.

아이의 체형에 맞거나 살짝 큰 옷 중에서 당장 입어볼 수 있는 옷의 종류는 생각만큼 많지 않았다. 뿐만 아니라 상의 세 벌, 하의 두 벌을 입혀보기로 결정하자마자 이심과 모영은 입이 떡 벌어질 지경이 되었다. 창고 안의 옷을 찾아서 검색대 앞까지 가져오는 일에 드론을 쓰면 운반비가 옷 가격의 30퍼센트를 넘었기 때문이었다. 옷을 직접 찾아서 만나기로 뜻을 모은 뒤 아이와 함께 움직이는 모영은 하의를, 이심은 상의를 맡기로 했다.

토끼가 그려진 면티를 찾기 위해 F 구역의 안쪽으로 향하던 이심의 귀에 새된 비명이 들렸다. 곧이어 "이거 놔! 놓으라고!"라는 신경질적인 외침이 따라왔다. 그때까지만 하더라도 이심은 어떤 일행이 자기들끼리 다투고 있는 상황이리라 짐작했다. 그러나 잠시 뒤 검색대 방향에서 "안드로이드가 어린애를 때려요! 내 동생을 때려요!"라는 외침까지 들리자 동작을 멈추고 앳된 음성에 귀를 기울이게 되었다. 비록 상의에 달린 전면 패널 자체가 CCTV의 역할을 겸하는 구형 안드로이드라

해도 안드로이드가 사람을 폭행하는 이치에 맞지 않는 일이 발생할 리가 없었다. 그러나 끊임없이 들리는 여자아이의 비명소리를 도저히 모르는 척할 수 없어서 소리가 나는 곳으로 걸음을 옮겼다.

실랑이가 벌어진 곳은 F 구역 입구 방향의 검색대 앞이었다. 긴팔을 뻗어 뒤에서 껴안은 자세로 어린 소녀를 붙잡고 있는 안드로이드는 식품 절도 행위가 적발되었으므로 담당자가 올 때까지 이 자리에서 이동할 수 없다는 안내를 반복하고 있었다. 붙들려 있는 소녀는 열 살 남짓으로 보였는데 눈물을 흘리고 있었지만 반쯤 체념한 표정이었다. 그 옆에 서서 자기 동생을 살려달라고 고래고래 소리를 지르는 소녀는 조금 전까지 물류 창고의 입구 근처에서 화살표 게임을 하던 아이들 중 하나였다. 소녀와 눈이 마주친 순간, 이심의 입에서 설마, 라는 말이 비어져나왔다. 동생을 살려달라는 비명이 계속되었고 몇몇 사람들이 달려왔다가 움직임 없이 아이를 붙들고만 있는 안드로이드의 모습과 아이의 차림새를 훑어보고는 사정을 알 만하다는 듯 뒤돌아갔다. 슬럼가에서는 이런 일이 왕왕 일어나는 것일까. 하지만 방금 전만 하더라도 센터장은 이 동네의 안드로이드 또한 팰로앨토 합의 안에서 움직인다고 했는데. 이심은 혼란을 느끼며 그들과 몇 발짝 떨어진 곳에 멈춰 서서 더 가까이 다가가지도, 외면하지도 못한 채 굳어 있었다. 물류 창고의 보안 담당자는 그제야 어슬렁거리는 걸음걸이로 나타나서 검지로 언니의 머리를 쿡쿡 찔렀다.

"야, 너 오랜만이다. 오늘은 동생도 달고 왔냐?" 그가 자기 손을 쳐내려는 소녀의 손목을 붙잡고 위아래로 훑어보며 눈알을 굴렸다. "더울 때 보니까 아주 좋다, 야."

때마침 F 구역으로 들어온 한 커플이 그의 행동을 제지하려는 듯 가까이 다가왔다. 그러자 관리자는 냉큼 수더분한 표정을 지으며 소녀에게서 한발 물러났다. 그러니 이제 돌아가서 아이의 옷을 찾자고 마음먹은 이심이 걸음을 돌리려던 차였다.

"어디까지나 이것들이 도둑질을 해서 잡고 있는 거예요. 경찰 오기 전에 도망가면 안 되잖습니까."

관리자의 입에서 경찰이라는 말이 나오자마자 언니가 부들부들 떨면서 동생은 봐달라고 말했다. 기가 꺾인 듯 울먹이는 음성이었다.

"이제 좀 실감이 나냐? 동생이랑 소년원 동기 되면 외롭지도 않고 좋지, 뭘."

"오해가 있으신 거 같은데요." 결국 참지 못해 나서면서 이심은 스스로 미친 짓을 하고 있다고 여겼다. "저랑 같이 온 애들이에요. 봐주시면 물건값을 바로 치를게요."

"아이고 그러세요? 이 동네 사람 아닌 거 빤히 티가 나는데 왜 그런 개소리를 하실까?"

"네, 이 동네에는 안 살아요." 이심은 떨림을 숨기기 위해 목소리를 낮췄다. "친척이에요. 드론 운반도 돈이 드니까 골라서 오라고, 만나서 계산하기로 했더니 이런 일이 생겼네요. 죄송합니다만 일단 놔주시고 얘기하시죠."

관리자는 팔짱을 낀 자세로 히죽거렸다. "인류애가 대단하시네. 친척은 개뿔, 댈 거면 차라리 집합가족 핑계를 대지 그러셨어. 다른 동네 살아서 모르는가본데, 이것들은 갱생이 안 되는 것들이에요. 차라리 하루라도 빨리 소년원에 넣어서……"

"애들은 그런 애들 아니에요. 못 믿으시겠으면 애들 바이오 정보를 보여드릴게요." 어느새 그의 뒤로 다가온 모영과 새 옷을 손에 든 아이에게 다급히 눈짓을 보낸 뒤에 이심은 말을 이었다. "언니의 이름이 소리고 동생은 로아예요. 로아는 계란에 알레르기가 있고요. 소리야, 메이드에서 얼른 로아 정보 띄워서 보여드려. 오해 풀고 집으로 가자."

새로운 시대

로아가 가방에 숨겼던 레토르트 죽 몇 봉지의 값을 이심이 치르고 물류 창고를 빠져나오자마자 소리는 온 얼굴을 찌푸리며 악을 썼다.

"그러니까 집에 있으라고 했잖아. 왜 따라 나오느냐고, 왜!"

"미안해, 언니."

이심은 눈물이 그렁그렁 맺힌 로아의 조그만 어깨를 토닥이며 모영에게 먼저 집에 가 있으라고 말했다. "자세한 사정은 내가 나중에 집에 가서……"

모영은 오른팔로 아이를 끌어안으며 이심의 말허리를 잘랐다. "이런 동네에 어떻게 언니만 두고 가."

"아, 그러니까 이런 동네에서 꺼지라고!" 소리가 이심을 노려보며 소리쳤다. "왜 이제 와서 착한 척인데!"

로아의 눈에서 눈물이 흘렀다. 소리는 신경질적으로 발을 굴렀지만 이내 손을 뻗어 동생의 눈물을 닦아주었다. 그새 한 풀 기가 꺾인 소리의 얼굴을 보자 이심은 몇 해 전의 모습을 떠올리게 되었다. 병원비를 마련하지 못한 친구를 위해 편지를 쓰고, 수줍어하며 자기 엄마 등뒤로 숨던 해사한 얼굴이 겹쳐 보였던 것이다. 물류 창고 앞에서 스친 순간에 곧바로 알은척을 했더라면 어땠을까 하는 후회도 들었다. 그랬다면 최소한 로아가 경비 안드로이드에게 붙들리는 일은 막을 수 있었을 것이다. 로아는 그만 울라는 소리의 말에 고개를 끄덕이면서도 쉬이 눈물을 그치지 못했고, 로아의 눈물을 보고 덩달아 겁을 먹은 아이도 훌쩍이기 시작했다. 아이의 얼굴과 모영의 얼굴을 번갈아 쳐다보던 소리가 입술을 달싹이며 걸음을 멈췄다. 아이의 정체를 눈치챈 것일까. 이심과 눈이 마주치자 재빨리 고개를 돌린 소리는 이 동네까지 온 것을 보면 그쪽 사정도 빤하다며 이죽거렸다.

"그래, 소리야. 네 말이 다 맞아." 어깨에 손을 올리며 대꾸하자 소리가 이심의 손을 뿌리쳤다. "내가 반갑지 않을 만하지. 우리는 아무 관계도 아니고. 하지만 최소한 너희를 집에는 데려다주고 가야겠다."

걸어갈 만한 거리였지만 지나온 길로 되돌아갈 엄두가 나지 않아서 이심은 일행을 데리고 지하철역으로 향했다. 순순히 따라와서 지하철을 타기는 했으나 어떤 질문에도 대답하지 않은 채 화살표 게임에 몰두하고 있는 소리를 대신해 이심은 로아에게 애월의 안부를 물었다. 그러자 조그마한 입에서 한숨부터 새어나왔다.

"할머니는 아파요." 로아가 다시 울 듯한 얼굴로 말했다. "엄마도 이제 선생님 아니에요. 삼촌들이 잡혀갔는데……"

소리가 로아의 손목을 쥐며 고개를 저었다. 그러고는 이심을 향해 눈을 흘기며 들릴 듯 말 듯한 작은 목소리로 '비유각'이라고 속삭이더니 다시 게임에 집중했다. 그게 그렇게 재미있느냐고 질문하자 재미 때문에 하는 게 아니라는 대답이 돌아왔다.

"그럼 포인트라도 쌓아서 엄마 드리려고?"

"더 중요한 데 쓸 데가 있다고요."

소리는 이심을 향해 어쩌면 저렇게 모를까, 하는 실로 경멸에 가까운 시선을 던진 뒤에 다시금 게임에 열을 올렸다. 모영의 안색에서 피로감을 읽은 이심은 다음 역에 닿았을 때 아이와 역사 안에서 잠시만 기다려달라고 청했다. 역의 출구와 출구 너머로 보이는 풍경에는 낙서도, 쓰레기도, 악취도 없었다. 조금 전과는 딱 한 정거장 차이인 것이 믿기지 않을 만큼 평범한 모습을 본 모영은 고집을 부리지 않고 아이와 함께 역에 남았다.

소리는 몇 번이고 이심의 손을 뿌리쳤지만 집 앞에 다다랐을 때는 잠자코 현관문을 열었다. 그러나 일층으로 향하지 않고 외부 계단을 통해 곧장 이층으로 올라갔다. 이층의 문 앞에서 로아가 "엄마, 언니가 왔어요!" 하고 외치자마자 문이 열렸다. 세진은 부들부들 떨리는 손으로 소리를 끌어안더니 이심에게 이렇게 다시 만날 줄은 몰랐다면서, 무어라 감사의 말을 해야 할지 모르겠다고 말했다. 소리가 귀가하지 않은 며칠 동안 애를 태우다, 태우다 화를 낼 기운도 남지 않았다는 얼굴이 해쓱했다. 로아는 집안으로 들어서자마자 곧장 죽을 데워서 방 한구석에 누워 있던 애월에게로 가지고 갔지만 애월은 입맛이 없다며 손사래를 쳤다.

"애월씨, 저 기억하세요?" 이심이 애월과 눈을 맞추며 물었다. "원칙상 정식으로 진료는 못해드리지만, 어디가 편찮으신지 말씀해보세요. 가볍게나마 제가 한번 봐드릴게요."

"말씀은 고마운데, 괜찮아요. 아픈 데 없어요."

애월이 끙 소리를 내며 자리에 앉았다. 어느새 옷을 갈아입고 온 소리가 열이 있는지 그녀의 이마를 짚어본 다음 숟가락을 쥐여주었다. 세진은 그런 소리의 모습을 핏발이 선 눈으로 물끄러미 바라보더니 "엄마가 졌다" 하고 말했다.

"너 거기 나가는 거 더이상 안 말릴게. 집에만 들어와. 잠은 와서 자라고. 응?"

소리가 고개를 끄덕이자 로아가 소리에게 매달리듯 끌어안았다. 소리는 덥다며 뿌리쳤지만 풀어진 얼굴로 웃고 있었다. 세진이 한시름 놓았다는 듯 안도의 한숨을 내쉬더니 이심을 향해 옥상에 올라가자는 눈짓을 했다.

"선생님한테 하소연할 일은 아니겠지만, 기계들이 화병은 못 읽나봐요. 진단은 애월씨한테 아무 이상이 없다고 나오는데 딱 봐도 그래 보이지는 않잖아요." 세진이 말했다.

"로아가 삼촌들이 잡혀갔다고 하던데요. 세진씨도 하던 일을 못 하신다고요."

"한참 됐어요. 하필이면 집에 애월씨하고 애들만 있을 때 정훈이가 끌려간 게요. 저도 애월씨처럼 속이 썩을 것 같으니 선생님께만 얘기하는 거예요." 세진이 이심 곁으로 바짝 붙어서서 목소리를 낮췄다. "훈민이가 퇴근길에 먼저 연행됐고, 이튿날에 경찰이 집에 들이닥친 거예요. 경찰들 말로는 비리가 있었대요. 훈민이가 시정 전체에 막대한 손해를 끼칠 만한 비리를 저질렀고 정훈이도 연관이 됐다는 거예요."

"잠시만요, 연행을 할 정도의 비리라면 언론을 타고도 남았어야 되는 거 아닌가요? 공영 뉴스 맨날 보지만 들은 기억이 없는데요."

"제 말이 그 말이에요." 세진이 명치께를 두드리더니 크게 숨을 몰아쉬며 흐느끼듯 말을 이었다. "아무래도 납득이 안 돼요. 훈민이는 그 일 있기 열흘 전에 승진을 했었어요. 부서도 세무 쪽에서 비서실로 바뀌었고요. 업무 파악만으로도 벅찼을 텐데, 승진을 하자마자 열흘 만에 그런 비리를 저질렀다는 게 상식적으로 말이 안 되잖아요. 게다가 걔가 그럴 사람이 아니라는 걸 저는 알아요. 가족으로 정붙이고 몇 년을 살았으니까요. 물론 훈민이가 우리 애들 키우는 데는 손 하나 까딱 안 했죠. 그건 선생님이 맞게 보셨어요. 하지만 최소한 나랏일 하면서 어마어마한 비리를 저지르고 딴 주머니 찰 사람은 아니에요. 그보다는……"

"눈치를 볼 줄 모르는 사람이죠." 이심이 대꾸했다. "훈민 씨가 부서를 옮겼다면 남들이 보고도 못 본 척 덮어뒀던 윗선의 비리를 눈치 없이 캐물었겠네요. 여태 관례라고 넘어가던 일을 문제삼았을 수도 있겠고요."

세진이 고개를 끄덕이더니 그날 밤에 귀가한 자신에게 애월이 훈민 형제에 관해서는 입을 닫아야 한다며 신신당부했다고 말했다. 갑자기 이런 법이 어디 있느냐고, 설령 공무원으로 일하며 죄를 지었다고 하더라도 절차에 맞게 재판을 받아야 할 게 아니냐고 기막혀하자 소리와 로아에게까지 불똥이 튀는 것을 막으려면 제발 아무것도 알려고 하지 말라고 거의 빌다시피 했다는 것이었다.

"애월씨는 그날 이후로 딴사람이 됐어요. 도대체 경찰들에게 무슨 협박을 받았는지는 여태 저도 몰라요. 제가 아는 건, 다 털고 새 출발을 하고 싶어도 할 수 있는 게 없다는 것뿐이에요. 일자리도 마음대로 못 구하고, 이사도 안 된대요. 반국가 세력의 가족은 거주지를 마음대로 이전하지 못하게 방지법으로 막아놨다네요."

거듭 한숨을 쉬는 세진의 이마와 미간 사이에 깊은 주름이 잡혔다. 이심은 세진의 손을 쥐어보았다. 차고 거친 손을 쥐고서 엷은 구름으로 뒤덮인 하늘을 바라보는데 더이상 어떤 일에도 놀라지 않을 것만 같았다. 직장 동료에게, 함께 사는 가족에게, 가족이 될 뻔한 사람에게 일어난 일들이 가리키는 방향은 명확했다. 이런 일들이 우연히도 일제히 자신의 주변에서만 벌어지고 있는 게 아니라면, 이 사회 전체에서 벌어지고 있다는 사실. 서로가 서로에게 일어난 일을 눈치챌까봐, 속속들이 알게 될까봐 두려워하는 세력이 모두의 입을 틀어막고 있는 것이다.

가족이 아닌 사람에게 이런 이야기를 꺼내기는 처음이라면서 헛웃음을 짓는 세진은 무척 지쳐 보였다. 이심은 그녀를 믿지 못해서가 아니라 너무도 지쳐 보였기 때문에 자신이 알고 겪은 일을 모조리 털어놓을 수 없었다. 다만 시청뿐만 아니라

보건센터에서도 유사한 일이 있었다고만 전했다.

"경총을 막았어야 했는데 말이에요." 세진이 말했다.

"막을 수 있는 방법이 있었을까요?"

"글쎄요. 속는 셈 치고 우리 큰딸 말을 들어볼까봐요." 세진이 땀을 닦듯 손등으로 눈물을 훔치며 말했다. "요즘 소리가 그러거든요. 자기들한테 경총을 무너뜨릴 계획이 있으니까 같이하자고요."

*

길었던 주말의 끝에 이심을 위로해준 것은 엄마가 보내온 몇 장의 사진이었다. 엄마는 무탈하게 이사를 마쳤으니 안심하라고 했다. 이제는 평생의 짐이었던 남편도 잊고, 마음에 돌덩이를 얹어놓는 뉴스에도 관심을 끊고 고즈넉하게 살겠다고 강조했다. 새 보금자리를 찍은 사진 아래에는 비록 다섯 명이 살기에 좁기는 하지만 맞바람이 치는 구조라 쾌적하다고 적혀 있었다. 게다가 여름에는 시원하고, 겨울에는 덜 추운 남동향이라고도 했다.

남동향이라. 어쩐지 위안이 되는 그 말을 이심은 속으로 몇 번이고 되뇌어보았다. 그러고는 혹시 아빠가 어딘가에서 삶을 어렵게 연명하고 있지는 않을까 하는 불안감이 피어오를 때마다, 볕이 잘 들고 바람도 잘 통하는 엄마의 새 보금자리에 관해서만 생각하기로 마음먹었다. 환한 방에서 휴식을 취하는 엄마의 모습을 떠올리는 것은 편히 잠드는 데 도움이 되었지만, 고작 며칠간 유효했을 뿐이었다. 이른 열대야가 시작되자 끝없이 이어지는 상념을 곱씹으며 새벽까지 뒤척이게 된 것이다.

더위에 지쳐 겨우 잠든 후에도 샴푸의 요정까지 갖추고 있던 일층의 소유권을 빼앗기고 이층에 여섯 가족의 짐 전체를 몰아넣은 소리네의 컴컴한 모습이, 몇 년 사이에 기력이 쇠한 애월이, 죽 몇 봉지 때문에 안드로이드에게 붙들려 떨던 로아의 얼굴이, 약에 취해 길에 늘어져 있던 이들과 행방을 알 수 없는 최선생이 부유하는 꿈을 꾸다 땀에 흠뻑 젖어 깨어나는 일이 반복되었다. 아침이면 메이드의 액정 위로 피어난 새싹이 누렇게 시든 잎을 늘어뜨리며 마그네슘과 멜라토닌 복용을 권했지만 건강보조제를 챙겨 먹을 기력조차 나지 않았다.

그날도 내내 잠을 설친 후 출근길에 나선 이심은 지하철에 오르자마자 하나 남은 빈자리를 차지하고 안도의 한숨을 내쉬었다. 집안과 다를 것 없이 아침부터 푹푹 찌는 열차 내부의 공기에는 더위에 지친 사람들의 몸에서 풍기는 땀냄새가 안개처럼 스며 있었다.

테크노 비엔날레 개막 막바지 준비에 박차

'새로운 시대'라는 테마로

미래를 여는 기술이 총망라될 전망

습관처럼 지하철 내부의 공영 뉴스 화면을 바라보던 이심은 자막으로 이어지는 문구를 한없이 공허하게 느끼며 목에 밴 땀을 닦았다. 이번 행사에서 공개될 기후 위기 피해 지역 재건 기술을 소개하는 영상이 이어졌다. 그러니까 사막을 다시 주거지로 만드는 기술을 널리 자랑하려고 국제 행사도 여는 나라의 수도에서 출근길 지하철 내부의 냉방은 기대조차 할 수 없는 것이었다. 이심은 실소했다. 차세대 이동 기술과 혁신적인 스마트팜 플랫폼, 이번 행사를 통해 국내에 최초로 선보인다는 치안 유지 전용 안드로이드를 소개하는 현란한 영상이 이어지는 동안 이심은 제발 백 년도 전에 개발한 에어컨이나 제대로 활용하라고 소리를 지르고 싶었다. 더 들여다보고 있다가는 뉴스 화면에 뭔가 던져버릴 것만 같아서 질끈 눈을 감았다.

시각이 차단되자 공기 중의 쿰쿰한 냄새가 더 짙게 느껴져서 진저리를 치기도 잠시, 어느새 꾸벅꾸벅 졸던 이심은 귓가를 파고드는 다급한 호소에 눈을 떴다. 옆자리에 앉은 여자의 입에서 세상에, 라는 감탄사가 비어져나왔으므로 이심은 그녀에게 무슨 일이냐고 물었다. 여자의 손끝이 공영 뉴스 화면을 가리켰다. 초췌한 낯빛에 형형한 눈빛을 한 남자가 무언가 말하고 있었다. "도저히 더는 견딜 수 없어서 양심 고백을 하기 위해 이 자리에 나왔습니다." 소리는 화면에서 나오는 것이 아니었다. 누군가 메이드로 뉴스의 음성을 재생시킨 것이었다.

화면 속 남자는 앞서 자신과 같은 문제의식을 드러낸 동료들이 있었으나 하루아침에 증발해버렸다고 알렸다. 이번 테크노 비엔날레 공식 홈페이지에 접속하면 사라진 사람들의 명단과 함께 총리실에서 자행한 반헌법적인 범죄의 실체가 드러날 것이라고 했다. 그의 발언은 자막 처리가 되지 않았다. 따라서 누군가 음성을 틀어주지 않았다면 남자의 말에 아나운서가 제대로 대꾸하지 못하며 놀라고 있다는 사실밖에는 알지 못했을 터였다. 올 것이 왔다는 느낌이 들었는데, 그러자마자 화면이 바뀌어 폭염 시기에 즐기기 좋은 게임을 소개하는 영상이 흘러나오기 시작했다.

사무실 안의 분위기는 어수선했다. 박선생은 달려들듯 이심에게 다가오더니 혹시 유료로 구독하고 있는 뉴스가 있느냐고 물었다.

"저도 아직 없어요." 이심이 변명하듯 덧붙였다. "전부터 봐야 된다는 마음은 있었는데 아무래도 여유가 안 나서……"

"최선생 없으니까 전멸이구만." 박선생이 혀를 차더니 여기를 좀 보라며 메이드의 홀로그램 프레임을 열었다. "뉴스에 나온 그 사람도 공무원이었답니다. 처음에 아나운서가 비엔날레 홍보 담당자로 소개했거든요. 그 사람 말이 끝나기 무섭게 테크노 비엔날레 홈페이지에 들어갔는데 그새 막혔더라니까요."

검게 변한 화면 한가운데에 사회 갈등 조장 방지법으로 인해 열람을 제한한 페이지라는 문구가 보였다. 포털 사이트는 물론이고 SNS에서 내부 고발이나 그 공무원의 이름을 검색해도 마찬가지라고 했다.

"이제 정말 막 나가는구만." 김선생이 반 발짝 뒷걸음질치며 말했다. "보세요. 우리 지역 학부모들 모인 카페인데, 여기 자유 게시판도 닫혔어요."

다음 순간, 사무실 문이 거칠게 열렸다. 팀장은 붉게 충혈된 눈을 비비며 들어오더니 대뜸 우리 팀에 소아과도 전공한 사람은 없느냐고 물었다.

"원래는 계셨잖습니까. 잘 아시면서." 박선생이 대답했다. "왜요? 자제분이 또 어디 아파요?"

팀장은 말을 꺼낼 기력도 없다는 듯 오른손을 내젓더니 에어컨을 껐다. 주먹 쥔 손으로 목뒤를 두드리던 그는 이달부터 공공기관의 실내 온도 기준이 조정되어서 폭염주의보가 내리지 않은 날에는 에어컨을 쓸 수 없다고 덧붙였다. 동시에 기가 막힌다는 탄식이 쏟아졌지만 팀장은 아랑곳하지 않고 금지 사항을 한 가지 더 알렸다. 테크노 비엔날레를 노리는 테러 행위에 가담할 우려로 인해 당분간은 다른 국가로 우회한 IP를 사용하여 인터넷에 접속하는 일이 금지되었다는 것이었다. 이어서 팀장이 공식적으로 정부에서 금지한 일을 공무원이 범했을 때 어떤 불이익이 따르는지를 설명하리라고 이심은 추측했고 예상대로였다.

“기껏 목숨 걸고 양심선언하는 공무원이 나왔는데도 단속이나 시키면서 들들 볶고, 나라가 이렇게 망하는군요. 아니, 어차피 이번 행사는 순찰용 안드로이드인가 뭔가 하는 거 사올 구실 만들려고 쇼하는 거 다들 아는데 왜 이 난리랍니까.”

기막혀하는 박선생에게 팀장은 지금까지의 일은 난리 축에도 못 낀다며 놀라기에는 이르다고 말했다. 뭐가 더 남았을까. 이어질 말이 짐작조차 가지 않았다. 속에서 신물이 올라와서 이심은 물잔을 집어들었다.

“비엔날레 행사 당일에 공무원 동원령이 떨어졌어요. 새로운 시대 어쩌고 하는 테마 들었죠? 새 시대의 주인공인 다음 세대와의 공존을 보여줘야 된다고, 꼭 가족 전원이 참석하시랍니다.”

사무실 안에 짧은 정적이 흘렀다. 이심은 물잔을 손에서 놓칠 것만 같아서 테이블 위로 올려놓았다. 박선생이 진통제로 보이는 알약 한 알을 삼키더니 “지금 진지하게 하시는 말씀입니까?” 하고 반문했다.

“네, 기가 막히죠. 나도 마찬가지예요. 어쩌다 대한민국이 여기까지 왔나, 내가 이런 꼴을 보자고 공공의가 됐나 싶은 그 별의별 잡생각들은 일단 행사 뒤로 집어치우시고 행사 당일에는 가족 동반으로 전원 참석하도록 하세요."

"그러니까 팀장님," 김선생이 헛기침을 하며 나섰다. "권고 사항이 아니라 정말로 필수 참여라고요? 그것도 가족 전원이요?"

"네, 전원이요. 김선생 남편이 교사셨죠? 그럼 아마 남편분도 오늘 학교에서 공지를 전달받았을 테니까 따로 말 안 해도 아실 겁니다."

"아니, 아무리 공무원을 단속하고 싶대도 그렇지, 총리 본인은 홀로그램으로만 등장하는 행사에 우리는 이 더위에 가족까지 끌고 가서 박수 부대를 하라니요. 무슨 독재국가처럼 일을 이런 식으로……"

"듣자 듣자 하니까, 거 제발 입 조심 좀 해요!"

팀장이 테이블을 내려치자 그의 오른손 검지와 중지 사이에 끼워져 있던 펜이 튀어올랐다가 바닥으로 떨어졌다. 김선생이 기가 막힌다는 듯 자리에서 일어나 따지려 들자 박선생이 그녀의 어깨를 붙잡으며 말렸다.

"날도 더워 죽겠는데 우리 김선생님 위해서 한번 더 말씀드리죠. 이 지역 공무원이랑 공무직들은 다음주 행사에 온 가족을 데리고 참여하라는 게 정부 지침이에요. 시간외수당은 없지만 다음 연말정산 때 그만큼 챙겨준답니다. 이상, 그사이에 가족 구성원에 변동이 있는 사람만 남고, 나머지는 일들 봐요."

팀장은 아이의 존재를 이미 알고 있다는 듯 노골적으로 이심을 응시하며 말을 맺었다. 그럼에도 이심은 아이의 존재를 자기 입으로 알리는 게 맞는지 아닌지 갈피를 잡지 못하고 머뭇거리며 모영에게 메시지를 보냈다.

"난 말이야, 이선생. 최선생 그 여자가 여태 살아 있는 것만으로도 참 용하다 싶어요." 사무실에 둘이 남자마자 이심 곁으로 다가온 팀장이 중얼거렸다.

"네?"

"그렇잖아요? 아니, 우리처럼 골목골목 돌아다니면서 일하는 사람이, 그렇게 오만 일을 다 벌이고 다니다보면 객사하기 딱 좋잖아. 나 최선생한테 직접 얘기한 적도 여러 번이에요. 자살당한다는 말도 못 들어봤냐고. 그러다가 쥐도 새도 모르게 객사당하는 수가 있으니까 작작 좀 하라고. 그랬더니 뭐, 객사 정도면 호상이라나? 그게 어째서 호상인지 알게 되면 도저히 전으로는 돌아갈 수 없을 거라나? 어이구, 이거 어째 이선생도 무슨 얘긴지 알아듣는 눈친데."

"궁금하시면 알려드릴까요?

팀장은 노여운 것인지 두려운 것인지 모를 눈빛으로 이심을 쏘아보더니 자기 메이드의 통화 알림이 울리자 잠시 기다리라고 손짓했다.

"아니, 두 시간밖에 안 지났는데 다시 먹이는 건 안 돼. 그거 독한 약이라고. 일단은 해열 시트를 갈아줘봐. 그것밖에는 수가 있나. 그래요, 내가 금방 다시 걸게."

팀장이 무너지듯 자리에 앉더니 주먹 쥔 손으로 자기 가슴을 쿵쿵 소리가 나도록 두드렸다.

"자제분 열이 심하신가보네요."

"사흘 전부터 애가 펄펄 끓는데, 염병할 메이드는 아무 문제 없다고만 하니 돌겠어. 나는 지금 이 앞에 빌어먹을 최선생이 있으면, 우리 애 한 번만 좀 봐달라고 무릎이라도 꿇을 거예요. 그런데 이거 보라고. 옛말에 개똥도 약에 쓰려면 없다더니 최선생은 진작에 수감이 됐다더군."

이심이 들고 있던 부채를 놓치자 팀장이 주워서 테이블 위에 올려두었다. "이선생은 확실히 최선생이랑은 달라. 최선생 그 미친 여자는 그릇이 얼마나 크신지 수감되면서도 아주 실실 쪼개고 있었다던데. 그래, 객사도 호상이라고 나불거리면서도 실실 쪼갰었지."

"수감이라니, 어디로요?"

"그걸 전하게 놔둘 것 같습니까? 이선생 집 사정이나 돌봐요. 위에서 그 댁 사정 다 파악하고 있다니까, 비엔날레에 애

손 꼭 붙잡고 오고. 왕진 가서는 제발 입 조심하고."

방지법에 의해 열람이 불가능한 페이지는 점차 늘어갔지만, 팀장의 경고와 달리 이심이 진료중에 입단속을 해야 할 만한 상황은 발생하지 않았다. 땀에 젖어 자기 집을 방문해준 선생님께 드릴 게 찬물뿐이라며 민망해하는 노인들은 여느 때처럼 허리와 무릎과 어깨의 통증을 호소할 뿐이었다. 양심선언을 한 공무원을 보지 못한 것인지, 보고도 모르는 척하는 것인지 팀장의 말마따나 입 조심을 하고 있는 이심으로서는 알 도리가 없었다. 마치 아무 일도 일어나지 않은 것 같다고 느낄 때마다 이심은 말도 안 되는 일들이 이미 너무 많이 일어나버렸다고 악을 쓰며 소리치고 싶었다. 동시에 당장 전 국민이 시청하는 공영 뉴스에 등장하여 악을 쓴다고 하더라도 바뀌는 것은 아무것도 없을 것이라는 사실에 무력감을 느꼈다. 그러나 나흘이 지난 후, 이심은 그날의 첫 진료를 위해 방문한 노부부의 집에서 아무런 변화가 없으리라는 생각이 잘못되었음을 깨달았다. 사태는 점점 더 나빠지고 있었다.

그 집은 보는 것만으로도 가슴이 조여들 만큼 곳곳에 잡동사니로 가득했다. 단정한 투피스 차림의 할머니가 처음 보는 선생님 앞에 집 꼴이 창피스럽다며 구시렁거렸는데, 이심은 이런 풍경에는 익숙하니 개의치 않아도 된다고 대꾸했다.

"우리집 말고도 이런 집이 많다고요?"

"그럼요, 어르신. 원래 아끼고 살다보면 선뜻 뭐 하나 버리기가 어렵잖아요. 이번주만 해도 몇 집이나 뵈었어요."

할머니는 머리를 절레절레 흔들더니 남편 앞에서는 그런 말을 하지 말아달라며 안방 쪽으로 원망의 시선을 던졌다. 방문은 닫혀 있었지만 익숙한 공영 뉴스 아나운서의 목소리가 새어나오고 있었다. 문 위에 걸린 붉은 천에는 힘있는 필치로 'OUT!'이라고 적혀 있었는데, OUT! 위에 적힌 문구는 낡은 수건으로 가려져 있었다. 할머니는 이심의 시선을 의식한 듯 어색한 미소를 지으며 헛기침을 했다. 이심이 진료를 시작하자 그녀는 지난주부터 남편이 복통과 설사에 시달렸다가 어제부터 자신에게도 같은 증상이 나타났다며 분통을 터뜨렸다.

"최소한 와이프한테 아픈 걸 옮기지는 말아야지. 내가 그렇게 진료를 받으라고 해도 바우처 아깝다고 고집을 피우더니, 나아야 말이죠. 그래놓고 배앓이가 감기도 아니고 어떻게 옮느냐고 그러는데, 옮을 수 있는 거 아닌가요?"

"바이러스성 장염이면 옮으실 수 있죠. 특히 한집에서 화장실을 같이 쓰시는 경우는요. 변기를 락스로 자주 닦아주세요."

"아이고, 이거 봐. 내 이럴 줄 알았다니까."

할머니는 벌떡 일어나서 의기양양하게 안방 문을 열었다.

침대에 비스듬히 누운 할아버지가 반쯤 입을 벌린 채 공영 뉴스를 시청하고 있었다. 볼륨이 지나치게 커서 이심이 미간을 찌푸리자 할머니가 볼륨을 낮추며 혀를 찼다.

"이 양반이 가는귀가 먹어서 이래요." 할머니가 한결 부드러워진 눈빛으로 자기 남편을 바라보았다. "귀는 이번처럼 치료를 미뤄서가 아니라, 그때 내가 천식이 도져서 쓴 바우처 때문에 이 사람이 쓸 바우처가 안 남아서……"

"옛날 얘기 해서 뭐해." 할아버지가 빙긋 웃으며 말했다. "배탈 좀 난 걸로, 바우처 쓸 일이 아닌데. 선생님, 저 정말 거의 나았어요."

"지금 자세만 봐도 기운이 없어 보이시는데요. 이렇게 종일 계시면 허리 건강에도 치명타예요, 어르신. 허리 쪽은 바우처 한두 장 써서 해결되는 문제가 아니라는 건 잘 아시죠?"

이심의 경고에 할아버지는 냉큼 몸을 일으켜 앉았다. 그의 의료 정보에는 식품에 관한 알레르기가 기재되어 있지 않았다. 이심은 그에게 혈변을 보거나 구토를 하지는 않았는지 물었다. 그러는 동안에도 등뒤에서 흘러나오는 공영 뉴스 아나운서의 어투가 신경쓰였다. 평소보다 한층 상기된 음성은 그 자체로 뭔가를 예고하는 듯했다.

예고의 실체는 이심이 진료를 마치기 직전에 등장했다. 자신을 서울시청에서 근무하는 평범한 7급 공무원이라고 소개하는 목소리의 주인공을 확인하기 위해 이심은 고개를 돌렸다. 프레임 한가운데에 등장한 남자는 어디에나 존재할 법한 수더분한 인상이었다. 그는 테크노 비엔날레를 앞두고 벌어진 테러 행위를 접하고 지금껏 당연하게 여겨왔던 일들을 재고하게 되었다고 고백했다.

"공무원으로서 국가에 봉사할 기회도 언제 어디서든 위협받을 수 있다는 위기감을 느낀 게, 이번 제안의 배경이 되었다고요?"

아나운서의 질문에 그는 온화하고도 겸손한 미소를 지으며 고개를 끄덕였다.

"네. 조금 엉뚱한 사고방식일는지 모르겠지만, 이런 위기의 시대에 우리에게 필요한 건 어쩌면 미담이 아닐까 싶었습니다. 확장 현실을 통해 편리한 방법으로 치를 수 있는 행사지만, 이런 때일수록 공무원들이 직접 발 벗고 나서보면 어떨까, 그 자체로 국가를 섬기는 서로의 진심이 전달되지 않을까 싶었어요. 실은 제안을 하면서도 호응이 있을지 반신반의했는데요. 예상외로 몇 시간 만에 공무원 사회 전체에서 호응이 쇄도했습니다."

공영 뉴스는 아침 뉴스에서 내부 고발을 했던 공무원의 행방도, 방지법을 근거로 한순간에 사라진 사람들과 인터넷 게시판 페이지들도 애초에 없었던 듯 진행되었다. 동원령을 내려놓고는 이렇게 뻔뻔할 수가. 이심의 속에서 다시금 신물이 올라왔다. 그 같은 거부감마저 압살하겠다는 것처럼 뉴스에서는 종일 '평범한 7급 공무원의 아이디어가 일으킨 나비효과' '사이버 테러에 맞서는 미담' '공무원들의 자발적 참여 움직임' 같은 타이틀을 단 보도가 이어졌다.

그날 저녁 뉴스에는 어김없이 경총이 등장하여 특별 담화를 발표했다. 그는 테러와 거짓 선동으로 민주주의가 위기를 맞은 이때, 대한민국 공무원들이 보여준 위대한 솔선수범의 정신을 깊이 치하한다고 운을 뗐다. 미사여구를 남발하는 그의 등뒤로 얌전히 서 있는 여야의 지도부 중에는 한때 청년 정치의 희망으로 불리던 신찬석도 있었다. 카메라가 신찬석의 핏기 없는 얼굴을 비췄을 때, 푸르스름한 멍자국이 비쳤다. 왼쪽 눈썹 위에서 이마까지 번져 있는 멍을 만든 사람은 다름 아닌 경총일 것이라고 이심은 직감했다. 연설을 마친 경총이 찰나의 순간 화면 중앙을 응시하며 한쪽 눈에만 살짝 힘을 주자 직감은 좀더 분명해졌다. 그 얼굴에는 자신이 무엇이든 던지고 누구든 부숴버릴 수 있다고 쓰여 있었다. 뉴스를 시청하는 국민들이 이런 짐작을 하리라는 점까지 고려하고 신찬석을 세워두며 으스대는 것만 같았다. 그러니 모두에게 숨소리조차 내지 말고 총리실의 뜻에 따르라는 경고로 읽혔다.

전력 제한으로 멈춘 엘리베이터 때문에 집까지 계단으로 걸어올라가는 동안, 이심은 여러 번 멈춰 서서 호흡을 가다듬었다. 듣는 이 하나 없는 허공에 대고 지쳤다는 말을 몇 번이나 내뱉은 후 벨을 누르자 문을 열어준 아이는 이심을 향해 활짝 웃으며 "기다렸어요!" 하고 말했다.

"기다렸어? 나를?"

"네!"

이심은 신발을 벗고 집안으로 들어서자마자 아이를 끌어안았다. 양손에 타월 소재의 원피스가 가진 보송보송한 촉감이 느껴졌고, 볼에는 온기를 품은 아이의 정수리가 닿았다. 어쩌면 이렇게 따스할까. 아이를 품에 안을 때마다 이심은 그저 아는 것과 실제로 느끼는 일의 차이를 통감했다. 그 또래 아이라면 대체로 성인보다 기초 체온이 높다는 점은 익히 알고 있었다. 하지만 고작 0.5도 정도 높은 체온이 얼마나 큰 힘을 발산하는지 아이를 만나고 눈을 맞추며 지낸 시간을 통해 처음으로 알게 되었다. 이심은 문득 자기 아이가 며칠간 고열에 시달리고 있다며 평정을 잃은 모습을 보이던 팀장을 떠올렸다.

"결국 말이야. 최선생님이," 이심은 운을 뗐다가 아이가 잠든 뒤에 전하자고 마음을 고쳐먹었다.

"어머, 최선생님 소식 들었어?"

"음, 나중에 얘기할게."

모영은 이심의 어깨를 도닥이더니 "이번주가 참 길지" 하고 속삭였다.

"그러게 말이야."

"그래도 좋은 소식이 하나 있어. 얘가 드디어 이름을 둘로 압축했대."

이심은 자기도 모르게 웃음을 터뜨렸다. "아, 정한 건 아니고?"

"아직 정한 건 아니래." 모영도 따라 웃었다. "나는 뭐, 이해해. 이름처럼 중요한 것도 없잖아. 그리고 얘가 오늘 언니를 더 열심히 기다린 이유는 따로 있지."

모영은 얼른 말하라는 듯 검지로 아이의 볼을 톡톡 건드렸다. 그러자 아이가 이심에게서 몸을 떼더니 두 눈을 반짝이며 "같이 게임해요! 화살표 게임!" 하며 활짝 웃었다.

"뭐야, 날 기다린 이유가 그거였니?" 허탈해진 이심이 아이의 코끝을 쥐며 말했다.

"포기해, 언니. 얘 눈이 이렇게 빛나는 것 좀 봐." 모영이 어깨를 으쓱거렸다. "하필 오늘 게임이 업그레이드가 됐거든. 한 판만 얼른 해주고 재우는 게 나아."

모영은 이심에게 오늘부로 추가된 기능을 설명해주었다. 메이드의 게임용 프레임 안에서만 즐길 수 있던 배경 제한이 해제되어서 어디에든 화살표를 띄우고 밀어올리거나 끌어당길 수 있다는 것이었다. 게다가 여러 사람이 합을 맞춰 플레이하면 화살표의 크기도 더 커진다고 했다.

"그게 오늘부터 되는 거였어?" 이심이 물었다.

"응. 경총 담화보다 이것 때문에 더 난리던데?"

"물류 창고 근처에서 봤던 애들도 그렇고, 전에도 프레임 없이……" 거기까지 말하고 이심은 입을 다물었다. 선민과 희수가 찾아온 일은 혼자 알고 있는 게 낫겠다 싶어서였다. 커스텀한 것이라고 말하던 선민의 모습도 그제야 떠올랐다. "아무튼, 어떻게 하는 건데?"

모영과 아이는 시범을 보여주겠다며 그들의 방에 엄지손가락 크기의 화살표를 띄우더니 합심하여 몇 분 만에 주먹만하게 부풀렸다. 화살표가 커지는 데 비례하여 점수 획득을 알리는 축포도 더 크고 화려해졌다. 아이는 한 번에 세 명이 함께 플레이하면 화살표가 얼마나 커질지 궁금하다며 두 발을 동동 거렸고 이심은 하품을 삼키며 그럼 딱 한 번만 성공시킨 뒤에 잠자리에 들어야 한다고 다짐을 받았다. 냉큼 대답을 하고서 메이드를 찬 왼손을 들어올리는 아이의 모습은 자못 비장하기까지 했다.

오랜만에 화살표 게임을 하는 이심의 동작은 둘에 비해 번번이 반 박자 늦었다. 이윽고 이심의 입에서 그만하고 내일 다시 해보자는 말이 나올 즈음 드디어 셋의 동작이 맞아떨어졌고, 공중에서 형광 불꽃이 분수처럼 쏟아져내리더니 주먹만했던 화살표가 아이의 머리통만해졌다. 모영은 아이와 하이파이브를 한 후에 가차없이 게임을 종료시켰다. 어찌나 재빨리 움직였는지 "한 판만 더요!"라고 조르는 아이가 한발 늦은 꼴이 되었다.

"안 돼. 우리집에는 약속 안 지키는 사람 없으니까. 안 그래?" 모영이 단호하게 입을 앙다물었다.

"그럼, 그럼. 우리집에는 약속 안 지키는 사람도, 거짓말하는 사람도 없지."

이심이 거들자 아이는 작은 어깨를 늘어뜨렸으나 곧 납득하고 양치질을 하겠다며 욕실로 향했다. 게임을 껐지만 거실에는 색색의 화살표와 축포의 잔상이 여전히 남아 있는 듯했다. 앉은자리에서 그대로 눈을 감자 모영이 이심의 어깨를 마사지하기 시작했다.

"여기 뭉친 것 좀 봐. 언니, 가서 누워. 내가 스팀 타월 만들어 갈게."

"그래, 더워도 그건 좋지." 이심이 자리에서 벌떡 일어나며 말했다. "참, 차라리 이번달에 같이 많이 해줘."

"게임을?" 욕실로 향하려던 모영이 멈춰 서며 물었다.

"응. 데이터세 깎아주는 건 오월 한정이니까."

"그래야겠네. 일단 가서 누워 있어."

침대에 누운 이심은 욕실에서 내일도 꼭 같이 해달라고 조르는 아이의 목소리를 꽤 멀리에서 들리는 것처럼 느꼈다. 눈을 감자 다시금 화살표 게임의 잔상이 아른거렸는데 잠시 뒤에 모영이 덮어주는 스팀 타월이 후끈후끈한 열기로 눈꺼풀을 감싸며 휴식 시간이 시작되었음을 알렸다. 하필 그때 메이드의 메시지 알림음이 들리자 모영은 신경을 끄고 그만 쉬라고 달랬다. 그러나 설명할 수 없는 불길한 예감이 들어서 이심은 그럴 수 없었다. 메시지를 보내온 사람은 엄마였다. 이제 정말 세상일에 관심을 끊고 살고 싶었다고 운을 뗀 엄마는 자신이 구독하고 있는 뉴스에서 보도된 내용에 소름이 끼친다고 적었다. 한숨을 쉬는 이심을 보며 또 무슨 일이 났느냐는 모영의 질문에 이심은 메시지 창을 내밀었다.

나흘 전, 아침 뉴스에 등장하여 내부 고발을 감행했던 공무원이 방지법 위반으로 검찰의 조사를 받던 중 돌연사했으며, 유족들은 고인의 건강에 이상이 없었다며 반발하고 있다고 적혀 있었다. 다음 내용 또한 그에 못지않은 충격을 안겼다. 현재 해당 방송의 프로듀서 또한 행방을 알 수 없다는 것이었다. 하루하고도 한나절이 지나는 동안 그는 누구에게도 목격되지 않았으며 어떠한 연락에도 응답이 없는 상태였다.

+1

개막식 전날은 몹시 흐렸다. 팀장이 보낸 메시지 때문에 이른 아침에 잠에서 깬 이심은 찌뿌둥한 몸으로 출근을 준비하면서 오늘 한 시간 일찍 퇴근해도 된다고 공지한 사람이 실제로는 팀장이 아닐지도 모른다고 생각했다. 그는 돌연 일주일이나 휴가를 낸 채 메시지로만 공지를 전하고 있었는데, 전에는 이런 적이 한 번도 없었던 것이다. 명확한 사유를 밝히지 않고 일주일씩 휴가를 얻을 수 있다는 것도 금시초문이었다.

식탁 앞에 앉은 이심이 퇴근 시각을 이야기하자 모영은 겨우 한 시간 일찍 보내주느냐며 혀를 찼지만, 이내 환한 얼굴로 오늘 저녁식사는 기대해도 좋을 거라고 말했다.

식재료 사정이야 빤했으므로 이심은 너무 애쓰지 말라고 응수하고 집을 나섰다. 당장이라도 비가 쏟아질 듯 구름의 움직임이 심상치 않았다. 걸음을 옮길 때마다 습기를 잔뜩 머금은 바람과 매캐한 먼지 냄새가 피부에 달라붙었다. 지하철에 오르자 자발적으로 테크노 비엔날레 개막식의 객석을 채우겠다고 뜻을 모은 공무원들을 향한 각계각층의 응원 메시지가 공영 뉴스를 통해 흘러나왔다. 감사합니다. 사랑합니다. 새로운 시대를 함께 엽시다. 동해물과 백두산이 마르고 닳도록.

응원 영상은 왕진을 보며 이동하는 중에도, 퇴근길에도 이어졌다. 손에 손을 잡고 애국가를 부르는 경기도 공무원들의 모습을 보면서 이심은 뉴스 화면 위로 단단하고 귀퉁이가 날카로운 돌을 던지는 상상을 했다. 한가운데를 맞혀서 산산조각을 내버리면 잠시나마 속이 시원할 것 같았다. 하지만 돌 같은 것을 가지고 있을 리가 없었다. 애당초 돌이라는 것을 마지막으로 본 게 언제인지조차 까마득했다. 바뀐 화면에 경총이 등장했으므로 이심은 단념하고 고개를 돌렸다.

그날 저녁에 평소보다 한 시간 일찍 귀가하여 현관문을 열자마자 이심은 깊이 숨을 들이쉬었다. 집안을 가득 채운 것은 갓 지은 밥 냄새가 확실했는데, 냄새가 평소와는 어딘가 달랐다. 절로 군침을 삼키는 이심 앞으로 달려온 아이가 낭랑한 음성으로 "뭐 만들었는지 맞혀보세요!" 하며 웃었다. 이마와 콧잔등이 땀에 젖어 있었다. 모영은 집안에서 뛰면 안 된다고 주의를 주면서도 아이의 어깨를 끌어안더니 "맞혀보세요!" 하고 아이의 말을 따라 했다. 모영의 이마에도 땀이 맺혀 있었다.

앞뒤로 나란히 서서 미소 짓고 있는 두 사람을 보며 이심은 새삼스레 둘이 얼마나 닮았는지 실감했다. 그러자 급작스럽게 아이의 존재를 알게 된 모영이 자신에게 양해를 구할 생각조차 하지 못한 채 받아들인 결정을 비로소 이해할 수 있었다. 이심이 아이의 얼굴에 밴 땀을 닦아주자 모영은 "힌트가 필요한가봐" 하면서 검지로 아이의 볼을 간질였다.

"힌트는 콩나물이에요!" 아이가 이심을 올려다보며 환하게 웃었다.

콩나물무침이라고 답하자마자 "땡!" 하며 웃는 아이의 모습이 즐거워 보여서 이심은 일부러 오답을 쏟아냈다. 아이는 콩나물볶음, 콩나물튀김, 콩나물부침이라는 말을 들을 때마다 신나게 땡! 을 외쳤다. 모영이 아이를 번쩍 안아들더니 "우리 집에 콩나물 바보가 사네, 그치?" 하며 눈을 맞췄다.

밥솥을 열기 전에 모영은 자기 집에서 대대로 이어진 레시피로 지은 밥을 공개하겠다더니 평소에는 면기로 쓰는 대접에 밥을 담기 시작했다.

"어머, 그만 줘." 이심이 모영의 어깨를 짚으며 웃었다. "무슨 밥을 그렇게 많이 퍼."

"먹어보면 더 달라고 할지도 몰라. 이건 진짜 쭉쭉 들어간

다니까."

소복하게 푼 밥 옆으로는 콩나물 냉국과 간장종지가 놓였다. 싱싱한 생 깻잎 위에 양념장을 얹은 깻잎 김치도 있었다. 깻잎은 또 어디에서 구했느냐고 묻자 모영은 "왜, 너무 마지막 만찬 같아?" 하면서 숟가락을 들었다.

이심은 모영을 따라 아무것도 끼얹지 않은 밥 한술을 입에 넣었다. 듬뿍 든 콩나물과 사이사이에 씹히는 고기는 부드러운 식감으로 밥알과 조화를 이루며 어우러졌다. 구수하고 담백한 밥 안에서 개운한 묵은지가 의외의 존재감을 과시했다.

"어때요? 맛있어요?"

모영이 곧잘 그러듯 한입을 뜨기 무섭게 두 눈을 반짝이며 감상을 재촉하는 아이를 향해 이심은 정말 맛있다며 고개를 끄덕였다.

"잠깐만, 도대체 이 재료를 다 어디서 조달한 거야? 밥 먹고 나서 양심 고백 할 거면 차라리 지금 해."

"나왔다. 언니의 일단 '잠깐만'!"

모영이 깻잎 한 장을 아이와 이심의 밥 위에 차례로 얹어주며 웃었다. 오랜만에 보는 깻잎은 자못 근사해 보일 만큼 짙은 녹색을 과시했다. 향기로운 쌉쌀한 맛은 콩나물밥과 절묘한 조화를 이루었다. 모영은 걱정할 것 없다고, 그저 아이에게 감사해하면 된다고 말했다.

"얘가 나 닮아서 인사성이 바르잖아. 윗집 어르신들이 얘가 인사하는 거 보더니 얼마 만에 보는 어린애인지 모르겠다면서 잘 먹이라고 배양육이랑 김치랑 다 나눠주신 거야."

"콩나물도요!" 아이가 말했다.

"맞아, 콩나물밥에서 제일 중요한 콩나물도." 모영이 아이의 머리를 쓰다듬었다. "깻잎은 새로 생긴 스마트팜 직판장에서 반값 세일하길래 딱 오늘 먹을 양만 조금 샀고."

이심은 내심 안도하면서도 겉으로는 덤덤한 척 고개를 끄덕이고서 밥 위에 간장을 살짝 끼얹었다. 그러고 나자 콩나물밥의 간이 완벽해졌으므로 모영의 자신감어린 태도에 납득이 갔다. 따끈한 밥을 넘기는 사이에 입고 있던 티셔츠가 등허리에 달라붙을 정도로 땀이 났다. 종일 더위에 시달리며 땀을 흘린 몸이 다시 한번 흠뻑 젖어들자 묘하게 개운해졌다. 이런 게 이열치열이라는 말에 담긴 감각인가보다 실감하면서 이심은 냉국을 꿀꺽꿀꺽 들이켰다. 정말 맛있다는 말이 절로 나왔다. 이심을 보며 미소 짓는 모영의 얼굴에도 연신 땀이 흐르고 있었다. 이심은 아예 수건을 가지고 와서 모영에게 건네고 아이의 이마도 닦아주었다. 숟가락을 든 채 이심을 물끄러미 올려다보던 아이는 이심의 손길이 목덜미를 향하자 간지러워하며 웃음을 터뜨렸다.

아이가 식곤증으로 평소보다 일찍 잠자리에 든 후에도 식탁 위에는 낭랑한 웃음소리가 맴돌고 있는 것만 같았다. 샤워를 마치고 나온 이심은 반복해서 그 웃음소리를 떠올렸는데, 아무것도 하지 않고 있으면 불안감으로 빠르게 뛰는 심장박동이 의식되었기 때문이다. 피곤한데다 배까지 불렀지만 아이처럼 쉬이 잠들 수 있을 것 같지는 않았다. 자리에 누워봤자 뜬눈으로 몇 시간이고 뒤척일 게 빤했으므로 이심은 카페인 성분이 없는 차를 찾아 찬장을 뒤졌다. 그때 곁에 다가온 모영이 얘기할 게 있다며 이심의 손을 잡아끌었다. 모영은 이심의 침대에 걸터앉더니 그대로 옆으로 몸을 기울여 누웠다.

"밥 잘 먹여놓고 이러면 무섭단 말이야." 이심이 모영의 어깨에 손을 대며 말했다. "뭔데 그래."

모영이 입을 닫은 채 자기 옆자리에 누워보라며 이부자리를 툭툭 건드렸으므로 이심은 침대 위로 올라가 모영과 마주보고 누웠다. 그러자 모영이 "한차장 있잖아" 하고 입을 열었다.

"머리에 칩 심었다는?"

"응. 어제 한차장이 다시 면담하자고 불렀어."

"면담이라……" 이심의 미간에 힘이 들어갔다. "왜, 이제 그만 회사에서 나가달래?"

"결국은 그 얘기나 마찬가지야. 지금 하는 교재 업무가 이달로 끝나니까, 회사에 도움이 될 만한 다른 직무가 있을지 스스로 한번 고안해보래. 기획안을 써내면, 최대한 인정을 발휘해서 검토해보겠다고. 아, 어찌되든 약속대로 양육비는 끝까지 준다더라."

"인정을 발휘해? 말하는 싸가지 하고는."

모영이 기운 없이 웃었다. "그래도 나 대신 화내주는 사람이 있으니까 좋네."

"제대로 화를 내려면 이 정도로는 부족하지. 미친 새끼들, 너 몰래 그런 일을 막 벌여놓고 이제 와서 뭐?"

"그러게." 모영이 들릴 듯 말 듯 작은 목소리를 짜내더니 천장을 올려다보며 잠시 말이 없었다. "진짜 불이라도 질러버리고 싶다는 생각도 들었었는데 말이야. 막상 오늘 한차장 앞에서는 그냥 얌전히 알았다고 하고 나왔어."

"그나마 양육비도 안 줄까봐?"

"뭐, 그렇기도 한데……"

어느새 어둠이 깔렸지만 더위는 수그러들지 않았다. 옅은 빗소리가 들려오기 시작했으므로 이심은 창을 닫고 다시 모영 옆에 누웠다.

"쓸모없는 사람한테 돈 주는 회사는 없고, 회사 입장에서 이제 내가 필요 없는 건 맞지 않나 싶어서. 사실, 입사 때부터 들었던 생각이라 새삼스러울 건 없고, 애초에 결국은 이렇게 될 것 같더라 싶었다고 할까. 맥이 탁 풀려버렸어. 어딜 가나 그렇지, 뭐. 어디든 나 없이도 잘만 돌아가겠지."

"아이고, 왜 그래." 이심은 한숨을 내뱉으며 모영의 어깨를 짚었다. "너, 설마 집에서도 그런 생각 하는 건 아니지?"

"하는데." 모영이 대답했다. "그래도 집에서는 내가 쓸모없다는 생각으로 한참 우울하지는 않아. 그럴 때는 얼른 언니 상태가 어떤지 보거든."

"스팀 타월도 가져다주고, 어깨도 문질러주고 하려고?"

"응."

모영의 말에 이심이 웃었다. "다 네가 나한테 해주는 거잖아. 그럼 너한테는 뭐가 남아? 너무 너만 손해보는 거 아니야?"

"너만 손해보는 거 아니야? 하고 진지하게 물어봐주는 사람이 남잖아. 그런 사람이 가족으로 항상 내 옆에 있다는 게 안심이 돼."

빗발이 차창을 때리는 소리가 조금씩 더 또렷해졌다. 창 너머가 연이어 번쩍거리자 옆방 문이 열리는 소리가 났다. 모영이 자리에서 일어나려 했는데 아이가 먼저 달려와서 두 사람 사이로 파고들었다. "집안에서 뛰면 안 된다니까. 그것도 이렇게 늦은 시간에." 모영이 재차 주의를 주었지만 모나지 않은 어투였다. 다시 번개가 치자 이심은 움찔거리는 아이의 작고 동그란 어깨를 끌어안았다. 모영은 양팔을 활짝 벌려서 아이와 이심을 한 번에 감싸안았다. 방에서 불도 켜지 않고 이렇게 모여 있으니 함께 작은 배 위에 있는 것 같다고 아이가 말했다.

"배 타고 가고 싶은 데 있어?" 모영이 물었다.

아이가 잠시 고민하는 동안, 이심은 "배에는 돛이 필요한데"라고 말했다. 모영이 돛을 달아야겠다며 아이의 왼손을 잡고 번쩍 들어올리자 아이가 까르르 웃음을 터뜨렸다.

이튿날은 맑았다. 공영 뉴스에서는 테크노 비엔날레 기간 동안의 냉방비는 감세해준다며 온 가족이 다 함께 개막식을 시청하라는 캠페인이 이어졌다. 동시에 이심의 메이드에는 매시간마다 무단 불참시 받게 될 불이익에 관한 알림이 나타났다. 출발하기 전부터 기가 질린다고 푸념하는 이심에게 모영은 막연한 불안감을 토로했다.

"애 데리고 이렇게 사람 많은 데 가는 거 처음이잖아."

"슬럼에 갔을 때도 별일 없었는데, 뭐."

모영은 이심의 말에 고개를 끄덕였지만 그때뿐이었다. 점심식사를 하는 중에도, 외출복을 갈아입히면서도 아이에게 자기 곁을 떠나면 안 된다고 신신당부했다.

"오늘 몇만 명이 모인대. 명심해야 돼. 항상 내 손을 딱 잡고 있어."

"걱정 마세요. 말썽 안 피울게요."

아이는 얌전하게 대답했지만, 모영은 여전히 마음이 놓이지 않는 듯 절대로 혼자 움직이면 안 된다고 다짐을 받았다.

그저 지정된 자리에 앉아서 박수 부대 노릇을 하는 일에 걱정이 지나친 게 아닐까. 불안해하는 모영을 다소 심드렁하게 바라보았던 이심은 여의도로 향하는 지하철 안을 발 디딜 틈 없이 채운 사람들 사이에서 가쁜 숨을 몰아쉬며 비로소 비엔날레의 규모를 실감했다. 원래 여의도에 사는 사람들을 놔두고 이게 뭐하는 짓이냐며 구시렁거리는 누군가의 목소리에, 그만 좀 밀치라며 신경질을 내는 소리가 화답했다. 처음 겪는 인파에 어깨를 움츠린 아이는 겁에 질린 얼굴이 되어 눈동자를 이리저리 굴렸는데, 진정한 고난은 지하철역을 빠져나온 후에 시작됐다. 행사장에 입장하기 위해서는 오후의 땡볕 아래 늘어선 긴 줄에 합류해 짐 검사를 받아야 했던 것이다.

내리쬐는 직사광선에 정수리가 따끔거렸고 어지럼증까지 일었다. 미열이 나는 것 같아서 이심은 손등으로 자기 이마를 짚어보았다. 모영이 괜찮으냐고 물으며 가방 안에서 물병을 건네고는 잽싸게 다시 아이의 손을 쥐었다. 제대로 알아들을 수 없는 흐릿한 안내 방송이 흘러나온다 싶더니 날카로운 금속성 마찰음이 울린 후에 이번에는 지나치게 큰 소리로 나왔다. 세 살 이하의 유아와 함께 참석한 가족은 앞줄로 이동해도 좋다는 내용이었다.

세 살이 안 되는 아이들까지 동원령에 포함시켰다니. 이심이 끓어오르는 분노를 삭이기 위해 뜨거운 숨을 내쉬었을 때, 긴 줄의 어딘가에서 경총에 대한 원색적인 욕지거리가 튀어나왔다. 옳소! 이심도 속으로 즉시 동조하며 외쳤다. 분명 속으로 외쳤건만 앞에 서 있던 사람이 돌연 뒤를 돌아보았으므로, 이심은 일순 자기도 모르게 속마음이 입 밖으로 튀어나온 줄 알고 움츠러들었지만, 이내 될 대로 되라는 기분이 들었다. 표정으로 짐작건대 돌아선 여자도 마찬가지인 듯했다. 이심 또래의 그녀는 비딱하게 서서 팔짱을 낀 채 이런 미친 짓에 동원되었다는 게 믿을 수 없다는 듯한 표정을 짓고 있었다. 바로 그거라고 이심은 말하고 싶었다. 만일 그녀가 먼저 불만을 표현한다면 아무것도 재지 않고 목소리를 보태고 말리라고 다짐했다. 그런 자신의 속마음을 얼굴에 담아서 드러냈다고 여겼다. 그러나 다음 순간 그녀는 어깨를 으쓱거리더니 앞쪽을 돌아보았다.

다시 안내 방송이 나왔다. 세계가 주목하는 테크노 비엔날레의 성공적인 개최를 위해 시민 스스로 언행에 품위를 지켜달라는 내용이었다. 모든 행동을 굽어보고 있다는 듯 단호한 음성이었다. 고작 서너 발자국 앞으로 이동했을 즈음 갑자기 손을 잡고 있는 아이의 손에 힘이 들어갔다. 왜 그러느냐는 이심의 물음과 동시에 등뒤에서 "무슨 문제라도 있으십니까?"

하는 무미건조한 목소리가 끼어들었다.

이번 행사를 계기로 도입됐다는 치안 유지용 안드로이드였다. 기존의 경찰 제복보다 다소 흐릿한 청회색 제복을 입은 이 안드로이드를 이심은 며칠 전 공영 뉴스에서 처음으로 접했다. 아나운서는 안드로이드와 악수를 나눈 뒤에 "악력이 정말 대단한데요!" 하며 호들갑을 떨었다. 설령 처음 마주쳤다 하더라도 그간 흔히 보았던 안드로이드와는 쓰임새가 다르다는 사실을 단박에 알아챘을 거라고 이심은 생각했다. 외모에서 풍기는 인상이 그만큼이나 차이가 났다. 팰로앨토 합의를 무시할 수는 없었던지 일반 성인보다 작달막한 체형은 기존의 안드로이드와 마찬가지였으나 표정과 어조가 건조하다못해 고압적이었다. 아이가 찌푸린 얼굴로 고개를 저었고, 이심은 "더워서 그럴 거예요" 하고 둘러댔다. 청회색 유니폼은 입을 굳게 다문 채 몇 초쯤 이심의 얼굴을 빤히 들여다보더니 행사장 앞쪽으로 향하며 안내 방송을 제창하기 시작했다.

"무게 잡으러 온 거야, 뭐야." 모영이 들릴 듯 말 듯한 목소리로 중얼거렸다. "유니폼도 되게 촌스럽네."

부정할 수 없었으므로 이심은 피식거렸다. 저토록 칙칙한 제복을 달갑게 받아들일 만한 존재는 안드로이드 정도뿐 아닐까 싶었다. 그러나 그 점을 되새겨본다 한들 불볕더위 아래 동원된 처지가 나아질 리 없었다.

이심네가 행사장으로 입장하여 지정된 자리를 찾고 의자를 펼쳐 앉기까지는 이후로도 한 시간 반 가까이 걸렸다. 행사장 내부라고는 하지만 테크노 비엔날레라는 이름과 견주면 실소가 터질 만큼 초라한 모습이었다. 국회의사당과 B타워를 마주한 공원과 공터에 줄을 맞춰 접이식 의자를 늘어놓은 것에 불과한 공간에는 냉방은커녕 그늘조차 찾아보기 힘들었다. 그늘막이 있는 자리는 오직 행사장 앞쪽의 외신 기자석뿐이었으나, 그곳의 기자들도 더위에 넋이 나간 얼굴이었다.

여느 때처럼 B타워의 이십층 건물 전면에 흐르는 공영 뉴스에서는 테크노 비엔날레 기간 동안 평소보다 저렴해지는 전기세와 데이터세를 홍보하기에 바빴다. 익숙한 아나운서의 목소리가 귓가를 울렸지만, 좀처럼 현실감이 느껴지지 않았다. 이심은 목에 흐르는 땀을 닦으며 언젠가 서안의 집 베란다에서 B타워를 마주보았던 일을 떠올렸다. 그때의 기억 역시 고작 몇 해 전이 아니라 먼 과거에 일어난 일처럼 아득하기만 했다. 지독한 더위 속에 모든 감각이 둔하게 느껴졌다. 의자가 수평이 맞지 않아 왼쪽으로 기울어져 있다는 사실도 몇 차례나 자세를 바꿔 앉아본 후에야 확신할 수 있었다. 모영이 자리를 바꿔주겠다고 했으나 괜찮다고 고개를 저었다. 양볼이 빨개진 아이가 이심의 손목을 쥐었다.

"저 할 얘기가 있어요."

"네 의자도 흔들리니?" 이심이 멍한 음성으로 되물었다. 팔이 몸에 달려 있다는 게 믿기지 않을 만큼 무겁게 느껴졌다.

"아니요. 그거 말고요."

"그럼 우선 물 한 모금 먹고 숨 좀 돌리자. 오 분만 있다가."

겨우 물 한 모금을 넘겼을 때, 막 자리를 찾아온 박선생이 이심의 어깨를 건드렸다. 그가 주변을 살피더니 목소리를 낮춰 말했다.

"이선생, 보니까 이 줄에 아예 팀장 자리가 없어요. 잘렸다는 말이 사실인가봅니다. 갑자기 휴가를 일주일이나 쓰는 게 영 이상하다 싶더라니만은."

"잘리다뇨? 팀장님이 왜요?"

"아들 얘기 들었잖아요." 박선생이 이심에게 바짝 다가섰다. "아래층에 구선생 알죠? 소아과 전공."

"네, 알죠."

"구선생한테 조용히 자기 애 좀 봐달라고 빌었답니다."

"그런다고 잘려요?"

"구선생이 위에다 보고를 했나보죠. 아니면 팀장이 위에 불려갔을 때 개겼거나." 박선생이 이심의 어깨 너머를 향해 손을 번쩍 들며 외쳤다. "김선생 여기예요!"

김선생은 반대쪽 출구로 들어와서 헤맸다며 청회색 제복을 대동하고 나타났다. 그녀는 청회색 제복이 완전히 시야에서 사라질 때까지 잠깐 기다리자는 듯 눈짓하더니, 의자를 펴자마자 비딱하게 앉아서 화살표 게임에 열을 올리는 아들의 어깨를 쿡쿡 찔렀다.

"아유, 지겨워. 넌 도대체 이 단순한 게 뭐가 그렇게 재밌냐."

"그냥 재미있어서 하는 게 아니라니까."

이심은 전에도 이런 대화를 들어본 적이 있다고 생각했다. 청회색 제복이 멀어지자 김선생이 제복 꼴은 또 저게 뭐냐고 한마디 던졌다.

"그러게. 아주 국회의사당 지붕 뜯어다 만든 줄 알았어." 박선생이 거들었다.

"일리 있네." 김선생이 피식거렸다. "아무튼 저것들이 옆에 있어서 알은체를 못했는데, 나 입장하면서 얼핏 선민이를 본 것 같아. 아니, 최선생도 없는데 걔가 여기에 어떻게 들어왔지?"

김선생의 입에서 선민의 이름이 나오자 그녀의 아들이 쉼없이 움직이던 손동작을 멈췄다. 이심은 필시 저 아이가 선민을 알고 있으리라고 추측했다. 하지만 물어도 소용이 없을 것 같아 고민하는 사이에 모두 착석해달라는 안내 방송이 흘러나와 때를 놓치고 말았다.

청회색 제복들이 서 있는 사람들을 꼼꼼히 단속하여 자리에 앉히고서도 개막식은 꼼짝없이 땡볕 아래서 한 시간을 더 기다린 후에야 시작되었다. 타워의 중앙에 노을이 반사되어 황금빛 띠를 두른 듯 번쩍이는 순간, 웅장한 음향과 함께 개막식 첫 무대의 주인공인 아이돌 그룹이 노을빛을 가르고 홀로그램으로 등장했다. 일몰에 맞춰 연출한 듯 그들이 마지막 곡을 마치고 퇴장하는 시점에 해가 완전히 저물었다. 조금 전까지 황금빛을 튕겨내던 B타워의 표면이 검게 물든 것과 동시에 국회의사당을 비롯한 주변의 건물과, 객석이 위치한 공원의 가로등까지 모두 꺼지며 사위가 어둠으로 덮였다.

곧이어 새까만 B타워의 표면 위로 한 점의 희미한 푸른빛이 어른거리는가 싶더니 이내 지구의 형상으로 구현되었다. 이심은 아이가 움찔거리는 것을 느끼고 어깨를 감싸안았다. 마치 우주공간 같은 홀로그램 속 지구의 푸른빛이 이번에는 태극 문양으로 탈바꿈하며 타워의 표면이 거대한 태극기로 변했다. 애국가가 울려퍼지면서 태극 문양과 건곤감리가 사방으로 흩어지더니 이내 한국의 랜드마크들로 바뀌며 화려한 빛을 뿜어냈다.

객석의 곳곳에서 감탄사가 새어나왔으나 오직 어린아이들의 목소리뿐이었다. 덥다며 칭얼거리는 소리, 얼마나 울었는지 쉰 목소리로 우는 소리도 섞여서 들려왔다. 넋을 잃고 신기해하는 아이나 괴로워하는 아이 모두 이 자리에 타의로 끌려온 것은 마찬가지였기에 이심은 입이 썼다. 얌전히 볼모로 잡혀 있는 사람들 앞에 경총의 홀로그램이 나타난 것은 바로 그 순간이었다.

경총은 타워의 표면에서 반짝이던 랜드마크들의 한가운데 위치한 국회의사당의 둥그런 지붕을 가르고 튀어오르듯 등장했다. 싱글거리는 미소를 띤 얼굴로 인사를 건넨 그는 개막식에 참석한 국내외 기업가들을 직접 소개하고 박수를 유도했다. B타워 내부의 카메라 앞에 서 있을 경총을 포함하여 그가 소개하는 국빈 중에서 이 무더위 속에 직접 자리한 사람이 아무도 없는데 참석이라는 말을 써도 되는 것일까. 이심은 부당하다고 여겼다. 행사장을 메운 사람들 역시 엇비슷한 불만을 품고 있는 듯 경총이 유도한 박수는 나오지 않았다. 그러나 사람 좋은 미소를 짓고 있는 경총은 객석에서 박수가 터져나오는 일 따위에는 관심을 두지 않을 터였다. 이 쇼의 실제 관객은 방금 경총의 입으로 하나하나 언급한 기업가들이라는 사실을 이심은 분명히 알 수 있었다.

경총 또한 굳이 숨기려고 하지 않았다. 내빈 소개를 마친 그는 이번 행사를 위해 대한민국에 최초로 도입된 치안 유지용 안드로이드를 직접 소개하겠다며 획기적인 효율과 안정성을 강조하는 브리핑을 시작했다. 경총은 쇼호스트라던 최선생의 말이 절로 떠올랐다. 그는 이 쇼의 진짜 관객들에게 자기가 이끄는 정부는 언제 어디서든 누구라도 동원할 수 있다는 사실을, 다시 말해 고스란히 소비자로 제공할 수 있다는 점을 피력하기 위해 이런 맥빠진 행사를 열었을 것이다.

이십층 높이의 B타워 표면을 가득 장악한 경총. 객석과 무대가 뒤바뀐 자리 중심에 선 그는 거대했고, 쇼호스트로서 활력이 넘쳐 보였다. 이심은 아득한 무력감을 느끼며 질끈 눈을 감았다가 떴다. 바로 그때였다.

"언니, 저기 좀 봐. 경총 머리 위에."

모영이 가리킨 곳에는 빛무리가 떠 있었다. 여러 빛깔의 홀로그램이 섞인 채 이지러진 타원형을 띠고 있었다. 천사의 후광을 연출하기라도 한 것인가 싶어 이심은 기가 질렸는데, 이내 빛무리가 흩어지기 시작했다. 경총의 입에서 대한민국의 미래 비전이 언급된 순간, 이심은 그의 머리 위에서 깜빡이는 홀로그램의 형상을 비로소 파악했다.

그것은 화살표였다. 아직 무슨 일이 벌어졌는지 사태를 파악하지 못한 경총이 국가의 미래 비전과 기술을 하나로 잇겠다고 열변을 토하는 동안, 그의 머리 위에 떠 있던 오색 화살표가 같은 색끼리 겹쳐지며 빠르게 몸집을 불리고 있었다. 객석에서 웅성거림이 번져갔다.

"존경하는 국민 여러분, 이제 우리는 새로운 시대를 맞이하여……"

커다란 검은 화살표가 경총의 입을 가리며 그의 얼굴 한가운데로 이동했다. 새빨간 화살표는 마치 그의 몸을 두 동강 내기라도 할 것처럼 정수리부터 수직으로 떨어져내렸다. 파란 화살표가 뒤를 따랐다. 행사장을 메운 수만 명의 사람들 사이로 박수와 웃음이 터져나왔다. "화살표가 더 필요해!" 앳된 목소리를 가진 몇몇이 메이드를 찬 손을 번쩍 쳐들며 자리에서 일어나자 청회색 제복들이 움직이기 시작했다. 타깃을 향해 일사불란하게 이동하는 그들의 모습을 보며 머뭇거리는 사람이 많았지만, 자신의 메이드 위로 화살표를 띄우고 자리에서 일어나는 사람들도 하나둘 늘어갔다.

이심 주위에서는 맨 먼저 김선생의 아들이 손을 뻗었다. 김선생과 그녀의 남편은 위험을 무릅쓰지 말자며 자기 아들을 자리에 앉히고자 필사적이었다. 경총에게 직접 위해를 가할 수 있는 것도 아니고, 고작 홀로그램 화살표로 창피를 주는 것 말고 무엇을 할 수 있겠냐며 애원했다. 그 말이 맞을 것이다. 고작 망신을 주는 데 힘을 보탠 후에 테러범으로 몰릴 것이다. 그럼에도 객석을 둘러싼 청회색 제복들이 물리력을 행사할까봐 떨 필요는 없으리라고 이심은 믿었다. 단지 팰로앨토 합의에 의거한 믿음은 아니었다. 지금껏 경총이 직간접적으로 벌인 일들로 미루어보아 그에게는 제2의 팰로앨토 합의를 요하는 참사를 일으킬 만한 자질이 차고 넘쳤다. 다만 오늘은 감행하지 않을 것이다. 경총이 방금 소개한 기업가들 중에 치안 유지용 안드로이드를 만든 회사의 대표도 포함되어 있었기 때문이다. 그가 지켜보는 앞에서, 외신이 보도하는 행사장에서, 어린아이들까지 동원한 이곳에서 청회색 제복들이 무자비한 진압에 나서는 모습을 보일 리가 없지 않은가 싶었던 것이다.

경총은 어느 정도의 망신과 소요를 감수하더라도 가장 중요한 고객의 심기를 거스르지 않는 쪽을 선택할 것이다. 이심이 아이의 손을 꼭 쥔 채 되뇌는 동안 김선생의 아들이 뻗은 손 위로 녹색 화살표가 떠올랐다. 그 일렁이는 빛은 이심에게 더 이상 참고만 있지 말라며 손을 내미는 듯했다. 먼저 행동에 옮긴 것은 모영이었다. 모영은 왼팔을 뻗어 녹색 화살표를 띄웠다. 마침내 이심도 자리에서 일어나 자신이 띄울 수 있는 화살표 하나를 더했다. 둘이 더해지면서 녹색 화살표는 주먹만한 크기가 되었다. 이내 박선생이, 뒷줄에 있던 사람들이 합류하자 화살표는 얼굴 크기가 되어 솟아올랐다. 점점 더 높이 떠오르는 화살표를 타워 상단으로 밀어올리는 일이 객석 전체로 번졌다. 조금 전까지 행사를 견디고 있었던 사람들이 축포를 쏘아올리듯 홀로그램 화살표를 머리 위에 띄우고 합치고 밀어올렸다.

경총은 그제야 사태를 보고받은 듯 질서를 강조하고 엄단을 입에 올렸다. 예상대로 그는 관객석의 행위를 테러로 못박았다. 그러나 얼굴 전체가 화살표로 뒤덮여 형상을 알아볼 수 없을 정도가 되자 결국 개막식은 중단됐다.

청회색 제복들이 개개인을 제지하기를 포기하고 B타워와 국회의사당을 사수하려는 듯 객석 앞쪽으로 집결하기 시작하자 더 많은 이들이 자리를 박차고 일어났다. 객석 뒤편에서 국회로 향하자는 목소리가 들리기 시작했다.

그 시각, 집에서 개막식을 시청하던 대다수의 사람들은 현장에서 일어난 일을 구체적으로 알지 못했다. 당시에 사람들은 경총이 화살표에 뒤덮여 사라진 화면의 하단을 비롯하여 동시다발적으로 인터넷에 게시된 웹페이지에 접속해서 자료들을 살펴보는 데 여념이 없었던 것이다. 거기에는 임의적인 죄목을 기준으로 구금되어 있는 수천 명의 명단, 지도상에는 지워져 있는 사설 격리 시설의 주소와 시설 내부의 실체, 그리고 총리실의 용인하에 이루어진 바이오 프로젝트의 전말이 공개돼 있었다. 민감한 내용을 담고 있다는 경고로 시작하는 일부 자료는 바이오 프로젝트 진행 과정에서 소위 '실패작'으로 분류된 수천 명의 생명이 의료폐기물로 살처분된 증거를 드러내어 열람한 이들을 충격에 빠뜨렸다.

후에 이심은 시설 내부의 상황을 낱낱이 전하기 위해 자청하여 구금되는 길을 택한 최선생에게 어떻게 그런 결심을 할 수 있었느냐고 물었다. 그러자 최선생은 질 게 빤한 선거에 투표하러 가는 마음을 떠올려보라고 했다. "이렇게 찍을 사람이 없나 싶을 때도 아등바등 내가 가진 한 표 던지러 가잖아. 그런 심정이랑 비슷한 거지. 어? 이선생 얼굴 보니까 그럴 때는 그냥 포기했었나보네? 아이고, 한 표가 얼마나 큰 건지 알면서." 최선생이 이심의 어깨를 슬쩍 밀더니 이내 빙긋 웃으며 딸 자랑을 시작했다. "아무튼, 결국 핵심 아이디어는 우리 선민이 머리에서 나왔잖니."

최선생의 가족들과 조력자들에게 있어 몇 년 사이에 정부 및 산하기관의 와이파이가 라이파이로 대체된 일은 상당한 위기였다. 불을 끄거나 문만 닫아도 접속이 원천 차단되는 라이파이로 인해 해킹을 시도해볼 여지가 없어지다시피 했기 때문이었다. 그러던 어느 날 선민이 최선생을 따라간 무도회에서 들었던 수십 년 전의 음모론에 힌트를 얻어 타개책을 떠올렸다. 나노 로봇 크기의 공유기를 캡슐에 넣어 삼킨 사람이 일정 기간 동안 움직이는 와이파이로 기능하는 방안을 고안해낸 것이다.

코로나 백신을 맞으면 인간의 몸에서 와이파이가 잡힌다던 과거의 허무맹랑한 음모론에 착안해 해킹할 방도를 떠올렸다는 사실. 그 점이 곱씹을수록 재미있어서 최선생은 격리 시설 안에서도 곧잘 히죽거렸다고 했다. 그 안에서 웃음이 나다니,

이심은 놀라울 뿐이었다. 하지만 최선생은 진정으로 놀랄 만한 일은 따로 있다고 했다.

천재의 유전자에서 탄생한 선민이 랩실에서 벗어나기 위해 했던 일. 열 살도 되지 않은 어린아이가 누구와도 상의하지 못한 채 금치산자를 연기해야만 했던 일이야말로 충격적이지 않느냐고 최선생은 강조했다. 또한 랩실에서 방출된 직후에 자기 눈에 띈 선민은 그나마 운이 좋은 축이었다는 말도 덧붙였다. 희수가 빠져나온 랩실의 상황은 전해듣는 것만으로도 한동안 말문이 막힐 만큼 열악했기 때문이다. 게다가 선민이나 희수처럼 온전하게 태어나지 못한 수천 명의 실패작들이 받은 취급은 알다시피 말할 수 없이 참혹했다면서.

바이오 프로젝트의 실체를 알게 된 이후 최선생의 삶은 이전과 완전히 다른 방향을 띠게 되었다. 그러다 객사당한다는 경고조차 위협이 되지 못했다. 샘플로 들여와서 이미 테크노비엔날레 개최 전부터 암약하고 있었던 청회색 제복에게 잡혀가는 순간에는 드디어 때가 왔다는 생각에 그간의 팽팽한 긴장이 풀어지며 웃음이 다 나더라고 했다.

최선생이 구금되었던 시설에는 방지법 위반 명목으로 잡혀들어온 이들이 대다수였다. 그러나 존재감이 큰 쪽은 단연 바이오 프로젝트에 가담한 후 토사구팽당한 사람들이었다.

조직에서 버림받지 않기 위해 수술을 받았으나, 활용도가 기대에 미치지 못해 버려진 이들은 격리 시설 내에서 제법 흔하게 접할 수 있었다. 몸담은 기업의 성격에 따라 어떤 이들은 뇌수술 이상의 요구를 받아 안구나 손, 팔다리의 일부 등 신체의 여러 부위를 내맡긴 후에 내쳐지기도 했다. 그들은 쉽게 눈에 띄었다. 외려 알아보지 못할 도리가 없었다고 최선생은 말했다.

"밤마다 옆방에서 끙끙대는 소리가 들렸어. 박이사라고, 소규모 스타트업 중역이었는데, 뇌랑 안구를 세트로 수술했다는 거야. CEO가 단순 저장소 이상을 원했다나. 눈꺼풀을 깜빡여서 사진도 찍고 클릭까지 할 수 있는 몸이 됐는데, 그럼 뭐하니. 뇌를 잘못 건드렸는지 점점 두통이 심해지더래. 두 달쯤 되니까 아예 일상생활 자체가 불가능해졌고."

살아 있는 중앙 컴퓨터를 보유하게 되었다며 환호하던 CEO는 박이사가 격심한 통증을 호소하며 업무중에 기절한 직후 내빼듯 해외 출장을 떠나버린 모양이었다. 재수술 약속을 받고 다시 수술대에 누웠을 때 받은 처치라고는 회사의 데이터를 포맷하고 진통제를 놓아준 것뿐이었는데, 그 사실을 알게 된 것은 업무상의 사소한 누락 사항을 빌미삼아 배임죄를 뒤집어쓴 처지가 된 뒤였다. 신체의 고통과 배신감에 치를 떨던 그는 이곳에서 보고 들은 기억의 데이터를 해킹하여 세상에 알리도록 함께하자며, 자신이 지닌 와이파이에 접속해달라는 최선생의 제안을 반기며 눈물마저 흘렸다.

최선생의 가족은 그간 해킹하여 취합한 자료를 테크노 비엔날레의 개막일에 공개하기로 정한 뒤, 언뜻 이질적으로 보이지만 따져보면 긴밀히 연결된 자료를 덧붙이기로 결정했다. 그동안 은밀하지만 폭넓게 자행되었던 일들을 전 국민에게 신속하게 알리기 위해서는 그 방법이 최선이라고 여긴 것이었다. 그리하여 경총이 화살표의 테러를 받고 사라진 후 B타워의 하단에 명시되며 전국으로 송출된 웹페이지의 주소 아래에는 이런 문구가 함께 적혀 있었다.

부자들이 실제로 어떻게 살고 있는지 알고 싶다면

객석에서 국회를 향해 나아가자고 소리치던 이들 사이에도 재빨리 해당 웹페이지에 접속한 사람들이 있었다. 그들은 상속세와 증여세가 폐지되고 비밀 유지 각서의 비호를 받는 부자들이 여태 이렇게 살고 있었다고 외쳤다. 전체 국민의 채 오 퍼센트가 되지 않는 소수가 차고 넘쳐 썩어 문드러질 정도로 소모하는 재화와 에너지의 면면을 보고 분노했으며, 그럼에도 그들이 내는 세금이 자신들의 절반에도 채 미치지 않는다는 사실에 경악했다. 범인을 끝내 검거하지 못했다며 수사가 종결된 강력범죄 중 엄연히 국가가 묵인하여 부유한 피의자를 방면해준 사건들도 속속들이 드러났다. 용납할 수 없다며 목소리를 높이는 사람들이 늘어났다. 경총을 이대로 둘 수는 없다는 외침, 경총이 물러나야 한다는 구호가 터져나왔다. 이심도 목소리를 더했다.

그 순간 느낀 후련함은 이제껏 살면서 한 번도 맛보지 못한 형태로 이심을 압도했다. 그러나 밀려오는 두려움을 완전히 막을 수는 없었다. 아이의 손을 잡은 채로 B타워와 국회를 향하는 사람들을 따라가면서 이심은 모영에게 물었다.

"이제부터 어떻게 될까?"

"모르겠어." 모영이 떨리는 목소리로 대답했다. "그래도 여기 있는 사람들이 다 같은 방향을 따라 걸으니까 괜찮을 것 같아. 마구잡이로 미는 사람도 없으니까 위험하지 않을 것 같은데."

이심이 고개를 끄덕였다. 눈길이 닿는 곳 어디든 성난 인파가 끝없이 밀려들고 있었다. 오랜 기간 누적된 분노를 품은 사람들이었다. 이토록 수많은 사람들이 움직이는 방향의 흐름을 손쉽게 되돌릴 수는 없을 것이다. 이 같은 움직임을 촉발시킨 분노를 간단히 사라지게 만들 수는 없을 것이다. 인파의 움직임에 발을 맞춰 걸음을 옮기며 이심은 깨달았다. 숨을 깊이 들이마셨다가 내쉰 이심은 촉촉하게 땀이 밴 아이의 손을 좀더 꼭 쥐었다. 그러자 아이가 이심을 올려다보며 입을 열었다.

"지금 말해도 돼요? 제 이름이요."

아이의 입에서 나온 이름은 모영과 이심을 따라 지은 듯 외자로 된 것이었다. 언젠가는 아이가 원하는 만큼 자유롭게 외출할 수 있게 될까. 그리하여 아이가 고민을 거듭하여 직접 정한 이름으로 자신을 소개하고 사람들에게 불릴 수 있을까. 모영이 낭랑한 목소리로 이름을 부르자 환하게 웃으며 대답한 아이가 집에는 언제 갈 수 있느냐고 물었다. 모영은 "오늘 집에 갈 길이 멀겠지만, 걱정 안 해도 돼. 우리가 양쪽에서 네 손을 꼭 잡고 있으니까" 하고 안심시켰다. 그런 다음 앞으로 아주 많은 게 바뀔 것이라고 말해주었다. 이심이 모영의 말을 받아서 한번 더 반복했다. 변화의 속도와 방향은 잘라 말할 수 없겠지만, 필시 바뀌어가리라고. 우리 세 가족의 삶 또한 분명 지금까지와는 다르게 변해갈 것이라고.

작가의 말

우리의 삶과 제도를 관통하는
어떠한 반복에 관하여

반격의 형태와 방향성에 관하여

그리고
반격 또한 반복되리라
변함없이 믿고자 하는 마음에 관하여

2023년 가을
은모든

참고 도서

『기본소득 비판』, 이상이, 밈, 2021.

『기본소득 공상 혹은 환상』, 김공회, 오월의봄, 2022.

『청진기가 사라진다』, 에릭 토폴, 박재영 · 이은 · 박정탁 옮김, 청년의사, 2012.

『청진기가 사라진 이후』, 에릭 토폴, 김성훈 옮김, 청년의사, 2015.

『딥메디슨』, 에릭 토폴, 이상열 옮김, 소우주, 2020.

『누구나 게임을 한다』, 제인 맥고니걸, 김고명 옮김, 랜덤하우스코리아, 2012.

『두렵지만 매력적인』, 제러미 베일렌슨, 백우진 옮김, 동아시아, 2019.

『좀비사회학』, 후지타 나오야, 선정우 옮김, 요다, 2018.

『근대 가족의 성립과 종언』, 우에노 치즈코, 이미지문화연구소 옮김, 당대, 2009.

『내일의 종언』, 장경섭, 집문당, 2023.

『보스턴 결혼』, 에스더 D. 로스블룸 · 캐슬린 A. 브레호니 엮음, 알 · 알 옮김, 봄알람, 2021.

『녹두서점의 오월』, 김상현 · 정현애 · 김상집, 한겨레출판, 2019.

위의 서적들에서 폭넓은 도움과 위안을 받았습니다.

아울러 인터뷰에 응해주신 최희재 선생님께 감사 말씀을 전합니다.

문학동네 장편소설
한 사람을 더하면

초판인쇄 2023년 10월 6일
초판발행 2023년 10월 16일

지은이 은모든
책임편집 이재현 | 편집 김영수 이희연
디자인 이보람 유현아 | 저작권 박지영 형소진 최은진 서연주 오서영
마케팅 정민호 서지화 한민아 이민경 안남영 왕지경 황승현 김혜원 김하연
브랜딩 함유지 함근아 박민재 김희숙 고보미 정승민 배진성
제작 강신은 김동욱 이순호 | 제작처 영신사

펴낸곳 (주)문학동네 | 펴낸이 김소영
출판등록 1993년 10월 22일 제2003-000045호
주소 10881 경기도 파주시 회동길 210
전자우편 editor@munhak.com | 대표전화 031) 955-8888 | 팩스 031) 955-8855
문의전화 031) 955-3576(마케팅) 031) 955-1920(편집)
문학동네카페 http://cafe.naver.com/mhdn
인스타그램 @munhakdongne | 트위터 @munhakdongne
북클럽문학동네 http://bookclubmunhak.com

ISBN 978-89-546-9579-4 03810

* 이 도서는 2023년도 한국문화예술위원회 아르코문학창작기금 발간지원 사업에 선정되어 발간되었습니다.